VOCÊ ACREDITA?

†

UM ROMANCE DE
TRAVIS THRASHER

VOCÊ ACREDITA?

†

#EuAcreditoNaCruz

Ágape

São Paulo, 2015

Você acredita?
Do you believe?

GERENTE EDITORIAL
Lindsay Gois

EDITORIAL
João Paulo Putini
Nair Ferraz
Rebeca Lacerda
Vitor Donofrio

GERENTE DE AQUISIÇÕES
Renata de Mello do Vale

ASSISTENTE DE AQUISIÇÕES
Acácio Alves

PREPARAÇÃO
Patrícia Murari

REVISÃO
Thiago Fraga
Marina Ruivo
Rebeca Lacerda

TRADUÇÃO
Beatriz Bellucci

DIAGRAMAÇÃO
Rebeca Lacerda

Texto de acordo com as normas do Novo Acordo Ortográfico da Língua Portuguesa (1990), em vigor desde 1º de janeiro de 2009.

Dados Internacionais de Catalogação na Publicação (CIP)
(Câmara Brasileira do Livro, SP, Brasil)

Thrasher, Travis
Você acredita? / Travis Thrasher ; [tradução: Beatriz Bellucci]
Barueri, SP: Editora Ágape, 2015.

1. Deus – Existência 2. Espiritualidade
3. Ficção norte-americana 4. Religião e ciência I. Título

15-08241 CDD-813.5

Índice para catálogo sistemático:
1. Ficção : Literatura norte-americana 813.5

EDITORA ÁGAPE LTDA.
Alameda Araguaia, 2190 – Bloco A – 11º andar – Conjunto 1112
CEP 06455-000 – Alphaville Industrial, Barueri – SP – Brasil
Tel.: (11) 3699-7107 | Fax: (11) 3699-7323
www.editoraagape.com.br | atendimento@agape.com.br

Eu acredito no cristianismo da mesma maneira que acredito que o Sol nasce diariamente: não apenas porque o vejo, mas porque por meio dele eu posso ver tudo ao meu redor.

– C. S. Lewis

PRÓLOGO

O pastor ora.
O soldado se rende.
O criminoso foge.
A mulher ora.
O médico não acredita.
A mãe cede.
O avô orienta.
A criança chora.
O assassino circula.
O amigo se entristece.
A enfermeira espera.
O médico despreza.
Tudo enquanto Deus os observa, desejando uma coisa, pedindo uma única coisa…

Todos nós estamos em busca de algo. Acredito nisso sem dúvida alguma. Fé, claro, é a minha vida, meu amor, minha paixão. Mas você não precisa ser pastor para querer achar um sentido.

Já é tarde e, enquanto escrevo, fico pensando na famosa cidade dos ventos que me cerca. Esse grande coração batendo na borda de um lago ainda maior. Existem dez milhões de pessoas aqui. Dez milhões de almas. Cada uma buscando um sentido para a sua vida.

Mas quantas de fato encontram?

Conheço a realidade. Algumas pessoas acreditam que vão encontrar um sentido num dia qualquer, em um lugar qualquer. Elas simplesmente aceitam essa condição. Outras seguem caminhos que não levam a lugar nenhum, por toda a vida. Algumas fogem e outras se recusam a perguntar que direção seguir.

É fácil evitar ou até mesmo ignorar a verdade. Você pode não enxergá-la, até mesmo quando está bem perto de seus olhos.

Como a cruz que está no topo do hospital. Aquela que sempre vejo quando vou à igreja. Inúmeras pessoas passam por baixo dela todos os dias. Mas quantas a notam? E aquelas que a notam, o que a cruz significa para elas? Pergunte-me e lhe direi que significa perdão e redenção. Porque sei que é isso que deveria significar.

Ao menos, é o que eu teria dito um mês atrás.

Mas o que a cruz significa de verdade? E por que todos parecem esquecer seu significado? E o que Deus – assumindo que Ele existe – poderia fazer para nos lembrar do significado da cruz?

LACEY

Ela não deveria estar lá até agora.

As luzes da cidade passaram por ela como um raio. Elas não faziam mais Lacey feliz, mas algumas poucas coisas passaram a fazê-la. Chicago costumava trazer tal promessa, porém, agora, aquelas luzes difusas eram como luzes na árvore de Natal do vizinho. Ela conseguia vê-las, mas sabia que não havia presentes para ela embaixo da árvore. Ela não podia nem sequer entrar para tocar nos presentes.

Lacey desmaiou, acordou e desmaiou de novo. A sirene da ambulância continuava tocando. *Eu não estou morta, certo? Eles me estabilizaram*, pensou. Mas não tinha certeza. Parte dela parecia flutuar, enquanto a outra congelava naquela maca desconfortável. Ela sabia que sua vizinha tinha chegado ao seu apartamento no pior momento possível. É claro que Lacey nunca contaria isso a ninguém, mas quem costuma falar sobre seu suicídio, não é? Ou, nesse caso, tentativa de suicídio.

– Resgate, Serviço de Emergência Médica 81 para o Centro de Trauma UC, resposta de emergência.

Embora Lacey estivesse com uma máscara de oxigênio cobrindo metade do rosto, ela conseguia ver o paramédico conversando pelo rádio. Era um homem bonito, magro, de cabelos escuros, provavelmente por volta dos trinta anos. Era uma sensação agradável abrir os olhos e vê-lo cara a cara.

– A bordo, caso crítico e prioritário, jovem de vinte e poucos anos do sexo feminino e caucasiana. Dificuldade respiratória aguda. A constrição das vias aéreas ainda permite o recebimento de oxigênio. Oxigênio a cem por cento, quinze litros por minuto. Vou seguir com a traqueostomia, a menos que você me oriente a fazer outro procedimento.

– Afirmativo, 81. Vamos evitar cortá-la se não for necessário – respondeu uma mulher.

Cortá-la?, gritou uma voz preocupada dentro de Lacey. *Eu mesma teria feito isso se quisesse seguir esse rumo.*

A desconfortável maca onde ela estava deitada balançava à medida que a ambulância corria pela rua. Ela gostaria de dizer ao paramédico que não queria que eles tivessem todo aquele trabalho. Sua intenção não era assustar todo mundo por causa de sua reação alérgica ao jantar. Lembrou-se de Pam e sentiu-se mal. A pobre vizinha a havia encontrado quase inconsciente, sem respirar, no sofá, com quatro caixas de comida chinesa sobre a mesa de vidro próxima a ela. Desmaiou assim que Pam ligou para o serviço de emergência. Lacey nem sequer havia conseguido engolir o último pedaço de frango.

O paramédico deu uma olhada para ela e sorriu.

– Já estamos chegando. Você logo voltará ao seu velho eu. Apenas continue respirando – disse ele.

Ela acenou com a cabeça e tentou sorrir, apesar de a máscara provavelmente ter escondido o sorriso.

Meu velho eu.

Que ironia. De fato, um clichê. "Você logo voltará ao seu velho eu". A realidade é que não queria voltar ao seu velho eu. Ela não gostava do seu velho eu. Sua velha vida. Seu velho tudo.

Tempo era tudo que ela tinha, mas, ao contrário da música, o tempo não estava ao seu lado. Já fazia um bom tempo que não estava.

A música a fez se lembrar de seu pai. Mas ao lembrar, sentiu um arrependimento em sua alma. Em seguida, veio a imagem de Donny, trazendo raiva no lugar do arrependimento. Às vezes, algumas imagens ficam manchadas, e às vezes as emoções também são manchadas com elas. Arrependimento, raiva, angústia, medo, isolamento... Eram tantos sentimentos e nenhum deles era bom.

A ambulância virou e começou a diminuir a velocidade. Lacey presumiu que haviam chegado.

Ela não pôde deixar de sentir uma grande decepção.

Toda aquela energia e coragem para fazer o impensável, e agora isso.

Agora ela estava aqui e voltaria à estaca zero. Mas isso não mudaria os últimos vinte e cinco anos. Nada poderia mudar.

A única pessoa que poderia mudar as coisas era a própria Lacey. E foi exatamente isso que ela tentou fazer naquela noite.

Talvez ela tivesse que tentar de novo quando saísse do hospital.

ELENA

TUDO PODE MUDAR EM UM MINUTO quando se trabalha no Plantão Médico. Uma noite tranquila rapidamente pode tornar-se um pesadelo. A qualquer momento pode vir uma descarga de adrenalina, mesmo quando você está preparado e pensa que já viu de tudo. Tanto para a equipe do Centro Médico da Universidade de Chicago, como para a de qualquer hospital em uma cidade próspera, o fato é que você nunca viu de tudo. Cada amanhecer e anoitecer traz a possibilidade de você ser surpreendido ou levar um choque e ser grato pela vida que tem.

Elena Wilson verificou os sinais vitais de uma paciente que havia acabado de chegar e estava inconsciente, porém estável. Não ficou surpresa ao ver a jovem moça na maca tão tarde da noite. Era uma bela moça, e Elena imaginou que fosse overdose ou suicídio. Mas não teve tempo para tentar entender o que havia acontecido. Seu papel era fazer com que a moça sobrevivesse àquela noite. Sua curiosidade sobre o que havia acontecido podia esperar. O que de fato importava nesse momento era fazê-la sobreviver.

Elena mal notou Bobby quando ele trouxe a maca. Ela logo começou a analisar a moça. Elena às vezes conseguia vê-lo durante o trabalho quando eles tinham que transportar alguém. Quando Bobby finalmente tornou-se paramédico por tempo integral, os dois ficaram felizes por trabalharem na mesma área, por ajudar pessoas diariamente e entender o estresse que essa vida podia trazer. Em um hospital cheio de gente, colegas e especialistas, Elena sentia-se feliz por ter Bobby por perto de vez em quando. Muitas vezes, a única chance que tinham de se ver era no hospital, esbarrando-se durante os turnos rotativos e aparentemente intermináveis. Costumava sentir-se culpada por isso, e pelos seus filhos, que não viam os pais juntos com muita frequência.

Mas fazemos o que temos que fazer. E é isso que precisamos fazer neste momento. Elena dizia isso a si mesma repetidas vezes.

O médico estava demorando muito para chegar. Elena conhecia o médico que estava de plantão, e não ficaria surpresa se ele demorasse uns dez minutos ou mais. Dr. Farell era assim.

No pequeno espaço para atendimento, parecido com os outros doze ao longo de um corredor todo pintado de branco, Elena observava a jovem moça chamada Lacey. Ela era tão jovem e cheia de vida e potencial. Ela se perguntava o que poderia ter acontecido e por que Lacey estava lá. Que decisões a haviam levado àquele lugar. Talvez, possivelmente, tivesse sido apenas um acidente. Mas achava que não.

Não acredito em acidentes. Nem em milagres.

A porta se abriu e ela pôde sentir o forte perfume mesmo antes de se virar. Dr. Thomas Farell pegou os papéis e sequer a cumprimentou. Outro enfermeiro o acompanhava. Em geral, o médico gostava de ter uma equipe junto dele. Ou pelo menos uma pessoa que risse de suas piadas e estivesse atento a cada palavra que dissesse.

– Ingestão de comida chinesa com alergia alimentar severa. Eu tentaria suicídio se me pagassem uma boa grana, Alex.

Dr. Farell falava como se estivesse em um palco em frente a milhares de fãs atentos a cada palavra dita por ele. A palavra "majestoso" tomava a mente de Elena quando ela estava próxima ao médico. Apesar de ter apenas quarenta e poucos anos, ele agia como expert no ramo da saúde, alguém que já viu e já fez de tudo um pouco. Sua conduta cínica e cavalheiresca apenas piorava o cenário, especialmente ao tratar de pacientes como Lacey.

– Os técnicos da emergência já administraram cinco miligramas de epinefrina – disse Elena.

O médico começou a examinar Lacey.

– Ninguém teve a preocupação de dizer a eles que é uma dose muito alta de adrenalina para uma garota deste tamanho?

– Eles tiveram dificuldade para estabilizar as vias aéreas – disse o outro enfermeiro.

– É por isso que se chama anafilaxia. Acho que ela não está nem um pouco interessada que a salvemos.

– Como você pode dizer uma coisa dessas? – indagou Elena, sem conseguir se controlar.

Às vezes ela ficava pensando se médicos como Farell tinham a preocupação de salvar pessoas como Lacey. Sabia que, para ele, elas eram apenas pacientes. Aos seus olhos, não eram pessoas. Eram números, trabalho e inevitabilidades.

Para Elena, eram almas, como qualquer outra pessoa. Almas tentando achar um sentido neste mundo. Dr. Farell já tinha certamente descoberto o seu sentido.

Ele deu uma olhadinha para ela, finalmente reconhecendo a presença de Elena no recinto. O olhar do médico já dizia tudo. Convencido, desdenhoso, ríspido.

Ele segurou o braço da jovem moça para mostrar o que estava observando. Era possível ver o vermelho debaixo de suas pulseiras. Havia várias cicatrizes no pulso dela. Eram tantas que nem sequer dava para discutir. Elena sabia que cada uma das cicatrizes carregava a mesma triste história.

– Você tem uma teoria melhor que a minha, *enfermeira*?

Dr. Farell conhecia Elena. Há mais de quatro anos trabalhavam juntos no hospital. A maneira arrogante de ele dizer a palavra "enfermeira" já foi suficiente para ela virar as costas. Ele usou a palavra como um juiz pronunciando uma sentença para um criminoso condenado.

Elena balançou a cabeça em negativa e voltou ao trabalho. Não era a primeira vez que o médico a fazia se calar rapidamente.

A vida é irônica quando homens como Dr. Farell recebem um ótimo salário para cuidar de almas feridas como a de Lacey. Mas assim é o mundo hoje. Não é justo, e muitas vezes também não é correto, mas há muito tempo Elena percebera que não há nada que se possa fazer.

Absolutamente nada.

Tudo que ela podia fazer era estar lá quando a jovem acordasse. Talvez para lhe oferecer ajuda. Ou talvez apenas algumas palavras de esperança.

Eu adoro jogar uma pedra na superfície lisa de um lago calmo. As ondas se espalham em todas as direções, movimentando-se, e depois quebrando-se. A pedra desaparece, mas seu efeito continua desorientando a água por todo o caminho até a costa, onde estou.

Naquele momento, não imaginava o impacto que teria aquela ligação no meio da noite. Como pastor, já recebi muitas como aquela. Para mim, era apenas parte do meu ofício.

Era uma ligação dos Newtons, um casal de idosos da igreja que eu conhecia muito bem. Era Teri ao telefone perguntando se eu podia levá-los ao hospital. Talvez você esteja se perguntando por que ela não ligou diretamente para o hospital, mas J.D. não estava tendo um ataque cardíaco. Ele estava apenas com dores no peito, o que era suficiente para que eles se preocupassem. J.D. estava se aproximando dos setenta anos, enquanto Teri tinha provavelmente uns dez anos a menos. Ela não queria que o marido dirigisse e ela tinha dificuldade de fazê-lo durante a noite. Então não hesitei. Eles moravam a uns dez minutos de nós.

Levou cerca de uma hora para J.D. ser avaliado. Preferi esperar do lado de fora do hospital, enquanto fazia minhas leituras pelo celular no santuário do meu carro Prius. Às vezes me sinto enfadado quando estou em um hospital, porque não há muito que eu possa fazer. Sim, eu poderia orar, mas às vezes parece que muitas orações não são respondidas neste prédio à minha frente.

Deus tem um plano; sempre acreditei nisso. Mas sei também que em alguns casos — ou no que recentemente foram considerados como muitos casos — não conseguimos ver esse plano. Acho que é assim que é o céu. Uma eternidade para reconhecer os planos que nunca enxergamos e ver as respostas às orações que pensávamos não serem ouvidas.

Guardei meu celular assim que vi Teri levando J.D. para o carro. Eles formam um belo casal. Sei que essa expressão costuma ser usada para crianças e idosos, mas eles realmente são fofos. Sei que haviam sido um casal muito bonito quando jovens. J.D. fez questão de me mostrar algumas fotos em uma tarde de domingo na igreja. Ele me mostrou fotos do casal muito mais novo, o que deixou sua esposa extremamente envergonhada.

— Desculpe incomodá-lo para nos trazer aqui, pastor — disse J.D. assim que nos encontramos na rua.

— Está tudo bem? — perguntei.

— Alarme falso — disse ele resmungando. — A bateria do meu marca--passo deu sinais de que estava acabando. Eu poderia ter vindo dirigindo.

— Não se preocupe, J.D. Melhor prevenir do que remediar.

Teri sorriu.

— Ele acha que ainda tem dezessete anos...

— E ela acha que tenho cento e dezessete. Pessoalmente, prefiro acreditar que ainda sou jovem — respondeu J.D.

Teri deu uma olhada não muito amigável para seu marido brincalhão, uma olhada que já recebi inúmeras vezes da minha esposa.

— Você acha isso engraçado? — Teri perguntou a ele. — Já perdemos muita gente nesta vida. Não estou preparada para perder você também.

Foi o suficiente para J.D. e eu nos calarmos. As mulheres têm a capacidade de fazer isso com os homens. E, na maioria das vezes, é absolutamente necessário.

Minutos depois, enquanto eu dirigia pelas ruas de Chicago, ainda congestionadas apesar do horário, em direção à casa deles, um forte silêncio pairava em meu pequeno carro. Mas preferi não puxar assunto. Não se deve brincar com a morte. Já tinha tido experiências suficientes para saber disso.

J.D. resolveu quebrar o silêncio:

— Você sabe que um dia nós dois vamos morrer, certo?

Ele disse isso virando a cabeça, olhando para a sua esposa que estava sentada no banco de trás. Não consegui ver a expressão dela, mas posso dizer que, pela sua voz, ela não estava bem-humorada.

— Claro que sei — respondeu Teri. — Mas se você fosse cavalheiro, deixaria eu morrer primeiro.

Não consegui segurar a risada. J.D. continuou com o sorriso em seu rosto enrugado.

— Vou anotar isso — ele disse para a esposa.

Parei em um semáforo, olhando o cruzamento. De repente me dei conta de que havia entrado em uma rua que não costumava pegar para chegar mais rápido à casa dos Newtons. O único problema era que o hospital ficava próximo a Washington Park, que não era o melhor bairro da cidade.

Eu queria sair dali o mais rápido possível.

Foi por isso que o que vimos na calçada nos surpreendeu.

Era uma menina – devia ser adolescente – caminhando sozinha em frente a um prédio de tijolos expostos. Na esquina havia uma loja de bebidas. Descendo a rua, havia um bar daqueles que ficam abertos vinte e quatro horas por dia. Não havia lojas, apartamentos nem restaurantes na região. Eu não conseguia imaginar o que aquela menina estava fazendo ali sozinha.

Por um instante pensei que ela pudesse estar se vendendo, mas então percebi algo muito mais surpreendente: ela estava grávida.

Ela não olhou para o nosso carro e foi seguindo em frente. J.D. e Teri continuaram conversando, nem sequer viram a menina. Mas eu a notei. Por um minuto.

O sinal ficou verde e dei a partida. Longe do cruzamento, um bairro perigoso e aquela menina andando sozinha.

Parte de mim queria perguntar se ela estava bem, se precisava de ajuda ou de carona. Mas eu já estava dando carona para os Newtons. E, para ser sincero, já estava bem apertado para nós três. Então apenas fiquei observando aquela menina desaparecer do meu retrovisor.

Continuei dirigindo como qualquer outra pessoa faria.

Penso naquela garota agora e sei de uma coisa.

Eu costumava pensar que a coisa mais importante era olhar aquelas ondas se expandindo quando eu arremessava a pedra. Mas não acredito mais nisso.

Agora sei que o mais importante é, primeiramente, decidir arremessar a pedra, sem se preocupar com o que vai acontecer e o impacto que vai ter. Nunca conseguiremos ver o resultado completo. Mas sempre terão ondas que seguirão. Sempre.

JOE

A GAROTINHA CERTAMENTE ESTAVA DOENTE. Qualquer pessoa na sala de espera era capaz de notar.

Joe Philips ficou observando-a por alguns minutos, fascinado e entusiasmado. O rostinho dela estava corado, mas ela parecia não se importar com isso. Era gostoso vê-la – por volta dos cinco anos de idade – divertindo-se e desenhando uma bela borboleta com uma caneta roxa em seu caderno. Ela estava sentada algumas cadeiras depois dele e estava sozinha. A mulher que estava sentada próxima a ela – provavelmente sua mãe, pelo que tudo indicava – afastou-se por um momento.

Provavelmente para verificar se há médicos trabalhando a esta hora da noite.

O ar do hospital estava bastante abafado e por isso Joe tirou sua jaqueta, mas a menina não parecia incomodada em seu casaco pesado e grande. Não parecia ter sido comprado novo para a menina, já estava todo esfarrapado, uma peça usada ajustada para ela. Joe conhecia muito bem esses tipos de casacos. Sempre que encontrava um que se adaptava à sua estrutura grande, ele comprava.

– Que borboleta bonita – Joe finalmente disse.

Ela olhou para Joe, mas não pareceu ficar envergonhada como outras crianças costumavam ficar quando Joe conversava com elas. Ele sabia que seus músculos e as tatuagens que não conseguia esconder eram como um aviso de alerta para as crianças. Mas isso não pareceu amedrontar a garotinha. Talvez porque houvesse diversas outras pessoas estranhas na sala de espera.

– Eu adoro borboletas – disse a menina. Ela apontou para os braços de Joe, certamente observando a tinta colorida sobre eles. – Essa tinta sai?

– Não. – Ele sorriu, impressionado por ela não ficar com vergonha de perguntar sobre sua tatuagem. – Qual o seu nome?

– Lily.

A menina lembrava um lírio com um grande sorriso que se espalhava pelo seu rosto e olhos escuros expressivos. Uma flor forte e vibrante tão cheia de cores e que se abre facilmente.

– Belo nome – disse ele. – O meu é Joe.

– Eu gosto do meu. É diferente.

Ele não conseguia tirar o sorriso do rosto. A garotinha não era nada tímida. Joe interessou-se ainda mais por ela. Mesmo com o nariz entupido e olhos lacrimejando, a menina parecia ser bem-humorada.

– "A Rosa modesta eriçou um espinho; e o Lírio branco num deleite de carinho, nem espinho ou ameaça, mas a luz e o esplendor..."

A menina não só prestou atenção à citação, como também ficou encantada por ela, olhando para Joe com curiosidade.

– O que é isso?

– É um poema. De um homem chamado William Blake – explicou Joe.

– E como você conhece o poema?

Destemida. Adoro isso. Ele balançou a cabeça. Era uma pergunta sincera.

– Onde eu costumava morar, eu tinha muito tempo para ler.

Além de fazer reflexões profundas também.

A menina fechou seu caderno por um instante, levantou-se da cadeira e foi sentar-se perto dele. Sua aparência e seus desenhos nos braços não pareciam assustá-la nem um pouco. Joe começou a perguntar sobre sua mãe quando passos se aproximaram e já deram a resposta:

– Lily! O que você está fazendo?

Eis sua mãe, pensou ele no mesmo instante.

Uma mulher entrou correndo na sala de espera como se Lily estivesse atravessando uma rodovia sozinha. Seus olhos cansados pareceram despertar momentaneamente quando ela viu ao lado de quem a menina estava sentada.

– Desculpe-me – Joe rapidamente disse à mulher, mas ela nem tomou conhecimento. – Por favor, não fique brava com ela. Não foi culpa dela.

Lily era pequena o suficiente para que sua mãe a carregasse nos braços. A mulher afastou-se de Joe; era evidente a raiva e a ansiedade em seu rosto preocupado.

– Tudo bem, não é isso – disse a mãe sem fôlego e com uma voz cansada. – Eu apenas... Ela está doente e não há ninguém para avaliá-la.

Aquelas palavras chamaram a atenção de Joe. Ela não precisava dizer mais nada. Elas já estavam lá quando Joe chegou, e ele já estava há vinte minutos esperando. A menina parecia fraca e doente apesar de demonstrar que estava suportando a dor. A mãe, no entanto, parecia assustada.

Não por mim. Mas pela menina, Joe agora compreendia tudo.

– Espere um minuto – disse Joe, levantando-se e tranquilizando mãe e filha.

Poderia apostar cem dólares (se ele de fato tivesse esse dinheiro) que Lily e a mãe não tinham convênio médico. Ele também apostaria que se as coisas fossem diferentes – se Lily morasse em outro endereço e tivesse outro tipo de pais e estivesse vestindo uma roupa diferente – alguém com certeza a estaria examinando naquele exato momento. Provavelmente não iriam demorar tanto tempo para levar a menina ao hospital. E talvez teriam ido a outro lugar, ou até a algum médico familiar na redondeza, e não em um hospital municipal àquela hora da noite.

O rapaz que ele havia cumprimentado ao dar entrada no hospital parecia estar extremamente entediado, tomando um refrigerante e assistindo a alguma coisa no computador. Joe aproximou-se do balcão e sorriu, tentando ser cortês e educado.

– Aquela menininha ali está doente – disse ele ao *Sr. Refrigerante Diet.*

– Normalmente é por isso que as pessoas vêm ao hospital.

Se fosse dez anos atrás Joe reagiria mal a esse tipo de comentário do rapaz da latinha de refrigerante. Mas Joe procurou manter-se calmo. Havia aprendido a fazer isso da maneira mais difícil.

– Ela está com febre. Precisa de um médico.

– Mas não é mais alta do que 39° C. A gravidade dos sinais a colocam na lista de baixa prioridade – retrucou o rapaz, encolhendo os ombros, querendo dizer algo como "Então, o que você vai fazer?", com um sorriso de desdém estampado em seu rosto magro e cínico. – É assim que funciona – completou.

É mesmo?, Joe se perguntou.

Ele inclinou-se um pouco para que o *Sr. Refrigerante Diet* pudesse ver bem o tipo de homem com quem estava conversando.

– Então por que você não insere alguma informação que vá colocá-la como a próxima da lista? A menos que você queira que seu grau de gravidade o coloque à frente dela.

Os olhos de Joe não hesitaram, e seu corpo não se moveu. Ele sabia como o magricelo enfermeiro o via. E era isso que Joe queria.

Ele estava se divertindo vendo o medo nos olhos daquele rapaz mal-humorado. Os espertos podem abrir muitas portas, mas eles não conseguem se desvencilhar dos medos que as pessoas carregam quando estão à sua volta.

– Você está me ameaçando? – perguntou o rapaz atrás do balcão, descrente e preocupado.

– Sim.

A reposta de Joe foi rápida e repentina. A do enfermeiro veio devagar e com dúvida:

– Vou chamar os seguranças.

O rapaz pegou o telefone e Joe balançou a cabeça e sorriu.

– Eles não vão chegar a tempo – avisou Joe.

Joe estava blefando, é claro. Não ia machucar aquele rapazinho franzino e insensível. Mas queria incutir o temor de Deus no rapaz.

– Acredite – disse Joe no tom mais cruel que conseguiu.

Ele era um homem renovado já há algum tempo, mas isso não significava que as pessoas podiam mexer com ele.

Gotas de suor começaram a se formar na testa do rapaz atrás do balcão, que preferiu não debater com Joe. Ele engoliu seco e colocou o telefone no gancho, virou-se e chamou alguém:

– Gina? Você pode levar aquela menininha ali para a sala três?

O olhar "sabe-tudo" havia desaparecido. Ao contrário, o enfermeiro olhava para Joe como derrotado.

– O Dr. Singh vai avaliá-la em um minuto.

Joe virou-se e viu Lily e a mãe olhando-o. Elas, assim como todos que estavam na sala de espera, tinham visto e ouvido a negociação. Mas os outros não importavam para Joe.

Por um instante, ele e a mãe se olharam fixamente. Ela não estava mais apreensiva, mas a mulher permanecia com o olhar cansado da vida, e havia algo mais, também. E quando a enfermeira abriu a porta para que Lily e sua mãe entrassem, Joe pôde ouvir as palavras mansas da mãe enquanto elas passavam:

– Obrigada.

Ele sorriu e acenou com a cabeça.

Fazia tempo que Joe não se sentia tão bem assim. E isso queria dizer alguma coisa.

ELENA

Ela encontrou o marido na lanchonete, próximo à máquina de café, esperando seu copo encher. Ao vê-la aproximar-se, ofereceu seu copo a ela. Elena ficou muito feliz em aceitar.

– Como ela está? – perguntou Bobby.

– Acho que ficará bem – disse Elena, ainda frustrada com a resposta arrogante do médico sobre o estado de Lacey.

Bobby pressionou o botão para pegar outro copo de café.

– Ela teve sorte que alguém ligou para a emergência. Você vai estar em casa hoje à noite?

Elena balançou a cabeça e deu aquele olhar familiar para Bobby: *adivinhe*.

– Maribel decidiu pegar uma gripe de novo, então estou tendo que trabalhar em dobro.

Ela se lembrou de Rafael e Michael e desejou poder estar em casa à noite para colocá-los na cama. Elena não sabia o que faria sem a ajuda da sua mãe, que acabava ficando mais tempo com seus filhos do que ela.

– De novo? – perguntou Bobby.

– Ei, você sempre diz que precisamos de dinheiro extra.

Estavam começando a nascer cabelos grisalhos na cabeça do marido, apesar de ele ter trinta e poucos anos apenas. Ela não sabia se era por causa da idade ou por estresse. Elena ouviu de outros técnicos da emergência médica que essa profissão costumava levar à exaustão. Isso ou pior.

– Não, eu digo que devemos gastar menos para não precisarmos depender desse dinheiro extra – disse Bobby.

– Boa sorte.

Ela tomou um gole de café e sabia que o tempo corria e que tinha de voltar ao seu turno para atender os pacientes. Elena sempre tinha essa noção de urgência dentro do hospital, e de alguma maneira essa nuvem escura e agitada havia conseguido pairar sobre todos os outros aspectos da sua vida também. Criação dos filhos, casamento, seu bem-estar emocional e a pequena vida espiritual que ela havia tentado ter. Tudo parecia ter urgência e Elena não conseguia ter controle de nada.

– Como está o *Príncipe Encantado*?

Elena sorriu.

– Oh, ele se acha uma maravilha.

Eles sempre conversavam sobre o Dr. Farell, já que os dois o conheciam e sabiam de seu ego inflado.

– Ele vai ficar com você a noite toda?

Elena mordeu os lábios e acenou a cabeça com um olhar penetrante. Tomou outro gole de café e entregou o copo ao marido.

– Preciso correr.

– Até mais tarde – disse Bobby.

Ela lhe deu um beijinho na bochecha e voltou para o plantão médico.

As coisas poderiam ser piores. Ela poderia estar ali sozinha tentando entender o que fazer com a sua vida. Ou poderia trabalhar enquanto seu marido trabalhava viajando pelo país ou passando horas em um escritório em algum lugar qualquer. Ainda que às vezes não se cruzassem durante o dia – o dia de Bobby como paramédico era sempre diferente –, eles ainda viviam no mesmo universo. Pequenos momentos como esse, ainda que curtos e triviais, eram melhores que nada. Assim como os rápidos momentos que ela tinha com seus filhos de nove e sete anos.

Elena estava tentando se forçar a admirar as pequenas coisas da vida, já que as grandes sempre pareciam passar despercebidas por ela. Homens como o Dr. Farell vivem em um mundo repleto de luxo. Elena e Bobby viviam com simplicidade. Mas tudo bem, porque ao menos tinham um ao outro para caminhar junto.

Mesmo que isso estivesse começando a mudar, ponderou ela em pensamentos.

Elena engoliu seu pensamento tão rápido quanto havia feito com o café. Enquanto andava pelos corredores, passou por uma enfermeira que levava uma mulher acompanhada de uma menina. Ela foi buscar a prancheta, curiosa para saber qual era a história delas. Mãe e filha pareciam precisar de ajuda. E que Deus as livrasse de o *Príncipe Encantado* lhes oferecer ajuda. Que elas fossem poupadas de conhecer aquele médico e seu sorriso e falso charme.

Por sorte, Elena também acabaria sendo poupada pelo resto da noite.

Fiquei esperando J.D. e Teri entrarem em sua casa, e eu conhecia os demônios que os perseguiam também. Fiz o meu melhor para ajudá-los durante os momentos difíceis, e também a lidar com sua tristeza, mas eu sabia que ela não desaparece de repente. Ficava imaginando como eles se sentiam morando em uma casa tão grande para duas almas. Eu sabia que os quartos eram tomados pelo silêncio. Em uma pequena proporção, eu entendia aquele silêncio melhor do que eles podiam perceber.

Às vezes, sofremos por uma alma que nos deixou, como os Newtons. Em outras, sofremos por uma alma que nem sequer pôde ser vista, como Grace e eu fizemos. Aquela criança que tentamos ter e não conseguimos nunca saiu da nossa mente.

Voltei para casa por uma avenida principal, e não por ruas laterais. Não diria que voltei dirigindo. Sentia como se estivesse flutuando, com minha cabeça perdida em pensamentos, como sempre. Muitas vezes costumava orar em momentos como esse, mas eu não estava com vontade. Sim, às vezes pastores não têm vontade de orar, e aquele era um desses momentos.

Uma oração, contudo, aguardava-me no semáforo vermelho. Uma oração na forma de um homem carregando uma cruz.

A princípio não entendi o que estava vendo. Meu carro estava parado sozinho no semáforo. O homem era forte e imponente, mas a cruz que ele carregava era ainda maior. Pela maneira como a carregava com seus braços, era óbvio que estava pesada. Ele usava roupas sujas e velhas, e parou bem na minha frente.

Pensei que fosse louco, pelo olhar que me deu. Seus olhos eram grandes e pareciam me encarar como as luzes de um caminhão que se aproxima. Aquele homem negro era sério e inofensivo. Ele apenas ficou me olhando.

A luz do farol ficou verde, mas o *profeta do Velho Testamento* não se mexeu. Ele estava carregando uma cruz e provavelmente era louco. Eu já estava me preparando para dar ré e voltar pelo outro lado da avenida. Mas por alguma razão esperei e fiquei observando o que o homem iria fazer.

Ele se mexeu e veio até o meu carro. Esperou que eu abaixasse a janela. Antes mesmo de eu terminar de abri-la, ouvi o homem falando com uma voz grave. Uma voz forte como café preto.

— O mundo está correndo para a sua destruição. O diabo cavou um grande buraco e as pessoas estão brigando umas com as outras para que possam ser as primeiras a pular.

Esperei até o homem olhar atentamente para mim.

— Diga, filho. Você acredita na cruz de Cristo?

Era uma pergunta simples, e também bastante irônica. Não me contive e sorri.

— Sou pastor.

Não era preciso que eu respondesse à pergunta, certo? Não precisávamos conversar sobre a cruz porque obviamente nós dois a conhecíamos. Não sei se entendi bem por que aquele homem carregava uma cruz no meio da noite, mas não iria culpá-lo por isso. Mesmo que ele parecesse perigoso. Eu sabia que o perigo poderia vir de diversas formas, tamanhos e cores.

— Você não respondeu à minha pergunta — disse o desconhecido, com os olhos arregalados. — Fiz uma pergunta: você acredita na cruz de Cristo?

Era estranho receber aquela pergunta. Fazia tempo... Bem, eu não conseguia me lembrar da última vez em que eu havia sido questionado sobre minhas crenças. Em geral, eu era o pregador, o evangelista, o orador, aquele que pregava sobre Deus às pessoas.

Acho que meu sorriso começou a desaparecer.

— É claro... — falei, diminuindo o tom da minha voz.

Não que eu não tivesse certeza da minha resposta. Eu só não estava entendendo aonde ele queria chegar, e por que ele estava me fazendo aquela pergunta no meio da rua, no meio da noite.

Ele não parecia querer ir embora rápido.

— Ouça. Crer, verdadeiramente crer, não é apenas conhecer, ou pregar sobre isso... — O estranho apontou para a cruz que carregava e continuou: — Não. Crer verdadeiramente significa aceitar que Cristo carregou esta cruz, foi pregado nesta cruz, morreu nesta cruz... Tudo por você!

O homem que parecia uma espécie de pregador que usava sua magia para receber "Aleluias" e "Améns" da multidão apenas pôde ouvir o meu silêncio como resposta. Eu não sabia o que dizer.

Algo em mim queria se afundar no banco. Não entendia por quê. Eu não conseguia me mexer nem falar.

— Se você verdadeiramente acredita nisso, então lhe pergunto... — o homem continuou aproximando-se de mim, fascinando-me com aquela expressão de admiração e reverência — o que você está fazendo a respeito disso, filho?

Eu queria dizer alguma coisa, mas não conseguia. Não porque estava surpreso com o que ele estava dizendo. Não. Mas pelo modo como dizia. Num tom de pavor e urgência.

Eu poderia ter respondido, no entanto alguma coisa nos interrompeu.

O barulho de vidro chamou nossa atenção para o outro lado. Percebi então que nada daquilo era por acaso, mas que aquele homem que surgiu em minha vida tinha sido trazido por uma razão. Aquela alma desconhecida não estava apenas vagando no meio da noite. Ele estava correndo em minha direção e, inadvertidamente, segurando um espelho.

Ele não sabia, é claro, nem eu.

Mas eu tinha acabado de descobrir.

BONITÃO

NÃO HÁ COMO VOLTAR ATRÁS AGORA.

Bonitão podia sentir o coração batendo, mas lhe alegrava saber que ninguém mais podia perceber. O barulho da janela quebrando foi mais alto do que o normal por causa do silêncio da noite. Eles estavam praticamente sozinhos naquela rua de Chicago. Ninguém prestaria atenção neles, principalmente porque era uma mera van de entrega branca. Não era nenhuma Porsche ou Rolls, nem algo desse tipo.

Eles estavam longe o bastante de sua casa em Englewood, então os quatro não precisavam se preocupar se importunariam alguma gangue rival da rua. As gangues costumavam se dividir por bairros. Mas, assim que Chicago começou a modificar seus projetos urbanísticos, todas as gangues foram se desfazendo. Agora as rivais ficavam em ruas próximas umas das outras.

Por causa dessas mortes, os nomes nos obituários nunca deixam de diminuir.

Como de costume, os pensamentos em sua mente iam surgindo como a letra de um rap. Não conseguia impedi-los. Tinham que ir para algum lugar. Para aquela alma ali dentro. Apresentavam-se como uma compilação de canções de estilo livre, e quando ele ficava sozinho, as canções ecoavam dentro de sua mente. Especialmente quando ele ficava nervoso.

Bonitão ficou observando atentamente da calçada enquanto o rapaz que liderava o quarteto pegou seu picador de gelo e estilhaçou o vidro. Seu nome era Kriminal. E, como seu nome, ele era uma pessoa nem um pouco doce. Bonitão costumava brincar que Kriminal era a besta, enquanto ele havia herdado a beleza. Apesar da brincadeira, havia muita verdade nisso.

– Vamos! – gritou Kriminal para eles.

Kriminal tinha passado a vida toda dando ordens a Bonitão, mas isso é o que os irmãos mais velhos costumam fazer.

Um Quilo disparou ao ouvir a ordem e entrou pela porta que Kriminal acabara de abrir. Três dos garotos eram do mesmo bairro. Pequeno B era o único que não era do mesmo local. Eles gostavam de zombá-lo por não ser negro, mas o garoto, pequeno e hispânico, tinha muito mais gueto dentro dele do que os outros três. Havia sido acolhido por eles depois que sua mãe e irmã foram baleadas alguns anos atrás. Era impossível não amar Pequeno B. Ele era como aquele filhotinho de cachorro abandonado impossível de deixar na rua.

Bonitão pulou para o banco do passageiro da van enquanto olhava Kriminal remover o plástico da coluna da direção e fazer uma ligação direta. O tempo estava passando. Eles precisavam sair dali o mais rápido possível. Cem por cento de adrenalina pura percorriam todo o seu corpo. Era uma sensação diferente das vezes em que apenas havia assistido, mesmo tendo assistido aos tiroteios. Desta vez ele estava fazendo parte disso. Poderia ser preso.

E a razão é que há uma razão para isso, que é a ladeira fatal para a qual estamos inclinados.

Logo a van foi tomada de riso, mesmo que ainda não tivessem dado partida no carro. Bonitão permaneceu sentado, esperando a van se mexer. Mas por que a demora para sair? Por que Kriminal estava indeciso?

Uma pessoa aproximou-se da van, no lado do motorista. Bonitão viu pelo para-brisa que um pequeno carro estava esperando no cruzamento com os faróis dianteiros acesos. Estava parado, apesar de o farol estar verde. O grande homem negro que se aproximava deles não pareceu estar com receio de chegar perto da van.

E o idiota estava carregando uma cruz gigante.

Este homem vai tomar um tiro.

Kriminal soltou um palavrão sem acreditar no que estava vendo e encarou o homem. A voz que falou pela janela que Kriminal havia estilhaçado era alta e grave.

– Isso que você está fazendo é errado – disse o desconhecido.

Vamos K, vamos sair daqui, vamos embora agora, pediu Bonitão em pensamentos.

No mesmo instante, Kriminal pegou sua pistola semiautomática de nove milímetros e apontou para o rosto do homem com a cruz. Bem perto, para que ele a sentisse em sua testa.

Kriminal tinha dito a Bonitão que gostava da pistola de nove milímetros porque disparava até dezessete tiros em comparação a outro revólver comum, que só desferia seis. Mas naquela distância um único e simples tiro seria suficiente.

– Saia daqui, velho repugnante. A não ser que queira ver sua cara toda perfurada.

Não estou preparado para um assassinato. A ideia era simplesmente roubar um carro, uma van, uma van sem valor que ninguém se desse conta, mas sem assassinato. Por favor, K, não.

A morte não o preocupava e sim o que poderia vir depois.

O homem negro com a arma apontada em seu crânio sorriu. Bonitão não acreditava no que estava vendo. O homem estava sorrindo.

– Estou pronto. E você? – perguntou o desconhecido.

Bonitão ficou esperando para ouvir o tiro. Ele já tinha ouvido aquele som diversas vezes, mas não queria ouvir aquele. Kriminal havia lhe contado algumas histórias, porém Bonitão não queria ver isso com os próprios olhos. Ele podia imaginar o tiro curto e brusco. Apenas um bastaria. Àquela distância não tinha erro. Sem chances.

Não faça isso. Não faça isso, por favor, implorou Bonitão.

Ele não disparou. Por alguma razão, Kriminal estava sendo legal.

Mas ele teria atirado se fossem os Garotos Adidas.

O homem da cruz não mudou sua expressão e nem sua posição. Ele continuou olhando para Kriminal sem piscar.

– Você sabe o que vou fazer? – perguntou o desconhecido.

– Por que você não me diz? – disse Kriminal.

Bonitão podia dizer que seu irmão parecia estar se divertindo. Assim como os outros dois que riam no banco de trás.

– Vou orar por você. Por todos vocês.

Mais risadas foram ouvidas.

– Sim, faça isso, velho louco.

Kriminal colocou sua mão de volta na van e acelerou.

– Isso mesmo, sou um louco – disse o homem ali fora. – Um louco por Cristo. Paulo e eu. Eu e Paulo. Nada além de loucos. Nenhum mal é capaz de me destruir...

A van partiu antes que eles pudessem ouvir qualquer outra *bobagem* daquele homem. Bonitão presumiu que ele devia ser algum louco sem-teto. Eles sempre acabavam ficando loucos quando passavam muito tempo na rua. Começavam a ver coisas. As drogas e o álcool costumavam transformá-los em idiotas. Contudo, Bonitão nunca havia visto um carregando uma cruz.

Nunca vi alguém assim, sem o mínimo medo de morrer.

A van seguiu em direção ao sul, para o seu bairro. O ânimo ainda era de alívio com os garotos no banco de trás xingando e rindo do homem que tinham acabado de ver.

– Aquele homem era louco ou o quê? – gritou Um Quilo em meio a gargalhadas.

Eles estavam contentes por tudo ter sido muito fácil. O roubo da van não era nada. Nada mesmo.

Mas e agora, K?, indagou Bonitão em pensamentos.

Kriminal manteve o foco na direção enquanto Bonitão ignorava a leviandade daqueles meninos infantis no banco de trás.

– O que era aquela coisa que ele estava carregando? – Pequeno B perguntou.

– Uma cruz, seu idiota – Um Quilo respondeu.

– Parecia ser pesada.

– Parecia ser roubada – Um Quilo disse. – Ele deve ter pegado de alguma igreja. Os fiéis chegarão lá domingo e não vão achar a cruz. Aquele idiota vai estar vagando com a cruz e pregando na estrada.

Bonitão olhou pelo espelho, mas ninguém os estava seguindo. E nem seguiriam. Era uma tarefa simples e eles estavam lá para executá-la. Assim como aquele homem. Em um segundo – se Kriminal tivesse feito uma escolha diferente – tudo poderia ter sido diferente. Kriminal poderia estar de mau humor. Ele poderia ter se irritado, como muitas vezes já havia acontecido.

As ruas pelas quais passavam eram desertas e isoladas, e Bonitão as observava atento.

– Você está muito quieto – disse Kriminal. – O que está pensando?

Seu irmão mais velho sempre estava lá. Às vezes cuidando dele, mostrando um amor duro ou batendo nele com força. Ele tinha medo de Kriminal, mas ao mesmo tempo não conhecia outra alma que fosse tão próxima a ele.

Devendo minha vida à mesma velha história atravessada por uma navalha...

Ele não se preocupou com a pergunta do irmão. Não agora que a aceleração dentro dele estava diminuindo. Bonitão teve uma sensação tanto de alívio como de pavor dentro de si.

– Aquele homem estava pronto para morrer – ele disse para Kriminal. – Você viu a cara dele, os olhos? E se ele estivesse certo? Você sabe? E se estivéssemos diante do próprio Deus?

Essas palavras agradaram Kriminal. Ele estava bem-humorado naquela noite. Sorriu.

– Você está dizendo que Deus existe para Nefárius? – ironizou Kriminal.

Os outros riram. Mas Bonitão apenas balançou a cabeça, ainda pensando sobre a expressão do homem. Corajoso. Destemido. Austero.

Ele não parecia ser louco, apesar de suas ações certamente demonstrarem isso, pensou ele.

– Esqueça – disse sem olhar para o irmão. Ficou cabisbaixo sem saber a razão.

Não por ter roubado a van. Era mais do que isso. Não conseguia mais controlar o medo dentro dele. A rodovia que estava percorrendo com os outros garotos tinha algo de muito errado e ele logo iria flutuar sem vida para o ventre daquele lago escuro a não muitos metros de distância deles.

Bonitão queria – mas não que precisasse – sair dali. Suas canções fariam isso, também. A cena musical em Chiraq era real; o gênero de música "drill" continuava ecoando e todos lhe diziam que ele era capaz.

Todos menos Kriminal.

Por alguma razão, Bonitão lembrou-se de sua mãe. E depois de sua avó.

Você sabe o motivo.

Ele queria apagar os pensamentos e as memórias, mas o homem da cruz os tinha trazido de volta. Sua mãe com seus demônios e sua avó com sua cruz, versículos bíblicos e seu Deus.

Seu Deus.

Era um conto de fadas, mas ele ainda se lembrava das palavras que a avó adorava dizer. Antes de todo aquele inferno surgir e eles ficarem sozinhos.

Como as calçadas e as ruas e as sombras, eles passaram. Sozinhos.

Apenas uma estrada para seguir. Sem olhar para trás, Bonitão assopra. Ladrilhos amarelos me guiam.

Ele olhou para frente e manteve os pensamentos organizados.

Sem olhar para trás. Amém.

JOE

Ele continuava esperando quando a mulher cansada e sua filha doente voltaram para a sala de espera. Desta vez, a mãe não evitou Joe nem pareceu preocupada com ele. Ao contrário, foi direto em sua direção.

– Obrigada por sua ajuda – disse ela vomitando um monte de palavras. – Eu só queria me desculpar. Desculpe-me pelo que aconteceu mais cedo. Eu só estava... Não tive a intenção...

– Não se preocupe – falou ele.

Joe entendia sua preocupação. Ele também ficaria preocupado se visse alguém com sua aparência conversando com uma menina como Lily. O mundo é cruel. Joe conhecia homens muito maldosos.

– Está tudo bem com ela? – perguntou para a mãe.

– Sim. Sinusite. Eles receitaram um antibiótico. Ainda bem que nos deram algumas amostras grátis.

Joe entendeu que ela quis dizer que não tinha dinheiro para comprar o medicamento. Ela olhou para a sala de espera quase vazia. Joe viu seus olhares irem em direção ao relógio que estava na parede. Era meia-noite.

– Você está bem? – perguntou ele.

Ela balançou a cabeça, certamente pensando em alguma coisa. Seus braços cobriam Lily, que estava atrás dela.

– Você tem algum lugar para ir?

– Estamos bem. Temos um carro.

Suas palavras produziram tensão em seu rosto.

– Um carro?

– Há um abrigo aqui perto... – disse ela, tentando explicar.

A menina ainda estava pálida e parecia não estar bem. Seus olhos estavam cansados. Ela precisava de um lugar confortável para dormir, e precisava disso o quanto antes.

Joe ainda estava esperando para ser atendido, mas isso não era tão importante. Ele tentou não mostrar preocupação.

– Não se ofenda, mas não acho que seja uma boa ideia. Ela precisa ficar em um lugar que seja quente.

A mãe acenou com a cabeça, mas parecia não ter uma resposta e nem sabia onde encontrá-la.

Há quanto tempo será que elas estão na rua?, Joe pensou, preocupado.

– Ouça – disse Joe. – Sei que isso pode parecer loucura, mas moro a apenas alguns quarteirões daqui. Se quiser, vocês podem passar a noite lá.

A mulher não disse nada. Joe entendeu. Ele conhecia bem aquele olhar. Sempre que ia a algum lugar, as pessoas costumavam examinar sua aparência. Ele parecia ser um homem duro e, mesmo que tentasse, não conseguia ser mais delicado. Deus o havia feito daquela forma. Algumas das cicatrizes e tatuagens que tinha em seu corpo – bem, ele era responsável por elas estarem ali, mas não conseguia tirá-las mais. Poucos, porém, conseguiam ver a nova criatura que existia dentro dele.

Tudo que ele podia oferecer era um sorriso carinhoso.

– Sei que minha aparência espanta. Mas não sou assim... Não mais.

A mãe continuava sem dizer nada. Lily olhou para ele com um sorriso fraco, mas bonito.

– Vocês podem ficar sozinhas na casa – acrescentou Joe. – Tenho outro lugar para ficar.

– Ouça, agradeço sua gentileza – disse a mulher, balançando a cabeça. – Obrigada mesmo, mas não acho...

– Tudo bem, mamãe. Joe não vai nos machucar. Ele é nosso anjo da guarda. Não é, Joe?

Ele sorriu e acenou com a cabeça, enquanto esperava a mãe falar alguma coisa.

Alguma coisa mudou dentro de mim. Talvez por causa daqueles bandidos que roubaram a van naquela noite, mas acho que foi antes disso. Acho que foram as palavras de um homem que eu não conhecia e que ainda não conheço.

"Você acredita na cruz de Cristo?"

Ele não perguntou apenas uma vez, mas duas. Talvez porque minha resposta não tenha sido suficiente.

No entanto, não foi essa pergunta que me intimidou, mas a seguinte.

"O que você está fazendo a respeito disso, filho?"

Fiquei observando-o enquanto ele atravessava o cruzamento de maneira ousada em direção à van que aquela gangue estava roubando e enquanto conversava com o motorista. Não sabia o que estava acontecendo e nem queria. Esperei e pensei em chamar a polícia, mas não sei se teria tempo para isso. A van partiu noite adentro. E o homem que carregava a cruz fez o mesmo, caminhando pela calçada e seguindo seu rumo.

Era como se eu tivesse cruzado com algum anjo da guarda que queria me transmitir uma mensagem. Que precisava me passar uma mensagem.

Isso me levou a pegar o retorno e seguir pela outra direção. Não sei bem por qual razão.

Por causa de uma coisa que vi um pouco antes.

Era apenas um pressentimento. Mas novamente, quanto mais penso sobre isso, convenço-me de que era o Espírito Santo trabalhando. Concordo que, como pastor, a parte da Trindade que entendi por último foi o Espírito de Deus. Entendo na teoria o que a Bíblia diz sobre isso, mas em alguns momentos é difícil. Fico pensando, contudo acho que naquele momento, depois de ter conversado com o *anjo-profeta* na estrada, senti uma alegria em minha alma. Talvez fosse o Espírito. Ou talvez tenha sido minha culpa porque parti sem fazer nada.

Até hoje não sei ao certo.

Talvez fosse o momento de começar a fazer alguma coisa.

Então peguei o caminho de volta para o hospital, pelas mesmas ruas que passei com os Newtons.

Perto da área onde eu havia encontrado aquela menina, diminuí a velocidade e examinei as calçadas e vielas. Por quinze minutos dirigi a menos de dez quilômetros por hora. Os carros passavam e buzinavam, perguntando-se o que eu estava fazendo. Eles não sabiam que eu queria ajudar procurando por uma pessoa que estivesse precisando de alguém.

Até orei a Deus para que eu a encontrasse. Ele ouviu a minha oração e respondeu.

Encontrei uma pessoa em um beco próximo a uma caçamba. Era uma pessoa procurando algo nela – poderia ser qualquer pessoa. Alguém que precisasse de uma mão amiga. Mas parei o carro e abri a janela. Quando a pessoa levantou a cabeça da caçamba, seu rosto sujo revelou a verdade.

Era a garota grávida que eu havia visto caminhando pela calçada um pouco mais cedo. Ela continuava sozinha. E ainda tinha aquele olhar de desespero no rosto.

– Você está bem? – perguntei.

Era uma pergunta idiota. Lógico que não estava. Nada sobre aquela situação parecia bem; contudo, eu só estava tentando ser simpático e sereno. Não queria assustá-la dizendo: "Você parece estar no fundo de um poço profundo e aterrorizante, com fome e grávida, e ainda adolescente". Por isso fiz uma pergunta idiota.

O olhar que ela me deu afirmou o óbvio.

O que você acha, homem idiota de meia-idade?

– Estou bem – disse a garota.

Enxerguei sua resposta como um bom sinal, porque mostrava que ainda havia alguma chama em seu interior.

A garota voltou seu olhar para a caçamba, já tendo terminado o assunto comigo naquele momento, nem um pouco constrangida por continuar revirando o lixo.

– Veja, sei que você não me conhece – eu a chamei, esperando que me ouvisse. – Mas... você precisa de alguma coisa?

Novamente, uma pergunta óbvia e idiota. E mais uma vez tentei parecer inocente e útil e, acima de tudo, cuidadoso.

– Quem é você, algum tarado?

Ela era durona. Logo percebi que não era uma garota fácil de lidar. Apesar de passar outra impressão.

— Não, por favor — comecei a dizer. — Só quero ajudar.

Eu não me considerava ameaçador. É algo que acho que nunca conseguiria ser na minha vida. Parte de ser pastor — pelo menos parte do que as pessoas haviam me dito ao longo dos anos — era que eu tinha um rosto simpático e muita disposição. Muitos haviam me dito que tinham facilidade de conversar comigo, que eu os ouvia quando falavam, que eu era um cara legal. Certa vez brinquei com minha esposa que não queria ser o cara legal, mas como um herói perigoso e misterioso que vem e conquista rapidamente uma mulher. No entanto, eu era assim. Eu era Matthew, *o cara legal*. E neste momento da minha vida eu, sinceramente, esperava que aquela garota visse isso.

Mas a maioria dos assassinos em série não é boa-pinta? — pensei.

Tentei tirar aquele pensamento da minha cabeça. Talvez a garota não soubesse dessa triste verdade sobre nosso mundo. Esperava que não soubesse mesmo.

A adolescente parou e me olhou por um bom tempo, considerando meus comentários. Talvez ela estivesse avaliando suas opções e tentando definir o que faria.

Esperei. Talvez o Espírito ainda estivesse em ação. E, em caso positivo, talvez ajudasse se eu também instigasse a alma da jovem garota.

VINTE MINUTOS DEPOIS, eu precisava daquele mesmo Espírito para tentar acalmar minha esposa.

Grace sempre foi a âncora em nosso relacionamento. Sei quão clichê isso pode parecer, mas viver comigo é provavelmente como concordar e velejar no Pacífico quando o capitão não sabe exatamente para qual direção está indo.

Tive outras profissões antes de me tornar pastor. E muitos dias acordo e penso no que estou fazendo e para onde estou indo e se realmente continuarei a ser pastor, simplesmente porque me preocupo com tudo um pouco. Então Grace vem, senta-se ao meu lado, segura minhas mãos e diz que tudo ficará bem.

Nessa noite, porém, horas depois de eu ter saído de casa inesperadamente para levar os Newtons ao hospital, eu tinha acordado Grace com outro problema para resolvermos. Bem, na verdade, não estava bem em minhas mãos, e ela estava tentando entender o que eu estava pensando.

— Você não pode fazer isso — disse Grace sem acreditar, em pé na porta da nossa sala de estar.

— A menina precisa de um lugar para ficar.

Grace abriu as persianas e viu o Prius estacionado em nossa garagem, ainda ligado, com os faróis acesos. O nome da menina era Maggie. Ela estava sentada no banco de passageiro, esperando. Esperando e com certeza imaginando o que poderia estar acontecendo.

— Então a leve para algum lugar — Grace falou. — Mas não aqui.

Comecei a tentar mostrar meus argumentos, porém Grace me interrompeu mesmo antes de eu tentar.

— Você me prometeu. Esta é nossa casa, Matt. Eu também preciso de um refúgio. Um lugar longe da tempestade.

Eu não precisava perguntar sobre o que ela estava falando. Sabia bem. Muito bem, na verdade.

Lembrei-me de nosso aniversário de casamento de dez anos, no ano passado. Nossa celebração tinha ido por água abaixo. Foi quando fiz uma promessa a Grace. Eu tinha de cumpri-la.

Expirei.

— Eu sei, eu sei. Deveria ter ligado antes. Mas não posso simplesmente largá-la agora.

Grace apenas balançou a cabeça e desviou o olhar. Tinha sido minha decisão e agora era minha responsabilidade. Eu não queria que a menina em meu carro esperasse mais. Sabia que precisava tomar uma decisão rapidamente.

— Vou pensar em alguma coisa! — disse para Grace.

Ela se afastou de mim antes que pudesse lhe dar um abraço ou um beijo.

A primeira coisa que fiz foi ver se Maggie queria comer alguma coisa. Novamente, eu de fato não queria saber se ela estava com fome ou não. Eu sabia que sim. O ponto era ver se ela ficaria confortável o suficiente em me deixar lhe pagar um jantar. O Hotel White Castle pelo qual havíamos passado seria suficiente para atender nossa necessidade.

Levamos alguns minutos para chegar ao hotel. Não ficava localizado em uma área ruim e também não parecia estar em más condições. O

Hotel Starlite ficava bem perto da nossa igreja, e eu conhecia pessoas que já haviam se hospedado lá.

Quando estacionamos, imaginei o que poderiam pensar se nos vissem ali. No meio na noite. Um homem de quarenta anos entrando em um hotel com uma adolescente bonita e grávida carregando uma pequena mochila rosa. A dona do hotel sabia que eu era pastor da igreja local, mas o garoto da recepção não me conhecia. Poderiam me olhar de modo estranho e fazer julgamentos. Poderiam também chamar a polícia. Por isso, decidi entrar no quarto sozinho enquanto ela esperava no carro.

Ao voltar ao carro, não me surpreendi quando vi que Maggie já tinha terminado o hambúrguer e as batatas que eu tinha comprado no caminho. Queria saber há quanto tempo ela estava sem comer, mas não lhe perguntei. Diversas perguntas iam surgindo em minha mente. Especialmente: *O que uma menina como ela estava fazendo na rua?*

Mas já era tarde e não era o momento de obter a biografia da menina. Ela precisava de um lugar para ficar. Um lugar seguro.

Levei-a até a porta do quarto e fiz questão de ficar do lado de fora.

— Ouça, estão pagas duas noites — disse a ela. — Voltarei amanhã ou na segunda-feira e decidiremos o que vamos fazer.

Ela jogou seus cabelos grossos e crespos que escondiam seu rosto puro e inocente para trás. Continuava tentando entender quem eu era, tentando tomar cuidado a cada novo passo. Ela não havia dito muita coisa desde que concordou em entrar no carro. Eu também não a culpava por isso. Contudo, ela finalmente decidiu dividir alguns de seus pensamentos:

— Você mentiu. Você é louco.

— O que você quer dizer? — perguntei.

— Ninguém ajuda uma pessoa simplesmente por ajudar.

Havia um tom de adulto em sua voz. Que não combinava com seu rosto nem com sua idade. Mas, para algumas pessoas, ser criança não significa ser tratado como uma. Para elas, Deus tem outros planos.

— Sim — eu disse, compreendendo sua falta de confiança. — Bem, sou cristão.

— Assim como a maioria das pessoas que me ignoram.

Ela pegou as chaves e entrou no quarto. Fechei a porta e a pude ouvir trancando-a. Fiquei ali parado por uns instantes, olhando a maçaneta desgastada.

Deus, por favor, esteja com essa jovem. E também com a criança que ela está carregando, orei em silêncio.

A volta para casa foi mais longa que o normal. Talvez porque eu estivesse dirigindo no ritmo de um caracol. Não estava preocupado em chegar em casa no silêncio da noite. Eu estava mais preocupado com Maggie.

Há uma hora eu nem sequer sabia seu nome, nem se a veria de novo.

Mas agora Maggie era minha responsabilidade, mas tudo bem, e foi sobre isso que Grace e eu conversamos.

Era mais um peso para carregar. Outro fardo pelo qual orar e se preocupar. E Deus sabia que eu já tinha muitos. A minha igreja por si só já tinha almas problemáticas o suficiente para cuidar.

"Olá, Matt. Tiago 1:27 chama pelo seu nome. É sério. É tão conhecido quanto João 3:16."

Eu disse essas palavras em voz alta. Às vezes era bom fazer isso. Não para provar que eu conseguia memorizar as passagens bíblicas, mas para ouvi-las de uma maneira nova e diferente.

"A religião que Deus, o nosso Pai, aceita como pura e imaculada é esta: cuidar dos órfãos e das viúvas em suas dificuldades e não se deixar corromper pelo mundo." (Tiago 1:27)

Acho que o mundo ainda não havia me corrompido. Havia tentado. Sim, Senhor, tentava todos os dias. Costumava me abater e tentava me destruir. Mas isso não significa que eu precisava esquecer um dos pedidos mais claros e fáceis que Deus fazia aos seus filhos.

Então ali estava Maggie com suas dificuldades. Orei para que eu pudesse fazer alguma coisa por ela e pela vida que carregava. Mas, por ora, eu tinha dado o primeiro passo. Não precisava mais me preocupar. Precisava confiar em Deus.

— JOE —

ELE PEGOU A MOCHILA DELAS, que estava muito leve, e levou-as pela calçada até a entrada. A mãe seguia atrás com a filha no colo.

Joe percebeu que Samantha estava cheia de dúvidas. Ele sabia seu nome agora, pelo menos o primeiro. Já era um começo. Assim como o fato de ela ter aceitado ficar em seu apartamento.

– Sei que não é a Disney World nem algo parecido, mas não é tão ruim assim – disse Joe. – E não se preocupem. Vou deixar a chave com vocês. A única.

Haviam deixado o hospital sem que Joe fosse atendido. Mas tudo bem. Ele havia passado muito tempo no hospital. Não iriam dizer algo novo para ele... Não que ele estivesse cheio de dúvidas e preocupações. Joe voltaria em algum outro momento. Isso era muito mais importante.

Joe abriu a porta e as guiou escada acima, atravessando um corredor até chegarem à sua porta. Abriu a porta e acendeu a luz mostrando o apartamento. Incompleto e simples. Parecia que tinha acabado de ser alugado e ainda faltavam algumas coisas.

Um lugar em que você não iria ficar por muito tempo.

– Este é o apartamento – falou, colocando sua mochila logo na entrada.

Não havia muito para mostrar. A sala também era o quarto. O sofá também era sua cama. Havia uma pequena televisão de tela plana na parede. Uma pequena cozinha com geladeira e fogão.

Joe arrumou a cama, e Samantha colocou Lily para dormir. Ele lhe deu um cobertor extra para cobri-la.

– Desculpe-me, mas não tenho outra cama.

Samantha apenas balançou a cabeça.

– Seu apartamento é muito arrumado.

Era uma frase sem muita relevância. Joe havia jurado na prisão que se voltasse a ter uma casa iria mantê-la impecável. Não que ele tivesse muito para cuidar, mas acima de tudo o local era limpo. Do vaso sanitário às bocas do fogão e potes no congelador.

Ele viu Samantha olhando a sua Bíblia desgastada sobre a mesa, próxima à cama. Havia ganhado aquela Bíblia de um pastor na época em que esteve preso. Mas não seria um problema deixá-la com elas. Poderia fazer algum bem às duas. Porque certamente havia feito a ele.

Havia uma razão de se chamar Bíblia Viva, pensou ele.

– Você tem certeza de que seu amigo vai recebê-lo a uma hora dessas? – a mulher perguntou.

Joe tinha inventado isso a Samantha quando ela inicialmente recusou o convite de ficar em sua casa.

– Positivo – respondeu. – Olhe a chave aqui.

Joe observou um ar de cansaço nos olhos dela. Mas havia certa delicadeza neles. Ele tinha sensibilidade para perceber isso. Samantha era uma boa alma. Apenas cansada e preocupada com a filha. Sim, muito cansada, aliás.

Joe estava se preparando para ir embora quando Lily o chamou:

– Não se esqueça de levar sua escova de dentes, Joe.

Ele virou-se e sorriu para a menina deitada na cama. Joe achava que ela já estava dormindo.

– Bem lembrado, Lily.

Joe gostava de falar seu nome. Lily. E quem não iria gostar? Pronunciar seu nome o deixava feliz.

As pequenas coisas importavam na vida agora. Ele havia aprendido isso tempos atrás quando tudo havia sido tomado dele.

Não tudo, corrigiu seu pensamento.

Joe ouviu Lily e pegou sua escova de dentes, que estava perfeitamente guardada na prateleira atrás do espelho. Antes de partir, olhou sério para Samantha.

– Tranque bem a porta – orientou-a.

Ela acenou com a cabeça.

– Vejo vocês amanhã. Durmam bem – disse Joe.

O trinco deslizando sobre a tranca foi um boa-noite.

De volta à noite fria, Joe pensou por um instante para onde iria. Em seguida, dirigiu-se para o parque, um lugar onde sabia que encontraria algum espaço.

Joe não tinha carro, por isso teria que ficar no parque. Mas seria apenas por uma noite. Foi o que ele disse a si mesmo.

Havia um banco de concreto disponível. Dois dos bancos pelos quais ele havia passado estavam ocupados, e então ele se sentou na ponta do banco onde havia sombra. Os postes de iluminação clareavam a outra ponta.

Aqui estou, Senhor.

Veio uma rajada de vento e Joe abraçou seu corpo. Tremendo, puxou a gola do seu casaco para cima. Era o mais grosso que ele tinha, mas não era grande coisa. Joe tinha sangue quente.

Então, quais são seus planos, Senhor?, conversou com Deus em pensamentos.

Não era uma pergunta aberta. Ele verdadeiramente queria saber. E Joe acreditava que Deus lhe mostraria também. Deus costumava lhe mostrar as coisas da maneira mais surpreendente possível.

Quando se passa muito tempo na escuridão, a luz é algo muito confortante. Você só quer continuar lá. Quer seguir correndo em direção a isso, com toda sua alma e coração.

Por que razão você colocou Lily e sua mãe no meu caminho?, questionou a Deus.

Havia uma razão. Joe sabia disso. Talvez fosse simplesmente para ele emprestar seu apartamento por uma noite. Mas Joe suspeitava que tinha algo mais.

Mostre-me por que, Senhor. Mostre o que devo fazer.

Essa era a oração que ele fazia a Deus toda manhã ao acordar e toda noite antes de dormir.

Foi um pouco mais difícil pegar no sono naquela noite. Mas a palavra difícil era algo corriqueiro em sua vida. Vida e difícil caminhavam juntas. Ele estava acostumado e até era grato por isso naquele momento, desde que estivesse fazendo a coisa certa.

— LACEY —

O QUARTO ESTAVA SILENCIOSO. Nem um movimento sequer. Nenhum som. A fraca luz perto da entrada estava acesa, mais fraca que isso Lacey não conseguiria enxergar nada. De vez em quando as enfermeiras vinham checá-la, mas agora, que já passava de meia-noite, elas não apareciam com tanta frequência.

Ela estava sozinha quando tomou a decisão. E depois de toda a comoção para levá-la ao hospital, Lacey estava sozinha. De novo.

O silêncio. Ele continuava em sua vida. Por inúmeras vezes ela havia tentado se livrar dele. Todas as festas e baladas e quartos. Através do barulho e da correria da vida na cidade, mas nada havia funcionado. Nada.

"Você está com depressão, apenas. Você tem tomado seus medicamentos?"

Um amigo poderia dizer.

"Você só precisa superar isso e seguir em frente."

Seu ex poderia dizer.

"Você precisa crescer e ser adulta."

Seu pai poderia dizer.

Tudo aquilo que poderia ter sido dito, e ainda assim... Nada daquilo tinha sido dito a ela. Ninguém esteve lá para lhe dizer algo. Ninguém havia ido até seu quarto, ao lado da sua cama.

Porque eu não tenho ninguém.

Era a mais pura verdade. Ela não estava pensando isso para sentir pena de si mesma. A vida já era uma história repleta de sofrimento.

E foi por essa razão que ela decidiu tomar aquela atitude.

Estar rodeada de pessoas não significa ter alguém em sua vida. Conectar-se com as pessoas pela internet não significa que você tem algum relacionamento com elas.

Uma cidade tão grande, com tantas almas, era solitária para ela. No final do dia, Lacey sentia-se sozinha, isolada, sem rumo.

Na próxima vez, ninguém vai me encontrar.

Lacey queria sair dali, disso ela tinha certeza. Longe de todas as pessoas que certamente a julgavam, daqueles estranhos que a examinavam, observavam, medicavam e a examinavam de novo.

Ficava imaginando o que seu pai iria dizer se e quando soubesse do acontecido. Essa era a grande pergunta. E ela não queria pensar sobre isso porque apenas a deixaria ainda mais deprimida.

A melhor coisa que ele podia fazer era ficar enfurecido, ir até o hospital para vê-la e castigá-la, para finalmente mostrar pulso firme.

Não fiz isso para ele. Não estou aqui por causa dele.

Ela acreditava nisso e talvez fosse verdade. Mas ainda assim Lacey sabia que seu pai, o único ainda presente, exercia muita influência sobre ela. Apesar de ele não viver tão distante fisicamente, o seu espírito estava muito distante.

Aquela imagem me assombrava. As palavras me condenavam. Não sei há quanto tempo estava lá, olhando aquilo. Com os olhos fixos como se aquilo pudesse pular e me atacar. Ou talvez apenas fugir.

Eu não conseguiria dormir. Depois de todos os acontecimentos daquela noite, cheguei à minha casa cheio de preocupação e dúvida. Havia uma única luz acesa, um cuidado de Grace. Eu poderia simplesmente ir para o quarto e passar as próximas horas com os olhos abertos, pensando sobre inúmeras coisas naquela escuridão. Mas preferi ir para o escritório.

Pensei em fazer algumas anotações para o sermão do dia seguinte.

Mas, após quinze minutos, tudo que consegui fazer foi esboçar um desenho e escrever uma frase.

O desenho de uma cruz cobria praticamente todo o papel.

E embaixo dela havia a seguinte frase, em letras maiúsculas:

VOCÊ ACREDITA NA CRUZ?

Continuei observando a cruz, pensando nas palavras e no homem que havia conversado comigo. Fiquei pensando onde ele estaria naquele momento. Depois pensei em Maggie e em como ela devia estar se sentindo.

O que posso fazer? O que devo fazer?

Eu estava perdido em um mar de pensamentos sobre coisas que eu queria dizer e que eu poderia fazer.

Você acredita, Matt?

E respondi prontamente que sim. Porque eu era pastor.

É claro... pastor.

Não era tão simples assim.

Pensei nas palavras daquele estranho de novo.

"O que você está fazendo a respeito disso?"

Nem escutei a porta se abrir.

— O que é isso? — uma voz mansa perguntou.

Virei-me e vi Grace. Seus olhos estavam entreabertos e ela vestia um confortável roupão.

— Meu sermão — respondi, surpreendendo a mim mesmo.

Vou fazer uma coisa. O que acha disso?, refleti.

— Quer me mostrar? — perguntou minha esposa.

— Não. Pelo menos... Não por enquanto.

Ela acenou com a cabeça e disse para eu não demorar para ir para a cama. Era tarde e ela sabia que eu poderia ficar acordado pensando e lutando contra meus demônios interiores. Respondi que não demoraria.

Eu tinha acabado de decidir que mudaria meu sermão. Que estava bom. Mas isso não era novidade.

Mas sobre o que exatamente eu falaria?

A cruz. Certo? Mas não era sobre ela que eu costumava falar ou a ela me referir toda vez que eu pregava?

Tentei me lembrar há quanto tempo eu não falava honesta e abertamente sobre a cruz. Na Páscoa, claro, mas esses feriados costumam ser tão cheios dessas informações, parecem com as mesas de almoço em datas assim.

Não. Quando foi a última vez que falei sobre a cruz? O Evangelho. Jesus Cristo e o que Ele fez por mim e por você.

<u>VOCÊ</u> <u>ACREDITA</u> <u>NA</u> <u>CRUZ</u>?

Desenhei sobre o contorno da cruz e sublinhei essas quatro simples palavras.

De certa forma, é a última pergunta que alguém lhe faria.

Na verdade, é a única coisa que vale a pena perguntar.

Uma ideia me surgiu. Uma ótima ideia, na realidade.

Decidi fazer algo um pouco diferente.

Vou fazer algo um pouco diferente, meu amigo da cruz, pensei.

Sorri antes de sair do meu escritório e ir dormir.

ELENA

O CARRO PARECIA ESTAR DIRIGINDO SOZINHO. Elena pensou que se começassem a vender carros que dirigem sozinhos, ela certamente compraria um. Elena levava cerca de vinte minutos de carro do hospital até sua casa, no sul da cidade. Percorria o caminho com tanta frequência, nas horas mais estranhas, que poderia acabar dormindo ao volante a qualquer momento. Não sabia se isso era possível, mas às quatro horas da manhã ela poderia usar uma terminologia apropriada para o carro começar a se mover pelas ruas vazias da cidade.

Eles moravam no subúrbio de Blue Island há cerca de dois anos. Fizeram um bom negócio ao comprar uma casa própria, mesmo sabendo que haviam se afastado um pouco da cidade. Foi fácil conseguir um empréstimo porque as taxas estavam bem baixas, então acabaram encarando o desafio mesmo tendo quase nada de dinheiro. A dívida que carregariam por anos, o fato de Bobby mudar constantemente de emprego e o empréstimo da escola das crianças já era suficiente para deixá-los bem apertados financeiramente. Sentiam a dificuldade. E era algo que não saía da mente dos dois no hospital.

A casa ficava no meio de uma rua próxima a casas populares semelhantes. Era muito bonita, apesar de a casa ter sido construída em 1926. Os antigos proprietários a reformaram e colocaram piso de madeira e novas janelas. Três degraus de concreto levavam a uma pequena varanda em um dos lados da fachada, com três novas janelas do outro lado. O segundo andar era pequeno, onde ficava o quarto das crianças e o quarto do casal.

Quando Elena passava por bairros mais ricos, às vezes ela pensava como seria se tivesse uma casa maior. Não uma mansão, apenas uma casa em que não houvesse vizinhos nos fundos. Sempre que havia alguma família morando nos fundos, o que parecia ser algo frequente, eles ficavam muito estressados. Por sorte, a piscina que ficava atrás da casa e a área no entorno proporcionavam um pouco de espaço, pelo menos durante os dias quentes de verão.

Vai demorar até que possamos usar a piscina de novo, ela pensou. O frio de novembro tinha vindo para ficar. O casaco leve que estava vestindo não a aquecia muito. Elena logo chegaria à sua casa, mas mal iria conseguir dormir, pois as crianças tinham que levantar às seis.

Assim que chegou à entrada da garagem, os faróis do carro iluminaram as bicicletas dos meninos deitadas no jardim. Provavelmente a avó havia se esquecido de pedir para guardá-las na garagem. Ou talvez eles não tenham lhe dado atenção (o que acontecia com frequência). Ela ia desligar o carro quando viu alguém na frente de sua casa. Tomou um susto. Mas então viu a cabeça e identificou.

Carlos!

Seu irmão estava de volta.

Ficou aliviada e se recompôs do susto para sair do carro e ir cumprimentá-lo.

– Carlos! – gritou e correu até ele para lhe dar um abraço.

Ele tinha dificuldade em demonstrar suas emoções, mas ela sabia que ele estava feliz em vê-la.

– Não acredito que você voltou – disse ela, tentando ver seu rosto na fraca luz da lâmpada pendurada na varanda. – Por que você não me ligou?

O homem alto e magro encolheu os ombros.

– Desculpe. Você me conhece.

Ela viu sua mala de lona na varanda.

– Por que você não bateu na porta? Mamãe está aí dentro com as crianças. Bobby também está.

– Não queria acordá-los – respondeu ele.

Seu tom de voz era baixo e lento. Carlos parecia estar tão cansado quanto Elena.

Ela queria dizer para deixar de bobagem, que ele era família e bem-vindo em sua casa a qualquer momento, e que precisava lhe dar uma chave. Bobby havia chegado um pouco depois da meia-noite. E era fácil entrar em contato com Elena.

Ele sabe disso, pensou ela.

Elena não queria ser dura com ele. Era a última coisa que seu irmão precisava.

– Deixe-me vê-lo – disse, mudando de posição para olhá-lo melhor.

O sorriso em seu rosto era lindo. Ela estava com saudades. Em todas as fotos que ele havia mandado do Afeganistão, Carlos parecia tão sério, tão adulto. Elena sabia um pouco o que significava fazer parte da

Marinha – Carlos havia certamente tentando explicar a ela, e a todos os outros, o que isso significava. Mas ela estava com saudade daquele sorriso. Estava com saudade dele.

– Agora você vai ficar para valer? – perguntou, com medo da resposta. – Você vai ser enviado de volta?

– O posicionamento de tropas acabou. Meu serviço ativo acabou e estou como Reserva Individual. Ou seja, sou civil novamente.

Ela deu um suspiro de alívio.

– Graças a Deus. Por favor, então agora diga que vai mudar esse corte de cabelo.

Carlos riu. Ele mal tinha cabelos para chamar de corte.

– Você não gosta do meu corte?

– Sua cabeça parece um melão.

Uma vez boa irmã, sempre boa irmã. Mesmo que ele se casasse algum dia, Elena sabia que sempre poderia ser sincera com seu irmãozinho. Esse homem grande e forte sempre seria o Carlinhos. Ela sempre tentaria protegê-lo, mesmo que dentro dela soubesse que seria em vão, como tantas outras vezes.

Elena encontrou a chave da porta.

– Agora entre, entre. Você podia ter tocado a campainha. Bobby não se importaria.

– Já lhe disse. Eu não queria acordá-lo. Nem as crianças. Sei que cheguei um pouco de surpresa.

– Não seja bobo.

MOMENTOS DEPOIS, Elena entrou em seu quarto na ponta dos pés, tentando evitar o estalo no centro do piso do quarto que sempre parecia acordar um deles. As roupas de cama estavam guardadas no armário, atrás das roupas e toalhas. Elena não era uma pessoa muito organizada. Não havia tempo para manter a casa limpa e arrumada já que ambos trabalhavam muito e passavam o tempo livre passeando com os meninos. Assim que saiu do quarto, ela viu Carlos vestindo uma camiseta verde e seu shorts de treinamento do Corpo da Marinha.

– Você tem alguma gordura neste corpo? – perguntou ela.

Ele realmente estava magro e sarado, como nunca antes em sua vida. Carlos sempre teve um corpo atlético, mas ela ainda estava surpresa, pois agora parecia uma rocha sólida.

– Procuro me alimentar bem – respondeu com um sorriso.

Elena sabia que ele fazia muito mais do que isso. Muito mais.

– Bom avisar: as crianças costumam deixar seus *Legos* espalhados por todo canto, por isso tome cuidado quando andar por aí descalço – disse Elena enquanto arrumava a cama improvisada. – E este sofá é novo, então tente não babar enquanto dorme.

– É sério? – Carlos perguntou.

– Sim, é sério. É couro de *bebê*.

Ela pulou no sofá, pegou o travesseiro que havia arrumado e tentou afofá-lo.

– Não se preocupe. Não vou ficar por muito tempo.

– É mesmo? – perguntou Elena. – Vai sim enquanto eu puder ajudá-lo. *Tú eres familia*.

Carlos não respondeu. Ela sabia que estava tudo bem. Havia muita coisa que ela não sabia sobre seu irmãozinho. De certa forma, Carlos havia desaparecido desde que passou a servir no Afeganistão, nos últimos anos. E quando vinha para casa, Carlos não queria falar sobre isso. No fundo ela sabia que as coisas provavelmente não eram nada fáceis para ele, exatamente pelo fato de ele não dizer nada. Seu silêncio a preocupou muito nos últimos anos.

Mas Carlos estava de volta, e talvez eles fossem conseguir passar um tempo com ele desta vez para conhecê-lo de novo. Os meninos mal o conheciam, e iriam adorar ver o tio que amavam. O herói sobre o qual costumam falar, como se fosse algum personagem de um filme de ação.

– Espero que você consiga dormir um pouco antes de os pestinhas acordarem – disse Elena.

Sua pele escura refletiu sua expressão ainda mais sombria em sua face. Carlos forçou um sorriso, mas Elena sabia que ele só estava sendo educado.

– Obrigado – foi tudo que ele disse antes de Elena apagar as luzes.

Agora Elena sabia que não iria conseguir dormir. A chegada de Carlos havia sido como tomar uma xícara extragrande de café. Sua mente estava a milhão, pensando por quanto tempo Carlos ficaria lá, como Bobby iria reagir, se ela precisaria ou não tirar uns dias de folga e onde ele ficaria se decidisse ficar por mais um tempo.

Acalme-se, pensou.

Respirou fundo. Decidiu ir para a cama e tentar descansar, relaxar, ou pelo menos fechar os olhos por alguns instantes.

Carlos finalmente estava de volta.

O que ele trouxe com ele?

Essa era a grande pergunta, que não seria respondida tão rapidamente. Ela sabia disso.

Talvez apenas talvez...

Elena precisava parar com tudo isso. Não lhe faria bem pensar demais nem ficar tão esperançosa. Ela já havia passado por isso antes. Já havia aprendido que isso não era legal.

— LACEY —

LACEY NÃO SIMPATIZAVA NEM UM POUCO COM O MÉDICO. Por sorte ela só o tinha visto duas vezes enquanto estava acordada, mas nessas duas vezes ele tinha sido arrogante. A única coisa que ela odiava mais do que um homem presunçoso era um homem presunçoso e inteligente. Ele era médico, então obviamente era inteligente. Mas ele não precisava tratá-la como uma criança. Ou, pior ainda, como um cachorrinho abandonado que não pode fazer nada além de olhar para ele com uma feição de desamparo.

Alguns minutos depois das oito naquela manhã de domingo, Dr. Farell veio até seu leito de observação, jogando a cortina para trás e indo direto ao assunto sem ao menos dar-lhe um bom-dia. Ele olhava mais para o iPad que estava segurando do que para Lacey.

– Consciente, responsiva e alerta.

Ela estava se sentindo tonta e de ressaca.

Consciente. Sim. Alerta. Não tenho certeza.

Mas ela não iria discutir com o médico. Dr. Farell continuou olhando para seu iPad, o que a levou a pensar que ele deveria estar entrando em seu Facebook para saber dos acontecimentos. Talvez ele tivesse uma página de fãs que ela pudesse começar a acompanhar.

E tenho certeza de que ele deve ter umas quatro ou cinco pessoas seguindo-o, debochou em pensamentos.

– Veja, é assim que funciona – disse ele, ainda sem mencionar o nome de Lacey. – Vou fazer uma pergunta simples, e, se você quiser ir embora, responda "sim". Ou apenas acene com a cabeça. Preparada?

O tom de sua voz era de irritação e impaciência. Ela acenou com a cabeça e se perguntou se seu bronzeado era de verdade ou artificial.

Por alguns instantes, ele fez algumas perguntas básicas. Seu nome, data de aniversário, coisas padrão. E então fez a grande pergunta:

– Sua ingestão de um alérgeno previamente conhecido foi acidental, certo?

Eles trocaram um olhar.

Você sabe tão bem quanto eu qual é a resposta.

Lacey simplesmente respondeu:

– Sim.

Dr. Farell continuou olhando para o seu iPad, deslizando os dedos, e deslizando de novo.

– Certo, você está liberada – disse ele, finalmente olhando para ela. – No futuro, talvez seja preciso ter um pouco mais de atenção... A menos que queira ver como vai ficar seu nome na certidão de óbito.

Foi isso. Nada de "Ótimo que você está bem" ou "Cuide-se". Não que Lacey quisesse ou esperasse ter uma Madre Teresa como médica, mas esse moço podia ser um pouquinho mais simpático. Ela quase havia morrido na noite passada. Contudo, tinha ido para lá, era uma paciente e merecia ser tratada com dignidade e respeito.

Mas qual foi a última vez que alguém pensou nessas palavras ao serem ditas?

Ele era apenas outro homem agindo como os homens costumam agir. Rejeitando e julgando e deixando-a triste.

Meia hora depois, Lacey foi liberada para casa.

Parte da política do hospital consistia na obrigatoriedade de sair em uma cadeira de rodas. Ela conseguia ficar em pé e andar sem problemas, mas a enfermeira a forçou. Lacey tentou não olhar para ninguém no corredor ou na sala dos enfermeiros ou até mesmo para a sala de espera da Emergência. Tudo que Lacey queria era voltar para casa e esquecer-se de que havia estado naquele lugar.

Saindo do hospital, o sol da manhã pairou sobre eles, e Lacey fez uma pergunta à enfermeira que estava evitando fazer desde que chegara:

– Você ligou para o meu pai?

– Sim, mas não conseguimos falar com ele. Há outra pessoa com quem possamos falar?

A enfermeira era simpática. Lacey balançou a cabeça e sorriu.

– Estou bem. Muito obrigada.

Ela ficou em pé e acenou com a cabeça para a enfermeira.

– Veja, estou bem. Não tenho nenhum problema. Não tentei me matar na noite passada, foi apenas um contratempo.

Lacey começou a andar pela calçada, sem ter certeza de que estava indo na direção certa. Ela estava com seu celular, e iria decidir o que fazer.

As pessoas têm de decidir sozinhas o que vão fazer.

No domingo de manhã, enquanto ia para o hotel ver a menina que havia acabado de conhecer, eu não tinha ideia do que iria acontecer. Fiquei trabalhando no meu sermão para o culto da noite, que eu sempre costumava fazer, e a mensagem estava preenchendo meu coração. Senti algo diferente aquele dia. Alguma coisa estava acontecendo. Eu não sabia o que era, mas podia sentir.

Por muito tempo pensei estar fazendo a coisa certa. Mas é fácil ver todos os sinais apontando para a direção certa quando você está no caminho errado.

Senti como se de repente eu tivesse mudado de direção. Em direção ao sul. Vendo o sol.

Alguma coisa precisava ser removida. Rompida e liberada. Não sei o que era. Tudo começou quando vi o sinal da cruz naquela noite. Mas sabia que era mais do que aquilo. Acredito que uma porta se abriu e eu fui empurrado para dentro. Eu me sentia mais leve do que nunca.

Acho que o Espírito estava aos poucos começando a fazer circular o sangue lento que fluía através das minhas veias. Dizendo-me e fazendo-me entender o significado de tudo um pouco.

Já é hora, ouvi. *Já está na hora.*

Acho que eu já havia esperado tempo suficiente.

Talvez os pecados do passado estivessem finalmente sendo apagados como derretimento do gelo, permitindo que o barco finalmente velejasse.

Talvez eu estivesse finalmente saindo da Antártica. Não sei. Ainda não sei.

Só sei que senti o Espírito elevado e asfixiante dentro de mim, que não dizia nada ao meu respeito, mas muito sobre Ele.

A imagem na qual me foquei por tanto tempo. Por toda a minha vida.

Aquelas mãos esmagadas na madeira.

Os pés partidos em pedaços.

O peito que tentava puxar o ar.

O rosto que olhava para um céu silencioso.

Não era apenas uma imagem, como uma pintura em um museu. Cores sangravam em minha pele. Cores eram pintadas em minha alma. E cada respiração e cada passo que eu já havia dado era por isso. Por isso. Para que eu encontrasse isso.

A cruz. Atravessando o tempo e o espaço de cada pequena falha que eu havia cometido.

Jesus vendo todas as coisas que tentei esconder e carregando em seus ombros.

Por um momento. O momento mais glorioso da eternidade. Os fragmentos quebrados estavam finalmente sendo liberados.

Era isso.

Era assim para todos e para mim.

E os meus olhos enfim tinham visto isso e entendido.

Eu queria correr desgovernadamente e falar para todo mundo, não apenas como pregador, mas como uma espécie de placa sinalizadora apontando para o lugar onde todos deveriam ir.

"Está tudo bem."

Era tudo que eu queria dizer.

"Jesus diz que está tudo bem."

Isso é tudo.

"Acredite. Peça perdão. E saiba que aquelas mãos, pés, peito, aquele homem fez tudo isso por você."

Isso é tudo.

Cada ferida lançada fora e para Ele.

Cada sujeira recolhida com as mãos e lançada fora.

Cada dor jogada em seu rosto e seu futuro.

Cada coisa que quebrou e feriu seu coração e sua alma.

Tudo isso poderia ir para lá. A cruz. Essa coisa que é real e verdadeira.

Acho que a minha fé tinha sido fraca por um bom tempo. Acho que me esqueci da urgência absoluta de dizer às pessoas sobre a mensagem da cruz.

Era sobre isso que eu queria falar no domingo, como uma espécie de faísca dando início a uma rodada de fogos de artifício em uma comemoração de Ano-Novo em Nova York.

Maior e melhor.

Eu estava pronto de alguma maneira maluca.

JOE

ELE COMEÇOU A TOSSIR DE NOVO antes de partir em direção ao McDonald's. Ficou do lado de fora, sabendo que ainda tossiria por alguns minutos. Era barulhento e desagradável e costumava chamar a atenção por ser grosseiro. Veja, ele era um homem grande, e tinha grandes pulmões. As pessoas queriam relaxar. Joe sabia que elas não precisavam ouvir seu rugido nem vê-lo encher o ar com germes enquanto comiam lanche.

Ele podia dizer que estava piorando. Não precisava ser médico para perceber. A visita ao hospital não havia sido para ver qual era o problema. Era apenas para ajudá-lo a ficar momentaneamente melhor.

Momentaneamente.

Esse termo havia sido usado pela enfermeira. Ele gostava dessa palavra porque era basicamente o que cada vida na terra representava. Almas vivendo *momentaneamente* em corpos imperfeitos e debilitados, *momentaneamente* tentando criar relacionamentos durante a vida. Não importava se alguém vivesse *momentaneamente* até os cem anos ou se já fosse uma tragédia aos doze anos de idade. À luz da eternidade, cada coisinha poderia encaixar-se no tempo *momentaneamente.*

O café estava maravilhoso esta manhã. Novembro não costumava ser um mês tão frio, porém fazia tempo que Joe não passava a noite na rua. Nos velhos tempos, ele sempre tinha algum combustível extra para mantê-lo aquecido. Em geral, uísque causava-lhe esse efeito. E ele não podia dizer o que costumava fazer dormindo. Era como se entrasse em coma alcoólico.

Dezessete anos, lembrou-se Joe.

Era a quantidade de anos que ele não colocava uma gota de álcool na boca. Mais precisamente, dezessete anos, cinco meses e vinte dias. Joe sabia com precisão. Não tinha um dia em que ele não se lembrasse de como ele era. Mas agora, depois de tossir e quase colocar o pulmão para fora, começou a se lembrar da versão mais nova de Joe. A versão mais saudável que ele tinha tentado destruir de todas as maneiras.

Deus não permitiu que Joe concluísse seu trabalho. Ao contrário, Ele decidiu intervir e colocar um fim naquilo.

Colocar um fim em mim.

Esse corpo era apenas uma coisa temporária que se deteriorava um pouco a cada dia. Mas Joe sabia e estava em paz com isso. Ele apenas era grato por todas as manhãs em que acordava com seu corpo. Por todos os dias em que Deus o abençoava com ele.

É isso que você faz com os dias que importam, disse a si mesmo.

Ele rapidamente terminou o café para aquecer-se e livrar-se da névoa em sua cabeça. Depois, pediu um café da manhã para viagem e foi para o apartamento.

Joe estava curioso para saber o que Lily e Samantha estavam fazendo naquele momento. Se decidissem procurar algo para comer na geladeira ou na despensa, ficariam muito decepcionadas. Ele não passava muito tempo em seu apartamento. E nunca se preocupava em planejar as refeições. Muitas delas eram feitas na igreja ou em outro ministério que ele costumava ajudar.

Quando você doa seu tempo e serviço, as pessoas o alimentam bem. Joe e seu estômago sabiam muito bem disso.

Ele bateu na porta com a esperança de que ainda estivessem lá. Era domingo de manhã, mas, mesmo assim, nunca se sabe. Como ele imaginava, a porta se abriu e lá estava Samantha para verificar se era ele mesmo.

– Serviço de quarto – disse ele, mostrando-lhe a sacola.

A tosse ressurgiu, e Joe tentou segurá-la ao máximo. Tossiu por apenas alguns minutos, segurando a respiração e tentando evitar que lhe causasse cócegas.

– Você não parece estar muito bem – disse Samantha.

Ele abriu um sorriso simples e amigável.

Geralmente, quando você dorme em um banco na praça, é assim que costuma acordar, disse a si mesmo.

– Estou bem – disse ele enquanto entrava no apartamento atrás de Samantha. – Vocês estão com fome?

Lily gritou que sim quando viu a sacola em suas mãos.

– Aposto que você não gosta de McDonald's, certo? – brincou enquanto abria a sacola. – Eu não sabia do que vocês gostavam, então trouxe algumas opções. Aqui temos hambúrguer de linguiça; sanduíche de bacon, ovos e queijo; *parfait* de frutas; e aveia.

– Não precisava se preocupar – falou Samantha.

Ele dirigiu-lhe um olhar que dizia: "Pensei que já tivéssemos passado desta fase".

– Joe, adivinhe? – Lily gritou ao lado dele.

– O quê?

A menina correu para o quarto onde haviam dormido e trouxe um pote grande de vidro cheio de moedas e notas.

– Desculpe-me – Samantha disse rapidamente, envergonhada. – Eu estava procurando algum cereal ou algo para comer e Lily encontrou isso.

– Tudo bem – disse Joe, olhando para a menina. – É a minha "jarra dos desejos".

Lily arregalou os olhos.

– Para que serve?

– Bem, é disso que se tratam os desejos, se os contarmos eles não se tornam realidade.

– Talvez você precise escondê-la melhor.

Ele não conseguiu segurar o sorriso.

A sinceridade de uma criança, achou graça.

– Sim, acho que preciso mesmo.

A risada fez com que ele voltasse a tossir, mas desta vez Joe não conseguiu segurar. Levantou as mãos para cobrir a tosse com o braço. Parecia que um caminhão tinha passado por cima da sua barriga e depois saiu cantando pneu em cima de seu peito. Ele não conseguia parar a tosse, mas poderia apenas esperar que passasse e o deixasse sem fôlego.

– Tem certeza de que está bem?

Ele acenou que sim com a cabeça.

A mãe com sua filha sem ter onde morar está me perguntando se estou bem, pensou com ironia.

– Não se preocupe comigo. Ficarei bem.

Joe não estava falando por falar. Ele de fato queria dizer aquilo.

Pegou alguns pratos e deu um para Lily.

– Vamos comer agora?

Lily pegou o prato.

– Sim!

A pequena mesa quadrada localizada entre a cozinha e a sala/quarto não era grande coisa, mas todos cabiam ao redor dela. Fazia tempo que Joe não se sentava àquela mesa para comer. Ele não se lembrava de quando havia sido a última vez.

Foi fácil agradecer a Deus naquela manhã antes de dar a primeira mordida no sanduíche. Ele não se lembrava de já ter recebido alguém para comer com ele em seu pequeno apartamento. Era a primeira vez.

Uma primeira vez muito bem-vinda.

BONITÃO

Bonitão foi o primeiro a acordar, mas isso não era incomum. Gostava de ser o único a estar acordado, de ser o primeiro a usar o único banheiro que tinham, de ficar pronto antes de sua avó e de seu irmão acordarem. Ambos o criticavam de maneira diferente. Vovó era a única mãe que haviam tido, então ela tentava fazer esse papel da melhor forma possível. Kriminal ficava irritado com ele apenas porque... bem, porque seu irmão mais velho se irritava com tudo.

Ele estava se sentindo diferente naquela manhã, e sabia que devia ser pelo que haviam feito na noite anterior. Essa deveria ser a razão, mas no fundo ele sabia que não era bem por isso. Na noite passada, eles saíram com uma van sem graça que não valia muito. Ele não tinha razão para se sentir orgulhoso nem culpado por aquilo. Ainda não sabia como deveria se sentir pela van nem mesmo por que eles a haviam roubado. Mas seus pensamentos continuavam indo para o homem com a cruz, que havia literalmente desafiado Kriminal a atirar nele.

Poderia ter tido um final diferente, pensou.

Ficou imaginando como estaria se sentindo ao acordar sabendo que havia ajudado a matar um homem. Não puxando o gatilho, mas como testemunha do assassinato. Que nome se dá a essas pessoas? Cúmplices. É isso que ele teria sido. Porque ele estava sentado ao lado do seu irmão, vendo tudo acontecer e não tentou impedir nada. Bonitão não disse e nem fez nada.

A van não era nada comparado ao que podia ter acontecido.

O sangue na cruz pertence ao homem errado, isso não elimina minha culpa, não há nenhum domínio, disse a si mesmo.

Bonitão pensou em escrever esses pensamentos, mas acabou desistindo da ideia. Se a escrita fosse de fato muito boa e tivesse repercussão, acabariam encontrando-o.

Seu sonho de lançar seu repertório de músicas era apenas uma ilusão, especialmente porque ele não queria ressaltar o sexo e a violência. Se tinha uma coisa que sua avó detestava era *a boca suja*, como ela costumava chamar. Ele e Kriminal falavam como qualquer outra pessoa de sua idade, mas perto dela tinham de manter a boca *limpa*. Então, não havia a menor possibilidade de ele fazer um rap como outros rappers de Chicago. Sua avó o perseguiria com sua cadeira de rodas e uma espingarda na mão.

Ele foi até a cozinha e tirou alguns ovos da geladeira. Vovó gostava de um café da manhã bem reforçado antes da igreja. Ela ainda era religiosa e mantinha a tradição de ir à igreja, mas, novamente, também não deveríamos ser? Bonitão ainda a levava de vez em quando apesar de não gostar. Pois a avó precisava de ajuda com a cadeira de rodas, embora às vezes ele se perguntasse se isso não era apenas uma desculpa para que um dos dois a acompanhasse.

Ele foi lavar as mãos quando notou alguns pingos caindo da torneira. Parecia que a água estava sendo cuspida. Era ridículo. Ele fechou a torneira e, em seguida, olhou para a pequena cozinha e para a mesa redonda no canto.

Uma cruz decorava a parede ao lado mesa. Há anos estava lá, ignorada como os outros simples objetos de decoração da vovó. Sua Bíblia e suas fotos de Jesus e seus anjos. Mas ela nasceu em época e momento diferentes. Quando Chicago ainda não era conhecida como Chiraq, quando ainda não era a capital de assassinatos do mundo, e quando as crianças ainda não eram assassinadas.

Vovó dizia que eles precisavam do sangue de Cristo, mas Bonitão já tinha visto muito sangue em sua vida.

Mas não naquela noite.

Ele ficou parado olhando a cruz por alguns instantes.

"Estou pronto, e você?"

Às vezes, ele sentia a pele muito tensa, a alma inquieta. Bonitão sabia de alguma coisa. Ele não estava pronto. De maneira alguma. Não estava nem perto. Havia um mundo enorme lá fora, um lugar onde ele poderia fazer algo bom. Um lugar onde ele podia fazer alguma coisa, criar alguma coisa, até ser alguma coisa. Só precisava sair dali. Chicago e o buraco negro dentro dela. Bonitão já deveria ter feito isso há muito tempo, mas não podia, não com sua avó e seu irmão ainda lá. Nunca os deixaria.

Mas um dia ele partiria. Estava tão certo disso quanto as pessoas que acreditavam no significado da cruz.

Seu pai os tinha abandonado e sua mãe tinha morrido, e assim a vida foi indo. A avó fez a única coisa que poderia: ficou com eles e os criou. Então, Bonitão iria fazer a única coisa que ele poderia: ficar naquela pequena bolha dentro daquele bairro até a morte dela.

Ela provavelmente vai viver até os cem anos e vai viver mais do que Kriminal e eu.

Bonitão ouviu um barulho vindo do quarto e sabia que era vovó. Outra razão pela qual ele acordava cedo era para ir até o quarto da avó ajudá-la. As pernas e os quadris dela certamente não iriam sobreviver até os cem anos. Eles já não colocavam muita fé nela, aos seus oitenta e poucos anos.

Tudo tinha um fim. Em seu tempo.

Bonitão sabia que ainda não era sua hora. Ele ainda tinha muita coisa para fazer. Muitas canções para criar. Muito mais coração para introduzir em suas histórias. E seria um longo caminho, longe deste lugar.

SEU IRMÃO COMEU COMO UM CAVALO, como de costume. Todos aqueles músculos e aquela energia má precisavam de combustível. É claro que a comida não era a única responsável. Kriminal também ajudava de outras maneiras. Métodos que Bonitão havia evitado até hoje. E pretendia continuar evitando. Isso era uma das coisas que tornava Kriminal imprevisível, mesmo para alguém que o conhecia há vinte e três anos.

– Você não está com fome? – perguntou Kriminal enquanto colocava mais ketchup nos ovos.

– Fico com dor de estômago ao vê-lo comer – brincou Bonitão.

– Por que você não compõe um rap a respeito disso?

– Será melhor do que qualquer outra coisa que venha de você.

Kriminal terminou de devorar a comida. O dia seria corrido e Bonitão certamente faria parte dele. O irmão afastou a cadeira e deu um beijo na testa da avó.

– Até mais tarde, vovó – disse Kriminal.

As rugas e os olhos bondosos não queriam dizer que vovó era boba. Nem um pouco.

– Que tal tirar a mesa antes de sair? – perguntou ela.

Kriminal olhou para Bonitão.

Nem pense.

– Eu tirei a mesa do jantar.

– Então você tem mais experiência – disse Kriminal.

Ele seguiu em direção ao quarto e ainda deu alguns passos antes de ser detido pela avó.

– Volte aqui e ajude a limpar esta mesa a menos que queira levar uma surra.

Bonitão estava rindo ao ver seu irmão voltar para a cozinha como uma criança enviada à sala do diretor. Ele jogou o guardanapo em Kriminal.

Não importava quantos anos tivessem. Enquanto vovó estivesse viva, eles seriam apenas meninos, e moravam sob seu teto, apesar de isso soar estranho; eles viviam sob suas regras. Às vezes, isso era antiquado. Mas, novamente, talvez isso os tenha livrado de mais problemas.

Bonitão lembrou-se das orações que vovó fazia por eles. Talvez tenham ajudado. Ele não sabia ao certo.

"*Vou orar por você. Por todos vocês*". As palavras daquele homem surgiram na mente de Bonitão.

Agora teremos dois loucos orando por nós.

A pergunta que ele costumava fazer repetidamente, que era sempre um grande ponto de interrogação em seu coração e sua alma, era a seguinte:

Quem ouve as nossas orações? E o que já foi feito a respeito delas?

Sim. Essa era a pergunta. Aquela que os pregadores, os justos, a sua avó e os fanáticos nas ruas nunca haviam respondido. Porque, no final do dia, eles não tinham uma resposta.

Você lança suas orações, mas elas ficam vazias como conchas remanescentes, constatou ele ao pensar no assunto.

Bonitão estava cansado do tiroteio e das orações. Tinha que haver um caminho melhor.

— JOE —

VOCÊ PODE SE ACOSTUMAR COM UMA VIDA MISERÁVEL desde que isso não o destrua.

Joe acreditava nisso. Ele corria desde que se conhecia por gente, mas em sua juventude corria atrás de problemas. Sempre seguindo o caminho errado e indo de encontro à tristeza ao chegar perto do fim. Mas, desde que encontrou Jesus na prisão e foi solto, passou a correr dos demônios. Aqueles que queriam seduzi-lo e atormentá-lo. Não era fácil, mas ele conseguia fugir.

Contudo, conforme conversava com Samantha e terminavam o café da manhã, Joe se perguntava se Samantha estava conseguindo fugir dos demônios. Achava que não. Joe queria ajudar como pudesse, mas também sabia que tinha que ir devagar. Com cuidado. Ele tinha que ser respeitoso com Samantha e Lily.

Por sorte, a mãe sentiu-se confortável o bastante para começar a contar sua história. Ele não tinha certeza se ela contaria. Depois que Lily terminou de falar sobre seus ursinhos de pelúcia, sobre como gostava de queijo e sobre como conhecia todas as palavras de todas as músicas do filme *Frozen*, a menina de cinco anos foi para a sala brincar com dois ursinhos que deviam estar em sua mochila. Depois Samantha falou de seu marido, que tinha falecido há um ano.

– Eu achava que isso havia sido o começo de tudo, mas a verdade é que já estávamos com dificuldade financeira há alguns anos. Mike continuou tentando nos tirar da dívida, mas mudava de emprego e era demitido a todo momento, e vivia tentando encontrar maneiras de torrar o dinheiro. Investimentos, esquemas fáceis de ganhar dinheiro e coisas do tipo. Ele tinha um grande coração, como a sua filha. Mas seu coração não era capaz de atenuar aquela pressão, imagino.

– Sinto muito – disse Joe.

Ele não estava mais com fome, mas fez questão de terminar seu sanduíche enquanto ouvia Samantha.

– Lily tinha acabado de fazer quatro anos quando ele faleceu. Às vezes fico preocupada porque talvez ela nem se lembre dele.

Por um momento, ela olhou para Lily, que estava brincando com seus dois ursinhos de pelúcia. Ao ver o olhar distante de Samantha, Joe pôde imaginar as águas turbulentas pelas quais Samantha estava passando. Ele levaria anos para aprender a nadar nessas águas sozinho.

– Foi muito difícil – continuou. – Eu não estava preparada... Você sabe, para tanta dor, para juntar os cacos, para nada daquilo.

Ela foi abaixando a voz, obviamente para que Lily não a ouvisse. Joe não desviou o foco. Continuou quieto, deixando-a falar. Joe estava acostumado a ouvir histórias terríveis dos fracos e guerreiros da prisão. As pessoas costumam ir até as outras na prisão porque precisam de proteção. No caso de Joe, elas iam até ele porque precisavam de conforto.

– Cheguei a trabalhar por um tempo, mas não deu certo – disse Samantha. – Pedi emprestado tudo que podia, tentei tudo que você imaginar. Não é que não tivéssemos nenhum tipo de seguro de vida ou família para nos ajudar. Mas chegou o dia. O proprietário se cansou, acredito. Cheguei em casa e vi todas as nossas coisas, toda a nossa vida, ali na calçada, empilhadas. Roupas, louças, brinquedos... Era uma quarta-feira.

Joe acenou com a cabeça.

– Odeio quarta-feira.

Ela finalmente olhou para Joe, desta vez com um sorriso no rosto.

Você fica muito melhor com esse sorriso em seu belo rosto.

– Acho que nunca se passou pela minha cabeça como isso acontece com as pessoas, sabe? Mas, de repente, ali estava eu, sem casa. Sem ter com quem contar. Sem ter para onde ir.

Ele acenou novamente com a cabeça. Joe queria que Samantha soubesse que ele entendia, que já havia passado por aquilo, mas ele também não queria ser complacente nem dizer que entendia seu sofrimento. Joe ficou nas ruas sozinho. Ele não podia imaginar o que era criar um filho nas ruas.

– Eu não imaginava que as coisas acabariam dessa maneira, posso dizer – continuou Samantha com um suspiro.

– Mas este não é o fim ainda. Veja o meu exemplo; as coisas podem mudar. Deus tem uma maneira de fazer as coisas ruins se tornarem boas.

A expressão corporal dela era de total decepção e desilusão.

– O quê? – perguntou ele. – Você não acredita?

– Em Deus? – retornou ela, pausando e ficando triste novamente. – Meu marido costumava nos levar à igreja todo domingo. Veja a que ponto chegamos.

Então talvez ele esteja em um lugar melhor. Um lugar onde não há mais coisas ruins, pensou ele.

Ele poderia ter dito mais, porém preferiu ficar quieto. Ainda que Samantha não tivesse dito coisa alguma, Joe entenderia os sentimentos por trás daquilo. Novamente, ela não estava sozinha naquela situação. Samantha tinha uma filha. E Joe sabia que ela estava desesperadamente tentando buscar uma saída para Lily primeiro, depois para ela.

Joe amassou o guardanapo e o arremessou nela como uma criança.

– Então, você não vai dizer que esses foram os melhores sanduíches de ovos e queijo que você já comeu?

Ela riu enquanto deu outra mordida.

– São ótimos – disse ela, gentilmente.

– Veja, as coisas já estão melhorando – Joe virou-se para Lily. – Em todo o caso, com uma garotinha como essa, alguma coisa você está fazendo corretamente.

Samantha tocou em seus longos, oleosos e despenteados cabelos e deu um sorriso tímido. Joe podia dizer que ela estava vermelha. Uma mulher como ela poderia ser uma estrela de cinema no lugar certo e na condição certa. Agora, sua beleza natural era a única coisa que ela tinha, e estava escondida por baixo de seu cansaço, preocupação e tristeza.

De repente, ela desviou o olhar para a filha.

– Temos que ir – disse Samantha. Ela ficou em pé e caminhou em direção à filha. – Lily, querida. Vamos.

– Para onde? – Lily perguntou, sem se mexer.

– Vocês são mais do que bem-vindas para ficar aqui o quanto quiserem – disse Joe. Ele esperava não ter dito nada errado.

Lily ergueu as sobrancelhas e sorriu, mas Samantha apenas balançou a cabeça.

– Não podemos.

Ele ia começar a dizer que não tinha problema algum, que ele não ficaria no pé delas, que tudo ficaria bem, que o apartamento podia ser apenas um lugar temporário enquanto elas resolviam o que fazer.

Dê-lhe espaço, Joe.

Mas ele ficou calado e ouviu sua voz interior. Às vezes, era a sua razão que ele ouvia. Em outras, acreditava verdadeiramente que era o Espírito Santo falando com ele, sussurrando para ele dizer alguma coisa no momento certo, outras vezes cutucando-o para ficar calado. Este era um desses momentos.

– Tudo bem – foi tudo que Joe disse.

Não estava tudo bem, uma mãe e uma criança voltando para a rua. Mas muita coisa não era certa na vida, e Joe certamente não iria mudar isso.

Às vezes, simplesmente temos que aceitar as coisas como são.

ELE AS ACOMPANHOU ATÉ O CARRO. Não era bem um carro. Não se pode dizer que um AMC Pacer laranja é um carro. Como elas o haviam conseguido era a grande pergunta. Joe teria rido e brincado normalmente com o dono do carro. Não para que se sentisse mal, mas por favor. Ele era muito antigo, no topo da lista dos piores já produzidos. Há anos ele não via um daqueles nas ruas.

Guarde suas piadas para si porque você nem sequer tem um carro, certo?, pensou ele.

Samantha abriu a porta sem precisar destravá-la. Afinal, ninguém iria querer roubar aquela coisa. Lily disse tchau de maneira casual, como se fosse vê-lo de novo dentro de algumas horas.

– Vocês não precisam ir embora – disse Joe.

– Obrigada – ela falou. – Obrigada por tudo, mas... não quero que ela se acostume com um lugar onde não poderemos ficar para sempre. Isso seria muito difícil.

Joe acenou com a cabeça, e depois colocou levemente seu braço ao redor das costas dela, enquanto ela lhe deu uma espécie de abraço bem indiferente. Joe podia entender. Ele tinha duas vezes o tamanho dela. Joe já estava feliz por ela tê-lo alcançado.

Havia algumas coisas que ele poderia ter dito. "Vou orar por vocês". Ou "Este é meu telefone caso precisem de alguma coisa". Ou mesmo "Deus tem um plano, tenho certeza".

Mas Joe continuou quieto. A mulher não precisava de culpa ou julgamento nem sermão. Às vezes um simples elogio pode machucar alguém. Nunca se sabe. Na situação dela, ela carregava não apenas o peso de uma vida de cinco anos de idade, mas a vergonha de estar naquela situação.

– Cuide-se – falou Samantha ao entrar no carro.

– Vocês também – disse ele.

De alguma maneira o Pacer funcionou e seguiu pelas ruas. Lily acenou para Joe pela janela, com um rostinho triste. Ele acenou e sorriu e não mostrou sua decepção. Mas seu sorriso foi embora tão rápido quanto o carro.

Joe soltou um suspiro e sentiu uma leve cócega na garganta. Seu estômago comprimiu-se e ele tossiu levemente na mão. Estava frio, mas ele estava com calor, e agora quando tossia também se sentia tonto.

Isso é apenas porque estava frio e eu mal dormi durante a noite.

Joe tossiu outra vez e depois parou. O vento parecia estar afetando-o, envolvendo seu corpo enquanto ele ficava ali parado. Suas mãos pareciam úmidas. Quando olhou para baixo para vê-las, viu algumas manchas de sangue.

Joe não ficou surpreso. Ele já havia tossido sangue certa vez. E sabia que não era um bom sinal.

Certas coisas não podem ser ignoradas. Joe sabia disso. Ele só poderia esperar, orar e fazer uma coisa de cada vez.

J.D.

A TRISTEZA É COMO O VENTO. Às vezes é forte, às vezes é calmo, mas está sempre lá. Sempre à nossa volta. Soprando a qualquer momento. Não há como escapar dele e nenhum meteorologista é capaz de prevê-lo.

Sua esposa não falou muito no caminho. Às vezes ela fazia um comentário qualquer apenas para dizer alguma coisa. Falando sobre o trânsito, um serviço que precisava fazer ou algo que alguma amiga havia lhe dito. Mas hoje ela estava quieta, da mesma maneira que J.D. Talvez porque ela estivesse cansada da noite passada. Talvez pelo susto do ataque cardíaco que eles haviam tomado.

Ele já tinha visto algumas coisas em sua vida. Alguns horrores. Algumas coisas que sempre o assombravam mesmo durante o mais belo dia. Mas nada comparado a isso. Nada. Não havia palavras para explicar aquele momento. Descer e caminhar na grama. Ver todos aqueles nomes. Passar por tantas lápides.

Algumas pessoas podem dizer que é preciso seguir em frente, aprender a lidar com as coisas, que Deus vai ajudá-las a superar toda a tristeza, mas J.D. poderia dizer que estão erradas. Anos haviam se passado, e ainda…

Ele seguiu Teri, com os braços em volta dela. Ele não estava usando um casaco grosso o suficiente para protegê-lo do frio, mas pelo menos o capuz cobria os poucos cabelos que ainda restavam na cabeça. A idade certamente não era algo bonito. Mas muita coisa na vida não é bonita.

Sabe que é preciso aproveitar os bons momentos ao máximo. Eles voam. Eles gostam de voar.

Os dois logo pararam no lugar certo. O mesmo que visitavam há vinte anos. Teri colocou as flores sobre a lápide. Ficaram olhando para ela como se fosse a primeira vez. Como se ela fosse falar com eles.

QUERIDA KATHLEEN. NOSSA FILHA,
NOSSO ANJO, NOSSA MENINA.

Os dois haviam feito uma promessa anos atrás. Nunca deixariam de ir ao cemitério. Não iriam enterrar o passado e seguir adiante. Toda semana iam até lá. Visitando para lembrar. Para refletir. Para orar. Para respirar.

Meu nome. Se ao menos fosse meu nome que ali estivesse escrito, lamentou J.D.

Era um pensamento difícil de evitar. E Teri costumava dizer a mesma coisa.

Ela era a primeira, única, exclusiva. A princesa. O sorriso. O espírito. Os gritos de alegria.

Kathleen tinha sido responsável por aquietar a agitação de sua alma aflita. Para esconder as memórias que J.D. carregava desde o Vietnã. A história que havia terminado uma saga e começado outra.

Mas ela estava morta, e Teri e J.D. ainda estavam vivos. A menina havia fechado os olhos, mas mamãe e papai ainda estavam lá a assistindo.

J.D. não disse nada a Teri. Apenas manteve o braço em volta dela, para que soubesse que ele estava lá, que sempre estaria. Mas ele sabia que isso não era suficiente, que nunca seria.

Deus...

J.D. logo parou. Ele não queria orar. J.D. não queria nem tentar.

Nenhuma quantidade de oração iria trazer sua menina de volta. Talvez Jesus e seus apóstolos tenham curado pessoas, mas eles não estavam mais aqui. As pessoas condenaram Jesus à morte, mas ele voltou por um certo tempo.

J.D. queria que Jesus voltasse outra vez. Simplesmente para perguntar sobre Kathleen. Para ouvir alguma palavra de esperança.

Simplesmente para ter certeza de que sua filha sabia que eles ainda a amavam e se preocupavam com ela e se lembravam dela todos os dias.

Essa bola de boliche rolando pela pista era seu coração. Os pinos que derrubava eram memórias. Contudo, nunca faria um *strike*. Nunca.

O conceito de que Deus é onisciente ainda me fascina. Ser capaz de saber de tudo e ver tudo... Isso é uma bênção ou maldição? Acho que com o Pai do céu é assim que as coisas são. Nem bênção e nem maldição, apenas um fato.

Pelo menos um fato que me faz ter fé.

Pensei em Maggie naquele pequeno quarto de hotel enquanto dirigia até lá. Pretendia convidá-la para ir à igreja à noite, esperando que ela rejeitasse e falasse novamente que sou louco. Talvez eu fosse louco. Talvez toda essa coisa chamada esperança seja loucura, mas é um belo tipo de loucura, para dizer a verdade.

É provavelmente fácil dizer que é loucura quando você está assustado, cansado e sozinho.

Parte de mim ainda não tinha certeza se eu deveria fazer alguma coisa por ela. Quero dizer, algo de valor eterno. O hotel, o jantar e o convite para a igreja eram fáceis. Mas o que eu poderia dizer a ela? O que eu poderia fazer para mostrar que eu era uma pessoa idônea, que talvez fosse diferente de outras que haviam passado por sua vida?

Às vezes, como pastor, você simplesmente precisa pedir para que Deus lhe dê as palavras, as ações e a fé para que Ele trabalhe por meio disso. Mas eu ainda não tinha certeza. Fazia muito tempo que não via Deus agir por meio de mim. Talvez eu só estivesse cansado de pregar a mesma mensagem para as mesmas pessoas. Talvez eu só estivesse ficando cansado de esperar que Deus aparecesse de alguma forma.

Nesse dia, no entanto, eu sabia que diria coisas diferentes. E algo dentro de mim estava diferente.

Comecei a me sentir diferente desde que vi aquele estranho na rua. Estava convicto como há muito tempo não me sentia. Sei que às vezes as pessoas não veem os pastores como pecadores, a menos que estejam se escondendo de algum tipo de vergonha pública. A parte difícil de ser pago para pregar semanalmente é praticar sempre as mesmas palavras que você está acostumado.

Tomei o cuidado de bater levemente na porta do quarto de Maggie para não assustá-la. Tive que bater mais de uma vez até ouvi-la sendo destrancada e abrir. A luz do quarto estava fraca em comparação ao sol do lado de fora. Na porta, vi sua aparência magra com cabelos grandes e encaracolados brotando de sua cabeça como uma palmeira.

— Boa tarde — cumprimentei. — Você está bem?

Seu rosto veio mais para a claridade, com aqueles olhos arregalados ainda desesperados e solitários.

— Sim.

Sua voz não era como de uma adolescente. Firme e exausta. Baixa e abrupta.

— Eu só queria lhe dizer que estou indo à igreja. E vim perguntar se você gostaria de ir.

— Não, obrigada — respondeu sem pestanejar. — Estou bem.

— É um lugar seguro, Maggie. Há muitas pessoas boas. Não é uma igreja grande. Não é uma dessas que te deixam perdido.

Ela encolheu os ombros e balançou a cabeça.

— Sinceramente, estou bem aqui.

— Tudo bem. — Esperei alguns segundos, olhando para os dois lados do corredor, ouvindo o som dos carros e caminhões ao fundo. — Você precisa de alguma coisa? Quer que eu lhe traga algo?

Ela respondeu com um não, balançando a cabeça e olhando para baixo.

Dentro de mim eu queria levantar seu queixo e forçá-la a me olhar. Para que ela visse que podia confiar em mim. Para que ela visse que eu só queria ajudá-la e ajudar sua filha. Era apenas isso. Era tudo isso.

Mas eu não podia tocá-la, sabia disso. Eu já estava andando em corda bamba, e precisava ter cuidado com cada atitude.

— Você tem meu telefone, certo? Se acontecer alguma coisa, me ligue. Tudo bem?

— Sim — disse ela em uma voz quase inaudível.

— Então nos vemos mais tarde.

Fui embora sem saber quando seria esse mais tarde, sem ter certeza de que ela ainda estaria lá, sem saber qual deveria ser o próximo passo. Assim, no caminho para a igreja, apenas pedi para Deus me mostrar o caminho. Não era uma oração formal nem pública. Era apenas uma das muitas conversas que eu tenho com Deus.

Certa vez, ao ser perguntado sobre sua disciplina espiritual, o pregador Billy Graham disse que consistia em orar incansavelmente e ler a

Bíblia. Essas palavras sempre me motivaram, embora as minhas pausas entre uma oração e outra fossem muito longas e aquilo que eu perseguia em vida estivesse muitas vezes fora da palavra de Deus.

Porém, dentro do carro, nos poucos instantes antes de chegar à igreja, pedi para Deus ajudar Maggie e me deixar tentar fazer o mesmo. Da maneira que eu pudesse. Muito ou pouco.

MAGGIE

NÃO HAVIA NINGUÉM NO SAGUÃO do Hotel Starlite. E, mesmo que alguém estivesse, provavelmente não prestaria atenção em Maggie. Ela foi até um cantinho apertado onde fica uma mesa com um velho computador sobre ela. Essa era a versão de *Wi-Fi grátis* do hotel. Pelo menos ela poderia acessar a internet por alguns minutos.

Sentando-se na cadeira dura que parecia que iria quebrar a qualquer momento, Maggie pegou o panfleto dobrado dentro do bolso de seu casaco e leu novamente. Parecia um dos diversos panfletos que estavam expostos próximo a ela. A maioria deles era de companhia aérea e de restaurantes locais. O que estava em seu bolso era um pouco diferente:

Parceiros de Planejamento Familiar
Atendendo mulheres desde 1973

Ela havia olhado aquele papel impresso por horas, observando as várias mulheres felizes com seus bebês. Observando os casais e perfis de mulheres com seus filhos. Tinha um telefone e um website.

Uma menina de dezesseis anos não deveria estar planejando nada, especialmente uma família, pensou.

Ela queria ver o site, mas Maggie já sabia o que iria encontrar. Com certeza haveria conselhos, perguntas e respostas e muito mais fotos de mães felizes com seus lindos filhos. Até mesmo jovens mães, mas que certamente pareceriam felizes. Elas não teriam olheiras por causa de insônia e medo. Elas não pareceriam solitárias, assustadas ou completamente apavoradas.

Maggie suspirou e apertou a tecla *Backspace*.

Então, ela deletou o nome que havia digitado no site de busca e começou a digitar outra coisa:

"É muito tarde para abortar com oito meses?"

Ela rapidamente clicou em retornar antes que pudesse pensar mais sobre isso. A lista de sites que abordavam o assunto era imensa. Mas todos confirmavam o que ela já sabia. O que bem no fundo ela já acreditava.

Mas talvez...

Não havia talvez. Não agora. O momento de se tomar essa decisão havia sido meses atrás.

Ela entrou em uma página chamada "Desenvolvimento Fetal" e começou a ler.

"32 semanas..."

"O bebê tem aproximadamente 43 cm e 1,8 kg..."

"O diâmetro da cabeça é de 10 cm..."

"As unhas dos pés e das mãos estão completamente formadas..."

Completamente formadas..., constatou em pensamento.

O sentimento de preocupação não era por causa do bebê que havia dentro dela. Era por causa do medo paralisante de fazer a coisa errada ou fazer a coisa certa de maneira completamente errada. Talvez teria sido melhor se ela tivesse parado e ouvido seus pais. Talvez tivesse sido mais inteligente.

Talvez a Bíblia de Gideão que está no quarto tenha algumas respostas.

Ela fechou as páginas da internet e levantou-se. Maggie jogou o panfleto sobre planejamento familiar na lata de lixo mais próxima que encontrou.

Seus pais vieram à sua mente outra vez.

Talvez seja a hora de parar de correr e ligar para eles.

Eles não iriam infringir a lei, mas também não deixariam que ela fosse mãe aos dezesseis anos de idade. Maggie queria saber se seus pais sequer a deixariam ver o bebê se fosse uma escolha deles. Provavelmente não.

Assim talvez seja melhor.

Ao voltar para o quarto, ela repousou espontaneamente as mãos sobre a barriga. Isso havia se tornado algo natural, apesar de aquela situação não ser nada natural. Mas fugir também trazia essa mesma sensação.

Maggie não queria o suposto *melhor para ela*. Mas também não queria mais se esconder. Ao final, ela não teria mais tempo para fugir.

As palavras do pastor preencheram sua mente.

"Se acontecer alguma coisa, me ligue. Tudo bem?"

Ligue.

Mas não era algo tão fácil de fazer.

Sim, algo veio à sua mente. *Tem 1,8 kg, cabeça de 10 cm e unhas dos pés e das mãos completamente formadas.*

Ela gostaria de saber o que o pastor iria dizer a respeito disso. Certamente ele seria igual a todos os outros adultos em sua vida. Ele teria algum plano e sugestão para lhe dar, e então simplesmente a entregaria a outra pessoa.

Maggie estava cansada de ser entregue a outras pessoas. Pelo menos agora, naquele hotel, ela poderia tomar alguma atitude por conta própria. Podia tomar decisões. Podia parar e fazer escolhas que precisava.

Talvez, mais cedo ou mais tarde, ela entenderia quais eram essas decisões.

BONITÃO

QUALQUER COISA QUE SE QUEBRA pode depois ser vendida e entregue a alguém. Bonitão tinha aprendido isso dez anos atrás, na época em que se tornou adolescente. Então, sabia bem disso. Os sons à sua volta – cortando, serrando, queimando e batendo – ecoaram no pequeno estabelecimento comercial que havia sido transformado temporariamente em uma oficina. Não era um espaço grande, e era apenas temporário. Eles sabiam que a melhor coisa a se fazer era ficar em um lugar por um curto período – talvez por um mês, no máximo – antes de se mudarem, para evitar serem descobertos pela polícia.

Bonitão sentou-se na cadeira rasgada e desconfortável que ficava no canto da oficina enquanto olhava os outros trabalharem. Havia dois carros de alto padrão depenados. Uma Mercedes Sedan e um Audi SUV. Este último tinha sido uma façanha e tanto. Tinha apenas um dia de vida, e eles precisavam tirá-lo de lá o quanto antes. Entre eles estava a van branca da noite passada, que mais parecia um garoto suburbano perdido no meio de Englewood.

Entretanto, eles não estavam desmontando a van. Estavam soldando vigas de aço no para-choque dianteiro e uma longarina no interior do motor. Bonitão já os tinha ajudado alguns instantes atrás, mas agora só estava assistindo aos meninos trabalharem, observando Kriminal supervisionando tudo.

Há muitos anos Kriminal supervisionava essa operação.

A van era algo único. A maior parte das vezes que desmontavam um carro, eles começavam retirando itens pessoais e placas licenciadas e as destruíam. Uma tocha de solda de acetileno era usada para cortar o teto e o chão depois da remoção do para-brisa, das portas e dos bancos. É incrivelmente fácil desmontar um carro quando se sabe fazer isso.

Bonitão não sabia direito como eles vendiam todas as partes. Kriminal frequentemente se referia aos "NIVs" – livrar-se dos "NIVs" e "criar novos NIVs". Eram os números de identificação dos veículos, e todo carro tinha um. O motor do carro, a transmissão e a estrutura eram identificados com o NIV. Kriminal trocava todo o NIV quando queria vender o carro intacto, mas era mais fácil e lucrativo vender as partes do carro separadamente.

– Então você vai finalmente aprender a fazer isso? – disse Kriminal ao se aproximar.

– Talvez um dia – falou Bonitão, sem a mínima intenção de dizer isso.

– Cara, você está viajando de novo.

Kriminal sempre falava de Bonitão e seus sonhos quando parecia distante ou talvez quando falava sobre suas músicas ou compunha suas rimas.

Ou talvez quando olho para um beco sem saída com pouquíssimas portas para serem abertas.

O grito de Um Quilo percorreu a oficina. Bonitão olhou e viu Pequeno B e Um Quilo fazendo o de sempre: brincando em vez de trabalhar. Eles estavam em pé sobre uma mesa de pebolim gritando e rindo e, claro, sendo completamente improdutivos.

– Seu dinheiro está sendo bem empregado com esses dois aí? – perguntou Bonitão.

– Eles não estão aqui por causa dos carros, mas por outros motivos.

Bonitão olhou para o irmão e já sabia a que ele estava se referindo. A van era apenas uma ferramenta, tal como Um Quilo e Pequeno B. Tal como a tocha de acetileno e a serra sabre. Tal como a arma escondida na calça de Kriminal.

Não sou ferramenta de ninguém, ninguém me dará ordens, vou apenas ignorar, pensou, convicto.

Uma pepita qualquer explodiu como uma espingarda. Kriminal continuou encarando-o com um olhar curioso.

– Tem certeza de que é isso que você quer?

Bonitão sacudiu a cabeça e levantou-se.

– Já disse que sim e também é tudo o que você precisa.

– Eles estão curiosos, só isso.

– Quem?

– Pequeno B e Um Quilo.

Bonitão não conseguiu segurar o riso.

– Eles sabem que sou firme.

– Já deixei bem claro: eles não vão lhe perguntar nada. Mas eu vou. E estou perguntando agora.

– Sou direto.

Kriminal não se mexeu e continuou encarando-o.

– Você vai mesmo permitir que aquele homem mexa com a sua cabeça?

– Não, estou bem – disse Bonitão, agindo como se não soubesse o que o irmão estava querendo dizer. – Vou embora. Ficar um pouco em casa. Dar uma olhada na vovó.

Seu irmão não disse nada e o deixou partir. Bonitão não queria encará-lo e nem conversar com ele por muito tempo. Ele acabaria entregando o jogo. Não sabia mentir, pelo menos não na frente de Kriminal.

Sim, aquele velho homem ainda estava mexendo com a sua cabeça.

Ele não conseguia parar de pensar. Como se fosse Deus sinalizando que as coisas não estavam bem.

O fim dos tempos está chegando. Aquela cruz, aquele velho, seu rosto e sua bravura.

Bonitão entrou no carro e deu partida. Uma música de Kanye West estava tocando no rádio, mas já estava no fim.

"I'm lost in the world, I'm down on my mind"

(Estou perdido no mundo, minha alma está abatida)

Já está no fim...

Ele estava começando ou quase acabando?

Bonitão não sabia, mas sentiu medo e desânimo. Algo de ruim estava para acontecer, e algo lhe dizia para não parar o carro. Para não parar de dirigir por um tempo.

— LACEY —

VINTE E SETE PASSOS.

Ela conhecia bem esse número. Era o número necessário de passos para chegar ao seu apartamento no terceiro andar. Catorze passos da entrada até o segundo andar, e depois mais treze até a porta do apartamento, no terceiro andar. Lacey não entendia o porquê dessa diferença. Havia um passo a menos. Não sabia quantas vezes já tinha pensado sobre esse passo a menos, mas pensava com muito mais frequência do que deveria.

Como agora, ao abrir a porta que ela tinha se esquecido de trancar da última vez que estivera lá. Talvez porque estivesse segurando as caixas de comida chinesa. Talvez porque no fundo ela quisesse que alguém viesse resgatá-la.

Talvez seja apenas uma dessas casualidades da vida. Como estar aqui sozinha, Lacey pensou durante o trajeto.

Sim, talvez. Como o passo de número vinte e oito. Ele estava em algum lugar e ela poderia passar a vida toda procurando por ele.

Estava escurecendo lá fora, apesar de seu apartamento ser bastante escuro. O apartamento que seu pai a tinha ajudado a comprar, e por isso ela se sentia em dívida com ele. A questão não era o dinheiro, mas Lacey preferiria que ele não a tivesse ajudado a adquirir o apartamento, pois isso o fazia se sentir bem. Ele a tinha ajudado com o apartamento, com seu carro e com as mensalidades da faculdade. E talvez isso o ajudasse a justificar a sua ausência. *O que mais ela quer?* Talvez esse fosse o pensamento dele. Lacey não tinha certeza. E provavelmente nunca saberia de fato.

Ela acendeu as luminárias da cozinha, apoiou-se no balcão e localizou o nome de seu pai no celular. Logo começou a tocar, e uma voz familiar atendeu ao telefone de maneira familiar.

– *Aqui é o Rich. Deixe seu recado.*

A fala era tão rápida que parecia que ele estava correndo para conseguir chegar a tempo ao aeroporto quando gravou a mensagem. Enfim, talvez esse fosse o caso.

– Oi, pai. Sou eu…

Sua pequena menina que tentou se matar na noite passada, completou a frase em pensamento.

– Faz tempo que não nos vemos, e pensei que talvez pudéssemos nos encontrar.

Lacey fez uma pausa. Não sabia mais o que dizer. Não gostava de deixar mensagens, já que a maioria delas não era respondida.

– Ligue-me quando puder – disse. – Seria bom conversar com você.

Lacey colocou o telefone sobre o balcão e então olhou para o sofá em que estava sentada da última vez em que esteve no apartamento. O ar estava abafado, e o silêncio era sufocante. Essa sensação nunca mudava.

Lacey não queria ficar lá dentro, mas já tinha evitado o apartamento o dia todo. Tinha de voltar a viver. Talvez pudesse telefonar para algum amigo. Ou talvez ela pudesse sair para tentar encontrar alguém.

Por que se preocupar?

Essas palavras eram como um fone de ouvido em cada orelha. *Por que se preocupar?* Repetidamente, esta era a resposta para as suas ideias: *por que se preocupar?* Talvez algum amigo pudesse ligar. Talvez alguém viesse até o seu apartamento.

Foi o que a sua vizinha fez e salvou sua triste vida, Lacey, isso martelava sua cabeça.

Mas foi apenas uma coincidência. Quantas vezes Pam tinha ficado ausente, se esquecido das coisas, feito festas e se esquecido de convidá-la?

Lacey sabia que seu pai não retornaria a ligação, que ninguém ligaria àquela hora, e que o apartamento permaneceria escuro e aparentemente abandonado. Nenhum programa de televisão a ajudaria a escapar. Nenhum tipo de distração desviaria sua atenção do óbvio.

Estou sozinha, Lacey constatou decepcionada.

Abriu a porta da geladeira, deu uma olhada e em seguida a fechou. Ligou a TV e em seguida desligou. Ela não estava com fome e não estava interessada e nem motivada para fazer qualquer coisa.

A vida continua, tentou encorajar-se.

Sentada no mesmo sofá, Lacey levou um susto quando foi acordada pelo som de seu celular. Ela não podia acreditar, mesmo quando o pegou e viu que era uma ligação de seu pai.

Não fazia nem dez minutos.

– Lacey?

Ele pareceu mais interessado do que de costume. Ou talvez mais preocupado.

– Você está bem? – ele perguntou.

– Sim – respondeu ela, fingindo.

– O que aconteceu?

– Eu só estava pensando em vê-lo.

– Algum problema?

A vida. A vida é o problema. Não acha?, respondeu para si mesma.

– É que… Não sei. Às vezes fico entediada nesta cidade. Talvez você pudesse vir até aqui algum dia. Ou então eu poderia ir aí visitá-lo.

O pai dela morava a uma hora de sua casa, ou quarenta minutos se não tivesse trânsito. Burr Ridge ficava na região oeste da cidade, mas não ficava bem na Costa Oeste.

– Hummm – respondeu. – Bem, você conhece bem a Violeta.

Ele estava namorando uma mulher chamada Violeta. Violeta era uma cor e não um nome.

– Não estou me referindo a ela – disse Lacey.

– Mas você sabe que ela vai estar aqui se vier me visitar.

Ela não sabia há quanto tempo Violeta morava com seu pai, mas já era bastante tempo. O bastante para manter Lacey longe de um lugar para o qual tinha dito certa vez que nunca mais queria voltar. Das últimas duas vezes em que tinha estado na casa de seu pai, a experiência fora torturante. Tudo por causa de uma loira de trinta e poucos anos que havia conquistado o coração de seu pai.

– Talvez eu possa ir quando ela não estiver.

– Lacey…

– Ou então talvez seja melhor você vir até aqui. Sem ela.

– Nós já superamos tudo isso – disse ele.

Não, nem sequer começamos a superar isso. Temos evitado isso. Temos vivido com isso, Lacey respondeu em pensamentos.

– Vocês duas precisam resolver algumas coisas – disse seu pai.

– Não há nada para resolvermos – disse Lacey, frustrada, como sempre acabava ficando com seu pai. – Não precisamos de uma terapia de casal ou algo assim. Sei que ela não gosta de mim. E eu também não gosto dela. Mas sou sua filha. Isso não significa nada para você?

Houve uma pausa e um suspiro do outro lado da linha. Em seguida, um palavrão.

– Você realmente sabe como fazer uma pessoa se sentir mal – ele respondeu.

– Não, não é isso... Não estou tentando fazer ninguém se sentir culpado.

De repente, diversas cenas começaram a pipocar em sua mente como tiros de espingarda. As palavras, o silêncio, o grito, o palavrão, a fuga, o desprezo – tudo a abalava, como sempre. As mágoas eram trazidas pelas ondas sempre que ela caminhava nas areias de seu pai.

– Mas por que você sempre fica do lado dela? – Lacey continuou, sem tentar esconder a raiva. – Seria bom se ao menos uma vez você pensasse em como eu me sinto.

Ela esperou, no entanto não houve resposta. E logo o telefone avisou que a ligação estava encerrada.

– Ligação encerrada – Lacey sussurrou.

Mas Lacey não queria que se encerrasse. Ela nunca quis que se encerrasse. Ela nunca quis que nada se encerrasse. Mas as coisas sempre se encerravam.

Quando sua mãe os deixou, Lacey sabia que qualquer coisa poderia acontecer.

As pessoas sempre encerram as coisas e nunca mais voltam.

Por um momento ela permaneceu ali, parada, segurando o celular. Em seguida, colocou-o sobre a mesa e ficou esperando, checando-o para ver se ele ligaria de volta. Era comum seu pai perder a cabeça, assim como ela. Lacey era parecida com ele nesse aspecto. Mas não era algo de que se orgulhasse.

Esperou, esperou, e sabia que ele não retornaria a ligação.

Está livre agora, pensou.

Lágrimas rolaram por sua face. Lacey colocou os braços em volta do corpo e tentou manter-se forte. Mas sabia que não conseguiria. Sabia que seria impossível, pelo menos por um tempo.

Ela estava cansada de ver as coisas simplesmente acabarem sem poder fazer absolutamente nada.

Estava simplesmente cansada.

BONITÃO

INSPIRE FUNDO. EXPIRE. TUDO BEM.

A van branca tinha acabado de chegar e estava esperando em frente à casa. Bonitão pôde vê-la na penumbra da noite. Esperando para sair pela noite e fazer seu trabalho.

Ainda há tempo, ponderou.

Seu corpo inteiro estava rígido, como se houvesse um bastão preso a suas costas e pernas.

Um barulho atrás dele chamou sua atenção. Era Kriminal colocando a sua jaqueta.

– Acho que está na hora – ele simulou uma voz brava.

Seu irmão o encarou por um segundo.

– Bonitão, venha até aqui.

Ele não se aproximou, e então Kriminal caminhou até ele e olhou em seus olhos, sem piscar e sem se mexer.

– Você está nervoso? – Kriminal perguntou.

– O quê? Não, estou bem.

Bonitão desviou o olhar. Era difícil enganá-lo ou se fingir de valente, Kriminal não era bobo.

– Ei. Olhe para mim.

Ele olhou de volta para Kriminal.

– É bom ficar nervoso – ele disse a Bonitão.

Tão confiante, tão despreocupado, tão forte. Tão consistente, tão disposto, tão duro.

– Sim – respondeu Bonitão.

Sua pele estava pulsando e ele mal podia sentir a respiração. Tudo o que ele queria era fugir dali.

A van branca espera, o caixão branco desperta, a colina branca se situa, o homem branco leva.

Kriminal agarrou o braço dele, forçando-o a focar-se, olhar em seus olhos e compreender.

– Será nosso único movimento. Tiraremos Nefárius e será um novo mundo, irmãozinho. Tudo vai mudar para nós. É assim que faremos. É assim que cuidaremos do que é nosso.

Ele sentiu como se a cadeira velha e desgastada tivesse pegado seus braços contraídos e acenado para Kriminal. Vovó já estava no sofá dormindo e alheia ao resto da noite. A sala não tinha muitos móveis, mas estava bagunçada, com sacolas de fast-food amassadas e grandes copos vazios. Havia uma daquelas televisões antigas e quadradas que parecem um grande bloco de metal sobre uma mesa frágil, no canto da sala. Havia uma mesa cheia de enfeites que a vovó tinha juntado ao longo dos anos.

Ele queria sair daquele buraco e daquela vida. Queria seguir seu rumo, e talvez aquela fosse a única maneira. Iniciar em uma gangue. Assim, ele seria respeitado, e suas músicas seriam tocadas.

Bonitão acenou com a cabeça para Kriminal. Não queria nem pensar em Nefárius. Ele não queria ir e ficar nervoso. Bonitão ainda era apenas um assistente fazendo o papel de cúmplice. Como na noite passada.

O hálito de cebola de Kriminal estava ficando um pouco mais forte. Seu irmão forçou-o a ficar olhando para ele.

– Ouça, Bonitão! Temos que fazer do jeito certo. Sem hesitar. Você está comigo?

Claro, o que você está dizendo?, pensou.

– Sim.

– Você confia em mim? – Kriminal perguntou.

– Claro.

– Vivemos juntos, morremos juntos. Certo?

Seu coração bateu forte, o medo desapareceu, e ele acenou com a cabeça.

– Vivemos juntos, morremos juntos.

– Vamos, então.

Kriminal pegou uma mala de lona velha e saiu pela porta. Bonitão o seguiu e o viu subir na van e sentar-se em frente ao volante. Ele atravessou a rua e destravou a BMW preta. O carro de Kriminal. Era algo diferente para ele dirigir. Mas tudo naquela noite era inusitado, e Bonitão queria que tudo continuasse daquela forma.

Talvez noites como aquelas tivessem um fim no dia seguinte.

ENGLEWOOD SE TORNAVA A TERRA DE NINGUÉM AO ANOITECER. Era rodeada de terrenos baldios que ninguém conseguia ver. Alguns grupos ficavam nas esquinas, caminhando e bloqueando as pistas. Bonitão passou em frente à van com o carro, casualmente, querendo dar a entender que pertencia àquele lugar. A música ajudou-o a não pensar em mais nada. Para todas as outras pessoas, Chiraq era apenas um termo para se referir a Chicago, mas para eles era um abismo. Um modo de vida não era a expressão correta, porque não havia vida, nem sequer um caminho. Era Chiraq, a capital dos assassinatos em que os membros de uma gangue logo matavam outro membro. Matavam crianças, atiravam em estranhos, disparavam à noite para matar mães e pais e deixavam todos sem segurança.

Alguns rostos os olhavam enquanto Kriminal aproximava-se da casa de Nefárius. Os rostos eram suspeitos, apesar de conseguirem ver o motorista. Algumas pessoas podiam reconhecê-lo, e algumas conheciam seu carro. Ele podia ver as luzes da van chegando. A van modificada. A van reparada para a ação.

A rua tinha algumas casas simples. Do lado de fora, a quarta casa não parecia diferente das demais, mas Bonitão a conhecia por dentro. A casa de dois andares de cor branca desbotada com as janelas fechadas e um gramado um pouco descuidado. Dentro, havia três, quatro e talvez mais homens esperando, todos com uma arma. Ficavam ali o dia todo esperando os clientes. Preto e branco, homem e mulher, novo e velho. Mães de classe média sem nenhum negócio ali na região vinham para comprar uma sacolinha branca de heroína. Alguns drogados desesperados para fazer qualquer coisa para conseguir mais droga.

As armas não eram o único problema. A porta da frente era de aço reforçado. Eles sabiam disso porque o próprio Pequeno B tinha visto. Esse era o problema que tinham de enfrentar – que Kriminal tinha de enfrentar – para conseguir entrar.

Ninguém podia entrar sem a permissão de Nefárius.

A BMW saiu arrancando pela rua e em seguida fez o retorno em direção a casa. Bonitão pôde ver as luzes brilhantes da van aproximando-se.

Então, à extrema direita, a grande besta branca moveu-se rapidamente como se fosse uma geladeira rolando descontroladamente um morro em direção a casa. Bateu e quicou sobre o meio-fio e a grama morta do jardim antes de parar na frente da casa. Ouviu-se um estrondo, acompanhado da explosão de um vidro e rompimento de metal.

Um quarto da casa tinha desaparecido, aparentemente. Bonitão viu a van sendo engolida, como uma baleia engolindo Jonas. O carro esportivo preto parou rapidamente, e Bonitão atentou-se para o buraco que se formou na parede onde a van estava. O veículo todo estava agora dentro da casa.

Um flash. Outra explosão de flashes.

Eles estão fora, pensou.

Ele ouviu os tiros. Disparos de uma arma automática que podia pertencer a Kriminal, Pequeno B e Um Quilo ou aos outros homens.

Vamos, vamos, vamos sair daqui, implorava em pensamentos.

Por um instante, Bonitão parou de respirar. Tudo que ele podia fazer era assistir e esperar. Seu olhar voltou-se para trás do carro, e depois para todos os lados, e então de volta a casa. O passar dos segundos o deixava inquieto.

Bonitão estava pronto para sair dali, mas agora tudo que ele podia fazer era sentar-se e esperar. Uma voz dentro dele lhe dizia para ser paciente e manter o foco.

Mais tiros foram disparados, e Bonitão quase puxou a maçaneta, mas uma pessoa que emergiu das sombras da casa o impediu.

Vamos, Kriminal, pensou.

Mas não era ele.

A doninha que saiu da casa era Nefárius. Alto e forte, pensando que era o rei do mundo, mas agora a cabeça desse rei estava sangrando na lateral. Nefárius parecia atordoado, confuso e fraco, tentando escapar do caos que acontecia atrás dele. Como faz uma doninha.

Ele foi cambaleando em direção à BMW e desmaiou na grama, caindo a poucos metros de distância do carro, no lado do motorista. Seu rosto parecia esgotado, destruído, mas ainda desafiador.

Vamos, mate-o, tentava encorajar-se.

Bonitão permaneceu sentado. Ele tinha uma arma, mas não sairia do veículo e certamente não mataria ninguém. De modo algum.

Bonitão precisava desviar o olhar.

Ele tinha de agir como se não tivesse visto Nefárius.

A certa distância ouvia-se o som de sirene. E depois o de um helicóptero aproximando-se.

Ele sabia que deveria ir embora. Mas não podia deixar Kriminal.

Naquele mesmo instante, seu irmão saiu correndo pela abertura oval rachada da casa, carregando uma mala cheia e pesada, transbordando de dinheiro. Ele ficou olhando para trás, com a arma na mão, certificando-se de que ninguém o seguia. Bonitão abriu a porta e Kriminal rapidamente se jogou para dentro.

– Você viu Nefárius? Você o viu? – disse ele.

– Não.

Certamente Kriminal não o tinha visto no gramado ao lado do carro.

– Onde estão Um Quilo e Pequeno B?

– Este é o preço do negócio, querido irmão.

Bonitão enfiou o pé no acelerador e sentiu o corpo sendo empurrado para trás no assento, enquanto o carro seguia pela estrada, deixando destroços e mortes para trás.

No entanto, ele não conseguiria deixar tudo aquilo para trás, tinha certeza disso.

Aqui vou eu.

Você sabe... atletas profissionais não são os únicos a sentirem uma descarga de adrenalina antes do início de uma corrida ou jogo. Pastores podem sentir a mesma coisa. Era o que eu estava sentindo antes do culto de domingo à noite. Meu coração estava cheio e eu queria dividir algumas coisas. Muitas coisas.

Naquela noite, enquanto os membros entravam na igreja, dei um presente a cada pessoa que passava pelas portas do santuário e se sentava no banco.

Decidimos mudar de local quando a congregação original ficou pequena para a quantidade de membros, e então compramos um imóvel para a igreja. Fomos para um lugar mais moderno, usando um ginásio para o culto. Tivemos sorte, para ser sincero. E continuamos sendo abençoados por todas as pessoas que vinham e se sentavam naqueles bancos tradicionais. Às vezes, fico pensando quantas pessoas com menos de vinte anos sabem o que é um banco de igreja. Pelo menos algumas, graças à Igreja Bom Pastor.

Fiquei observando a congregação entrar em fila, como sempre, cumprimentando-os na entrada pelas duas portas que levavam ao santuário. Os Newtons foram os primeiros a chegarem naquela noite. Perguntei como estavam e, especialmente, como estavam se sentindo. Eles estavam bem. No entanto, quando olhei através das janelas que davam para o santuário, pude vê-los se sentando na fila usual, e então observei que Teri colocou no assento ao seu lado a cruz que eu tinha lhe dado.

Bobby e Elena Wilson chegaram sem seus filhos, e disseram que o tio Carlos estava cuidando deles. Bobby não parecia estar tão seguro disso, mas Elena parecia estar feliz com a volta do irmão. Esperei até que quase todos estivessem presentes. Devia ter umas cem pessoas no total, mas algumas iriam chegar atrasadas durante o culto. Isso sempre acontecia, e eu sempre os recebia.

A banda iniciou o culto com algumas músicas. Havia um guitarrista, um baterista e dois vocalistas, e eles derramavam seus corações naquelas canções contemporâneas. Gostamos de mudar as coisas, preparamos uma noite tradicional e outra moderna. Eu gostava de variar. E a maioria dos nossos membros também.

Sei que é difícil agradar a todos.

Sei que eu estava nervoso cantando e assistindo a banda tocar no palco na frente do cenário com a grande cruz de madeira. Normalmente eu seguiria com um cumprimento e pediria a todos para apertarem as mãos das pessoas ao lado. Mas naquela noite decidi fazer diferente. Subi os degraus e segui em direção à cruz. No chão, ao lado da cruz, havia uma lata de tinta. Peguei uma esponja grande e mergulhei no líquido, e depois a levantei acima da minha cabeça, sobre um dos braços da cruz.

Uma faixa vermelha escorria enquanto eu a esfregava no lugar em que ficava pregada a mão do aprisionado. Eu podia ouvir os suspiros e murmúrios atrás de mim. Não olhei para trás, em vez disso mergulhei a esponja de novo e fiz uma mancha vermelha no outro lado da cruz.

Virei para trás e caminhei até a frente do altar. Olhei para todos, não como membros de uma igreja, mas como amigos e familiares com quem queria desesperadamente conversar naquela noite.

— Boa noite. Estou feliz em vê-los esta noite.

Não demorei muito com os cumprimentos. E também não dei nenhum recado. Nem sequer falei sobre a cruz que tinha dado a eles. Mas falaria no momento apropriado.

— Vou lhes fazer uma pergunta que me fizeram ontem à noite — comecei. — É uma pergunta simples, que por alguma razão mexeu comigo tão profundamente que gostaria de dividir com vocês.

Parei por um momento, olhando para todos os rostos que prestavam atenção em mim. Rostos jovens e vigorosos; almas cansadas; diferentes cores, formas e perspectivas. Todos tão diferentes, mas buscando a mesma coisa na vida: esperança.

— A pergunta que me fizeram foi: "Você acredita na cruz de Cristo?".

Esperei para que pensassem na pergunta. E então, de forma casual, encolhi os ombros.

— É uma pergunta que deveria ser fácil de responder, certo? Claro que sim. Contudo, ao pensar ontem à noite sobre ela, fiquei intrigado.

Eu me virei e olhei novamente para a cruz. Passei mais um pouco de tinta vermelha no topo dela, onde ficava a coroa de espinhos. E depois embaixo, no pé da cruz. Em seguida, mergulhei a esponja e fiz uma mancha no lugar onde um prego seria fincado.

Quando me virei, pude ver Grace na fileira da frente perguntando-se o que eu estava fazendo e aonde eu queria chegar com tudo aquilo.

Deus. Consegui atrair a atenção deles. Assim como a minha foi atraída ontem à noite, logo pensei.

— O que significa acreditar? — perguntei a eles. — Lembro que certa vez ouvi que a fé verdadeira é uma ação. Assim, se acreditamos que Cristo morreu por nós, deveríamos então não apenas mostrar submissão, mas entrega total.

Novamente, eu podia ver aquele homem negro vindo em minha direção com aquela grande e velha cruz. Ele certamente estava usando seus pés, seus braços e seus músculos para chegar até mim.

Apontei para a cruz atrás de mim.

— A cruz é um presente. O maior presente de todos. É perdão, redenção, nova vida. E foi paga com sangue. Contudo, quando a maioria de nós olha para ela, queremos vê-la sem o sangue. Temos vergonha dele. O sangue que meus pecados, e os de vocês, exigiram como o preço da nossa remissão.

Eu continuava segurando a esponja, que ainda pingava no chão. Certifiquei-me novamente de que todos estavam me acompanhando, assistindo e ouvindo.

— "Mas, pastor", vocês podem dizer, "Jesus ressuscitou. O sangue não existe mais. É apenas uma memória agora". Mas lhes digo que é tão real hoje quanto foi naquela Sexta-feira Santa. É tão real como se tivesse acabado de fluir, quente e vermelho, das veias de Seu Salvador, Jesus Cristo.

As minhas palavras estavam ficando mais fortes, mais altas. Minha intenção não era condenar ninguém naquela noite. Todos nós já estávamos condenados. Mas aquele símbolo atrás de mim e o vermelho sobre ele significavam que podíamos fazer algo bonito com aquela condenação.

Mas todos nós precisávamos saber disso. Precisávamos ser lembrados.

Então, eu estava lá para levar esse conhecimento a eles e tentar lembrá-los.

A eles e a mim.

BONITÃO

Os edifícios passaram como um raio. Dirigindo por um quarteirão, virando e seguindo em direção ao norte, indo embora, saindo dali. A BMW correndo e ignorando as placas e semáforos. Bonitão queria que o velocímetro continuasse subindo.

Dois carros de polícia surgiram do nada. Do nada! Como se soubessem de alguma coisa.

O helicóptero, constatou Bonitão.

Tinha que ser. Bonitão não conseguiu nem pensar em outra coisa. Enfiou o pé no freio e ouviu os pneus cantando pela rua. Kriminal soltou um palavrão quando Bonitão olhou no retrovisor e viu mais policiais atrás deles. No último cruzamento, mais policiais vinham de todas as direções.

Não havia para onde fugir.

Prisão, não. Não vou para a prisão, de maneira alguma, Bonitão afirmava para si.

Kriminal estava ao seu lado, tirando suas pistolas Glocks da mala e se preparando para a guerra. Bonitão já tinha visto o suficiente. Já tinha feito o suficiente.

Suficiente, pensou.

Ele quase quebrou a maçaneta ao abrir a porta.

– Bonitão, o dinheiro! Não se esqueça do dinheiro!

Kriminal não apenas gritou. Ele praticamente berrou. Ele olhou para a mala entre eles e pensou a respeito, imaginando que não era uma boa ideia e imaginando que...

Bonitão pegou a mala.

Sentiu as mãos ficarem quentes ao tocá-la, mas não importava. Pegou-a e saiu correndo.

Bonitão era bom em outra coisa, além de infringir a lei: correr. Chegou a fazer um pouco de esporte na época em que tinha espaço para isso em sua vida, e ele sempre conseguia correr mais do que as outras crianças. Corrida, basquete e futebol. Ele podia correr, companheiro, e era isso que estava fazendo agora.

Cada segundo que se passava ele se preparava para ouvir os tiros das armas de Kriminal, que estava atrás dele. Mas nada aconteceu. Talvez Kriminal tenha percebido que havia muitos policiais. Talvez ele também estivesse correndo.

A mala era pesada, mas não importava. O terror corria por todos os lugares onde seu sangue pulsava. Bonitão estava correndo pela rua. Avistou um beco e entrou, e então se deparou com uma cerca, jogou a mala por cima e a escalou correndo.

Ele correu.

Seguiu pela rua até um depósito abandonado. Longe das luzes e do barulho. Longe de todos.

Sem se virar para trás e sem parar.

Sem prisão, sem tempo, sem crime.

Ele chegou até um conjunto de casas. Bonitão tinha uma noção de onde estava, mas não conhecia muito bem o bairro. Escuro, praticamente deserto, pequenas casas, antigos lares, esquecidos depois do grande estouro da bolha imobiliária.

Alcançou uma velha oficina de funilaria, que aparentemente já conhecia, e então atravessou a rua, diminuindo um pouco a velocidade, inspirando e tentando decifrar que caminho seguir.

Havia um carro da polícia no outro lado da rua, e próximo a ele um policial cochilando, que rapidamente acordou com seus passos.

Ele soltou um palavrão.

Apenas sua sorte.

Deus está me julgando, e está enviando-os atrás de mim. Certo, vovó?, Bonitão concluiu.

Cem passos o levaram até outro beco escuro e, sem hesitar, ali ele entrou. As luzes da polícia estavam atrás dele. E então ouviu o barulho de uma porta se abrindo, passos e uma lanterna tentando segui-lo.

O fim do beco estava a cinquenta metros à sua frente.

Ele não parou.

Ele não podia parar.

Seus olhos examinaram a parte de trás do beco, superficialmente iluminada pelas luzes dos apartamentos que ficavam ao lado.

Ali, pensou, aliviado.

Em um dos lados, pôde ver uma escada de incêndio que levava ao segundo andar.

Apenas faça alguma coisa, tentava raciocinar.

A luz balançava para cima e para baixo conforme os passos atrás dele continuavam e uma voz lhe mandava parar.

Um prédio e uma parede, e sem saída. Era aonde esse beco levava.

Sua patética vida na casca de uma noz, decretou.

Enquanto ainda corria, Bonitão arremessou a mala na saída de incêndio e, em seguida, atirou-se em uma lata de lixo e saltou para dentro de uma caçamba. Por sorte, tinha rodinhas e uma tampa.

Ainda movendo-se de uma maneira que deixaria o jogador LeBron James orgulhoso, lançou-se em direção às escadas de metal acima dele.

Bonitão agarrou-se no corrimão, mas suas mãos ficaram grudadas porque ele estava velho e enferrujado. Levou alguns segundos para conseguir tirar as mãos dali.

O policial continuou atrás dele, com a luz ainda se movendo. Bonitão olhou as escadas e subiu correndo, mudando a mala de mão e seguindo em frente.

Mas ele era como um armador correndo para a sua posição antes de pegar a bola.

A mala escorregou de sua mão e caiu no beco. Fez um ruído ao cair atrás da caçamba.

Ele soltou um palavrão sem acreditar no que tinha acontecido.

Vai, vai, vai, vai, vai!

Respirou fundo e pensou, mas já sabia. Não tinha mais jeito. O policial se aproximava...

Bonitão subiu correndo os degraus em direção ao topo do prédio. Depois atravessou um espaço plano até chegar do outro lado do prédio. Havia outra saída de incêndio.

Escapar pela saída de incêndio é o melhor, concluiu.

Agora, do outro lado do prédio, em outra rua, ele pôde ouvir o som do helicóptero que o procurava. Talvez observando Kriminal antes que um policial o enchesse de tiros.

Bonitão nem notou a placa pela qual passou enquanto corria para o estacionamento, até chegar à porta da frente e olhar para trás.

Primeiro, ele viu o carro da polícia circulando pelo estacionamento. Depois, viu a placa em cores brilhantes e fortes.

IGREJA BOM PASTOR

Estava ótimo.
Ele abriu a porta e entrou no local.

Enquanto eu falava, vi Joe dando boas-vindas a uma pessoa desconhecida. Era algo que eu adorava naquele grande rapaz. Aquela figura tão imponente era capaz de ser uma alma tão gentil com aqueles que chegavam à igreja pela primeira vez.

Joe já tinha sido um deles tempos atrás. E Deus já o tinha salvado, mas ele continuava procurando uma casa. Um lugar seguro.

Fico feliz que o tenha encontrado dentro da igreja.

E, agora, aquele rapaz negro e magro, que parecia estar suando, conversava com Joe enquanto eu continuava fazendo o meu sermão na frente de todas as pessoas. Eles conversaram rapidamente e, em seguida, o rapaz foi até o centro do corredor, em direção a um assento no meio da fileira.

O jovem rapaz sentou-se e olhou à sua volta e depois para mim. Sorri mesmo enquanto pregava, pois queria que ele se sentisse acolhido.

Eu tinha algumas fortes palavras que seriam um refrigério para os cansados. Mas todos precisavam estar com o coração aberto para ouvir.

Talvez aquele jovem rapaz fosse um dos cansados.

JOE

Ele avistava um problema entrando pela porta sem ao menos precisar ver seu rosto. Joe conhecia bem. Medo, desespero e espanto rondavam aquele garoto. Ele era apenas uma criança. Um jovem malandro, obviamente com problemas.

Olá, amigo perdido. Estou aqui por você, irmão, deu-lhe boas-vindas em pensamentos.

Joe aproximou-se e estendeu-lhe a mão. O garoto correspondeu e deu-lhe um forte e nervoso aperto de mãos.

– Tem um assento logo aqui – Joe orientou-o.

O rapaz passou a mão na testa, respirou fundo e olhou para a porta.

Ele está pensando em cair fora. Posso ver, Joe notara.

Havia mais alguma coisa, entretanto. Joe sabia.

Do que você está correndo, filho?, Joe perguntava em pensamento.

– Não vou ficar – diz o recém-chegado.

– Acho que você deveria – disse Joe.

As janelas do saguão mostravam bem o que estava acontecendo lá fora. Joe viu os carros de polícia e ouviu o helicóptero. Olhou para o menino e tentou decifrar se ele era perigoso, mas tinha certeza de que não. Ele apenas estava desesperado e se sentindo sozinho.

Já passei por isso, pensou Joe.

O garoto olhou para ele com coragem nos olhos e pensou: *Você não me conhece.*

Joe não pisca e não hesita em sua resposta:

– Conheço bem. Já estive para onde você está indo. E, acredite, a única saída que irá encontrar é aqui neste lugar.

Eles estavam em pé, no meio do salão, para todos verem. Era tão óbvio e o menino parecia saber disso, olhando para a porta, certo do que o esperava atrás dela.

O menino concordou e aceitou se sentar.

O pastor estava iluminado naquela noite, e Joe pôde perceber. Talvez porque Deus sabia que o garoto apareceria ali. Talvez porque as pessoas estivessem precisando de um pouco de luz.

A começar por mim, pensou Joe.

Ele o conduziu ao centro do santuário, para um lugar cheio de gente. O garoto ficaria cercado de outras pessoas. Assim, seria mais difícil de encontrá-lo. Talvez.

Se assim Deus quiser.

BONITÃO

Bonitão olhou bem ao redor antes de se sentar. Havia alguma coisa sobre o assento. Algo que o fez se lembrar de sua avó e de um espaço em sua casa.

Uma cruz, logo identificou.

Pegou a pequena cruz de madeira e se sentou.

Por um momento, observou tudo à sua volta. Havia pessoas olhando, assistindo e pensando. A maioria compunha-se de pessoas brancas, a maioria famílias, a maioria imaginando o que ele estava fazendo lá.

Estou me escondendo, pessoal. Então me ajudem, certo?, pensou Bonitão.

Em seguida, ele olhou para o pastor pregando. Não se lembrava de já ter se sentado em um banco de uma igreja como aquela, com um pastor branco falando. O pastor parecia ser uma pessoa comum, um homem de família, um tipo de homem comum. Mas ele olhava para Bonitão e sorria para ele, que instintivamente olhava para baixo e depois para a cruz que estava segurando na mão.

Olha pra mim agora, vovó.

– A Bíblia diz em Romanos 6:23: "pois o salário do pecado é a morte" – falou o pastor, segurando uma cruz. – E como somos todos pecadores, é a morte que merecemos. Mas a cruz nos oferece uma saída. A única saída...

A esperança não estava perdida para Bonitão.

A única saída... Isso mesmo, irmão, é o que eu preciso.

Ele queria ignorar as palavras e simplesmente ficar ali e conseguir sobreviver sem ser visto, mas ele não conseguia evitar e ouvia tudo.

Bonitão estava com medo. Um medo que nunca tivera antes.

Medo de ser encontrado e de ficar preso por um tempo.

Via o rosto de Um Quilo e Pequeno B como se estivessem sentados no banco à sua frente, virando-se para vê-lo.

Onde você estava? – é o que eles estão perguntando.

Onde você estava, Bonitão?

Em algum lugar, seus corpos ainda estavam sangrando, e talvez ninguém os tivesse encontrado ainda. E, como lixo, os corpos seriam levados embora e logo seriam esquecidos.

O pastor continuava falando, e Bonitão não conseguia deixar de escutá-lo.

– Quando você vem até a cruz, você vem pelo caminho do arrependimento. E "arrependimento" significa mudar o modo como você vive. Para virar as costas para seus pecados e se voltar para Cristo. A cruz de Jesus Cristo diz: "Eu vou salvá-lo. Eu vou perdoá-lo. Eu vou lhe dar uma nova vida".

Vovó estava lá. Bem atrás dele. Segurando-lhe as mãos, balançando a cabeça e dizendo: "Amém". Ele sabia. De alguma maneira, ela estava ali.

É o que a vida toda ela lhes disse. Este Jesus. Esta cruz. Estes pecados. Este perdão.

– Você não acredita? – o pastor perguntou. – Então acredite em Deus quando Ele diz por meio do apóstolo Paulo, em Romanos 10:13: "Porque todo aquele que invocar o nome do Senhor será salvo...".

E então?, Bonitão pensa. Para ficar seguro e deixar de ter uma vida tão indigna como a dele. Para não sentir essa coisa horrível que sentia no coração. Para não se sentir culpado.

Você é um bom garoto, pensou nas palavras de vovó, nas quais ele nunca acreditou.

Ele viu algo se movendo atrás dele e percebeu que era um policial. Havia outro vindo pelo outro lado do salão.

Então Bonitão se afundou um pouco no banco.

Eles vão me levar agora. Chega! Acabou, pensou impotente.

Os sonhos de se livrar de tudo aquilo e viver uma vida boa. Suas músicas. Seu futuro.

Acabou, entregou-se por completo.

Bonitão segurou a cruz com as duas mãos e fechou os olhos.

Uma oração de última hora. Um pedido de socorro.

A culpa rodeando e envolvendo todo o seu coração.

– Por favor, Senhor, me salve.

Essa era uma oração que servia para tudo. Para todas as coisas. Para aquele lugar, para sua casa, para sua vida e para tudo o que ele tinha.

"SALVE-ME."

Segurando a cruz, pálpebras fechadas, coração aberto, feridas abertas.

Bonitão não sabia quanto tempo havia se passado. Talvez cinco segundos, um minuto ou mais. Mas, quando abriu os olhos, os policiais não estavam mais lá.

Exatamente isso.

– Obrigado, Jesus – sussurrou. – Obrigado.

O pastor, como se tivesse planejado, pegou a cruz e a segurou na frente dele, para que todos focassem nela.

– Desafio a todos a carregar esta cruz com vocês. Para que se lembrem do presente que Cristo nos deu. Que ela os inspire a viver a vida como Jesus viveu.

O pastor levantou a cruz acima da cabeça e completou:

– Isto não é apenas um símbolo, não é apenas uma ideia. É a verdade. E, se vocês acreditam que é a verdade, então demonstrem com suas ações.

A música então começou a tocar e Bonitão expirou e inspirou profundamente.

Ele não estava preenchido de descrença ou alívio, mas de uma coisa estranha que talvez nunca tenha sentido antes.

Esperança...

ELENA

BEM, ISTO ERA PESADO.

Elena sentou-se no banco do passageiro do carro, ainda segurando a cruz. Havia sido um culto bem diferente, para dizer o mínimo. O pastor Wesley nunca havia mostrado tanta paixão, e toda aquela coisa com a cruz havia sido uma performance e tanto.

Bobby fechou a porta e ligou o carro.

– Acho que vou pendurar a cruz no retrovisor – disse ela enquanto examinava a peça de madeira.

– Acho que não era bem essa a intenção dele – respondeu Bobby. – Não é para ser apenas um objeto decorativo.

Ai!, Elena percebeu a bronca.

Seu tom era de crítica. A última coisa que Elena queria era uma discussão. Ela não estava de bom humor. E ele não precisava ser tão duro.

– Bem, acho que ficaria legal – disse a ele. – Agora vamos comer alguma coisa. Que tal o Blue Fish?

Elena sabia que Bobby não estava muito contente em deixar os filhos com o irmão dela. As crianças adoravam o tio Carlos, seu senso de humor e suas histórias engraçadas, mas eles não sabiam de outras coisas sobre Carlos. Coisas que preocupavam Bobby.

– Tem certeza? O Blue Fish? – disse Bobby.

– Por que não? Meu irmão está cuidando das crianças – disse e sorriu. – Vamos viver um pouco.

Bobby não a levou muito a sério. Para alguém que falava tanto de sua fé, Bobby certamente não parecia ter muita fé nos outros.

Apenas precisamos de um tempo para nós dois, Elena sabia disso.

Ela acreditava que Carlos precisava de um tempo para se sentir à vontade com as crianças. Passar um tempo com elas era um bom começo. Para se acostumar a ter pessoas em quem podia confiar, pessoas que podiam cuidar dele, pessoas que o amavam. Elena sabia que ele desconfiava de todo mundo e de todas as coisas. Talvez, apenas talvez, se dessem um tempo a ele, Carlos poderia voltar a ser o irmão que sempre foi.

– Interessante o sermão, não? – Bobby perguntou ao virar a rua, demonstrando que tinha aceitado o pedido para o jantar.

– Sim, muito – respondeu Elena.

– Uma grande exortação.

Ela acenou com a cabeça e não disse mais nada. Elena sabia que Bobby estava tentando, que ele estava aprendendo o que significava essa recém-descoberta fé que ele dizia ter. Ela não conseguia entender. Não porque não acreditava. Mas achava que não precisava estar à frente ou no centro de sua vida e da vida deles. Não precisava acompanhá-los sempre. A ideia de frequentar uma igreja era algo legal – desde o início do casamento eles costumavam ir, apesar de não levarem muito a sério. Mas agora Bobby ficava o tempo todo falando sobre isso, para ela e para os meninos. Ele estava fazendo algumas coisas para a igreja e outros ministérios. Doando tempo e o dinheiro que eles não tinham.

Elena queria lhe pedir para ir com mais calma, mas como poderia fazer isso sem parecer grosseira? Ela de fato queria respeitar o momento pelo qual Bobby estava passando.

A pergunta que sempre vinha à sua mente era: por quê? Por que ele queria tanto conversar sobre o sermão daquela noite? Por que ele sentiu a necessidade de ouvir a estação de rádio cristã que tocava músicas semelhantes àquelas do culto?

Por que, depois de entrar no restaurante, Bobby sentiu necessidade de pegar em sua mão e fazer publicamente uma oração pela refeição? Em voz alta? Por vários minutos?

Elena não entendia. Talvez, no momento apropriado, ela entenderia, mas agora ele estava passando dos limites.

Elena não conseguia dizer coisa alguma para Bobby mesmo com muito esforço. Pelo menos não por enquanto.

DR. FARELL

ELA AINDA NÃO O TINHA VISTO, o que era ótimo. Entretanto, Thomaz Farell tinha visto Elena e o marido. Ele não se lembrava do nome do marido de Elena, apesar de já terem se encontrado em várias ocasiões. Rickie ou Robbie ou Bobby. Um nome que terminava com som de "i". O médico estava feliz que o casal não o tinha visto. A última coisa que ele queria fazer era iniciar uma pequena conversa com a enfermeira que o perturbava e seu marido que ele não conhecia. Especialmente considerando-se que os jantares com Andrea ainda eram algo muito novo.

Muito novo, mas que ele esperava que em breve se tornasse uma coisa corriqueira.

Inicialmente, Dr. Farell era cético sobre qualquer coisa relacionada a Andrea. Ela era amiga de uma doutora que trabalhava no hospital. Uma advogada. Isso soava como o início de uma piada. *Então um médico e uma advogada toparam um encontro às cegas...*

Na verdade, não era bem um encontro às cegas. Dra. Kesey tinha lhe mostrado algumas fotos em sua página no Facebook. Ela era amiga de Andrea, uma mulher extremamente atraente. "Ela é muito sedutora" – foi sua resposta casual para Dra. Kesey.

– Ela é muito inteligente – a doutora disse a ele sem demora. – E está solteira.

– Esta é a melhor parte – respondeu, parte brincando e parte falando sério.

Os dois tinham muita coisa em comum. Ambos já tinham tido relacionamentos sérios e dividiam histórias parecidas de conflitos. Eram bem-sucedidos profissionalmente e gostavam de conversar sobre esse sucesso. Thomas gostava de pessoas que assumiam responsabilidades e, na verdade, se orgulhavam de suas realizações. E não deveriam se orgulhar? Hoje em dia, em que todas as pessoas são tão simpáticas e inofensivas e preocupadas com que os outros pensam, ele sempre ficava agradavelmente surpreso quando conhecia pessoas que falavam o que vinha à mente. Especialmente quando eram loiras, bonitas e disponíveis.

A comida tinha acabado de chegar e eles estavam começando a comer calmamente. Andrea tinha pedido um filé de dourado, enquanto ele tinha escolhido o filé mignon. Ele tomou um gole de vinho e se lembrou de uma coisa que tinha se esquecido de perguntar:

– Tudo certo para a nossa pequena viagem neste fim de semana?

Ela terminou de mastigar.

– Desde que eu não saia muito tarde. Só valerá a pena se conseguirmos sair até o meio-dia na sexta-feira.

Ele estava pensando na viagem há muito tempo. Tinha sido a sua fuga, sua fantasia durante os momentos em que tinha conseguido uma folga dos pacientes e do trabalho. Viajar com Andrea pela primeira vez. Eles já tinham passado a noite juntos, mas era diferente. Era Miami. Era um fim de semana. Seria o paraíso.

Quase nada parecia poder arruinar o clima quente no qual o médico se encontrava, observando os lábios vermelhos dela, os olhos verde-escuros e seus longos cabelos jogados para o lado. Ele ia dizer mais alguma coisa, mas algo o fez olhar para a mesa no canto. A mesa à qual estavam sentados a enfermeira e o marido.

Eles estavam de mãos dadas enquanto oravam.

Ah, por favor..., pensou indignado.

Ele só percebeu que tinha suspirado alto demais quando Andrea lhe perguntou o que estava acontecendo.

Dr. Farell acenou para o casal. Andrea virou-se no momento em que estavam terminando a oração. *Sua bênção. Quem é que vai dar graças esta noite?*, o médico pensou ironicamente.

– Será que as pessoas não conseguem simplesmente jantar sem tentar converter os outros? – disse ele enquanto deu outra mordida no bife.

Andrea sorriu e concordou com a cabeça. Seus olhos fixaram-se em Elena, que não parecia estar muito concentrada nas palavras de seu marido.

– Qual é a questão? – Continuou, irritado e inquieto porque seu jantar tinha acabado de ser arruinado. – Jesus era carpinteiro, não um chefe de cozinha. Se fosse preciso agradecer a alguém por essa refeição, não deveria ser ao pessoal da cozinha?

Ele não conseguia tirar os olhos do casal. Dr. Farell mexeu-se na cadeira, afrouxando a gravata.

– Na verdade, eu conheço aquela mulher – disse a Andrea. – Ela trabalha no hospital. Só não sei o que ela está fazendo aqui.

– Bem, não deixe isso arruinar seu jantar. Nem o meu.

Andrea ofereceu-lhe um gracioso sorriso, como se estivesse entendendo tudo. Ele sabia que ela não estava preocupada com a mulher da outra mesa nem com aquela oração boba que estavam fazendo. Ele também sabia que podia deixar aquilo de lado, mas não queria.

– Só estou cansado disso. Eu salvo a vida deles, e a quem eles agradecem? *"Obrigado, Jesus. Obrigado, Senhor"*.

Andrea riu.

– Ei, não vamos discutir. Cresci com esse tipo de pessoas. – Ela revirou os olhos. – São um bando de hipócritas. Mas, sabe, nunca percebi que você tinha esse complexo em relação a Deus.

– Não é um complexo – disse, totalmente sério. – Eu faço o trabalho. Eu deveria receber o crédito.

Andrea assentiu com a cabeça e depois tomou um gole de vinho.

– E eu pensava que os advogados é que eram convencidos.

Seu sorriso e sua provocação acalmaram os ânimos. Ele adorava essa característica dela.

Dr. Farell não queria mais pensar sobre a enfermeira nem sobre fé. Ele só queria pensar em Andrea. E Miami. E deixar o hospital e a Cidade dos Ventos de lado por um tempo.

Isso viria em boa hora.

BONITÃO

Ele não sabia há quanto tempo estava sentado naquele banco. Mas havia ficado tempo suficiente, pois já estavam apagando a luz do santuário. Bonitão ficou sentado ali, olhando para a cruz, pensando sobre o que tinha acontecido, pensando no que faria agora.

Tudo lhe dizia a mesma coisa.

Conte para a vovó. Pergunte para a vovó, pensava sem parar.

Ele precisava contar para sua avó o que tinha acontecido. Não todos os detalhes a respeito de Kriminal, Nefárius, do roubo e dos policiais, mas apenas sobre a igreja, Deus e a cruz de Cristo. Sobre a sua oração. Sobre a resposta à sua oração.

Vovó vai perguntar o que vim fazer aqui, mas tudo bem, ponderou.

Ao se levantar do banco, ele viu um homem grande com seu lento e pequeno grupo apagando as luzes. Devagar, sabendo que Bonitão ainda estava ali. Caminhou na direção dele.

– Por que você fez isso? – Bonitão perguntou.

O homem continuou apagando as luzes.

– Fiz o quê?

– Você sabe... – respondeu.

O homem grande terminou de apagar as luzes e pensou sobre a sua resposta por um momento.

– O Espírito Santo colocou em meu coração que você estava em apuros e me pediu para ajudá-lo.

Bonitão riu.

– Você espera que eu acredite nisso?

O homem desconhecido encolheu os ombros enquanto caminhava pelo saguão da igreja.

– Não importa se você acredita ou não – disse para Bonitão. – Você continua aqui, não? E, falando nisso, preciso fechar a igreja.

Bonitão aproximou-se da porta e, antes de partir, virou-se e olhou para a igreja mal iluminada. Ele não queria ir embora. Um anseio perturbador o fez querer ficar, pelo menos por um pouco mais de tempo.

– Você está bem? – perguntou o grandalhão.

– Sim, estou apenas pensando.

Ele notou um pequeno sorriso no rosto do homem, debaixo de sua barba grisalha.

– Isso costuma acontecer quando o Espírito nos envolve – ele observou.

Bonitão queria perguntar o que isso de fato queria dizer, para que ele explicasse e desse mais detalhes. O homem parecia decente. Ele sabia o que estava acontecendo e mesmo assim ajudou Bonitão. De alguma maneira o tinha salvado. Então, Bonitão sabia que o homem estava cuidando dele.

O celular vibrou em seu bolso. Antes mesmo de tirá-lo do bolso da calça, Bonitão já sabia quem era.

O nome na tela mostrou que estava certo.

A boa notícia era que Kriminal estava vivo. A menos, é claro, que alguma outra pessoa estivesse usando seu celular, mas esse certamente não era o caso.

A má notícia era que Kriminal provavelmente iria querer saber sobre o dinheiro. Sim, claro, ele provavelmente iria querer saber como estava seu irmão mais novo, mas o que importava mesmo era o dinheiro.

O dinheiro que não tenho, pensou ele.

Bonitão não atendeu.

– Obrigado – falou ao homem grande antes de abrir a porta.

– Cuide-se.

De volta às ruas, não havia mais luzes piscando e nem indivíduos com armas de fogo. Não havia nenhum carro no estacionamento, e por isso ele queria saber quem era o homem que tinha acabado de ver e onde ele tinha estacionado.

Ele saiu pela noite com uma missão.

AINDA ESTAVA ALI.

A mala estava de cabeça para baixo, mas obviamente ainda cheia. Ninguém a tinha visto atrás da lixeira. Ele presumiu que ninguém imaginaria que alguém seria tão burro a ponto de jogar uma mala cheia de dinheiro na rua.

Bonitão correu para encontrar a mala, mas, em seu íntimo, não queria encontrá-la. Ele esperava poder dizer a Kriminal que o dinheiro não estava lá, que os policiais ou qualquer outra pessoa o tinham encontrado. E não tinha nada que pudessem fazer. Simplesmente não estava mais lá.

Mas a mala está aqui, constatou.

O celular tocou novamente. Era Kriminal ligando, como se estivesse lendo a sua mente. Ele suspirou e, em seguida, atendeu ao telefone.

– Você está bem? – Kriminal parecia estar sem fôlego, preocupado, falando rápido.

– Sim, eu acho. Mas estou preocupado com Pequeno B e Um Quilo...

– Eu sei.

Houve uma pausa.

Os garotos foram mortos a tiros e abandonados e tudo que seu irmão diz é: "eu sei".

Você diria a mesma coisa se fosse eu?

– Você está com o dinheiro? – Kriminal perguntou.

– Não – Bonitão respondeu.

– Então trate de achá-lo, garotão. Nefárius está vivo. E você sabe que ele vai mandar os homens dele nos procurarem. Precisamos do dinheiro.

– Entendi – falou Bonitão.

Bonitão perguntou onde seu irmão estava e depois disse a ele que precisava se esconder em algum lugar durante a noite.

– Aonde você vai? – Kriminal perguntou.

– Vou encontrar algum lugar.

Por um momento, depois de desligar o telefone, Bonitão ficou olhando para o dinheiro. Por todo aquele tempo ele sempre acreditou que ele seria a saída, a sua chance. A esperança e o sonho.

A mala não é nada além de desolação e morte, concluiu com tristeza.

Ele não queria pegar a mala.

"O salário do pecado é a morte."

As palavras do pastor não saíam de sua mente.

"Somos todos pecadores. Merecemos a morte."

Ele se lembrou da cruz no bolso do seu casaco de couro.

A única saída...

Ele podia sentir todo o seu corpo tremendo ao se abaixar e pegar a mala. Então Bonitão foi embora.

ELENA

A CASA DORMIU NOVAMENTE, como os corações que batiam ali dentro. Novamente, Elena estava voltando para casa tarde da noite. A única diferença desta vez é que Bobby estava ao lado dela. Pelo menos tudo parecia certo, com os dois entrando na garagem e saindo do carro. Ela gostaria que eles tivessem mais oportunidades como aquela.

Tempo e dinheiro.

As duas coisas que em geral atrapalham a vida de famílias e casamentos.

Bobby abriu a porta da frente e eles entraram, mais silenciosamente do que de costume, sabendo que Carlos estava na sala de estar. As luzes estavam apagadas, mas ela pôde ver o contorno do cobertor e do corpo de Carlos no sofá. Por um momento, pensou em acender as luzes da cozinha, mas depois desistiu. Não queria acordar o irmão.

Ao colocar sua bolsa na cozinha, viu uma caixa de pizza vazia sobre o balcão junto com latas de refrigerante. Ela sorriu, sabendo que os meninos tinham pedido para o tio Carlos comprar sua comida favorita. Por alguns instantes, Elena limpou a bagunça na cozinha enquanto Bobby subiu para ver os meninos e se preparar para dormir.

Alguma coisa caiu na sala. Ela parou e moveu a cabeça para tentar ouvir. Carlos estava se mexendo no sofá e devia ter derrubado alguma coisa que estava sobre a mesa próxima ao sofá.

Um murmúrio. Em seguida, um gemido. E depois ela o ouviu dizer alguma coisa, murmurar.

Elena entrou na sala devagar, tentando ouvi-lo, sem respirar e tentando não fazer barulho. Ela não sabia se ele estava falando com ela ou sonhando.

Carlos se mexeu novamente debaixo das cobertas, e falava rápido, mas não dizia nada além de murmúrios. Ele balançou a cabeça. Não era apenas um sonho, era um pesadelo.

Ela se aproximou do sofá e sacudiu levemente seu ombro.

– Carlos... *Hermanito*. Acorde.

Ele continuou resmungando sem perceber que ela estava lá, e então ela o sacudiu com mais força.

Seus olhos se abriram, fitando-a arregalados. Carlos atirou-se do sofá e agarrou o pescoço de Elena subitamente, fazendo-a perder o fôlego. Ela sentiu como se estivesse sendo levantada do chão, quando ele a jogou contra a parede. Seu corpo inteiro congelou, e ela não conseguia falar nem respirar e nem ao menos suspirar. Elena empurrou seus braços com a máxima força apenas para conseguir gritar com ele.

– Carlos... você está... me estrangulando!

Elena se sentiu sufocada, seu corpo estava rígido e sua mente estava oscilando. Por alguns segundos ela tentou tirá-lo de cima dela, levantar suas mãos e libertá-lo daquele pesadelo violento, mas nada funcionou.

Uma figura de repente correu pela sala e abordou Carlos, fazendo-o soltar o pescoço de Elena. Bobby tentou segurá-lo contra o chão, mas Carlos lutou por alguns instantes, dominando-o, virando-o e bloqueando seu braço em volta do seu pescoço. Então, tão repentinamente quanto todo aquele acontecimento, Carlos o soltou. E quase se lançou de volta, longe de Bobby.

Ele finalmente conseguiu afastá-lo.

Elena tossiu e segurou em seu pescoço dormente enquanto Bobby levantou-se e enfrentou o agressor.

– O que há de errado com você? – Bobby gritou enquanto procurava o interruptor de luz.

Aqueles olhos escuros ainda estavam enfurecidos e elétricos. Eles ignoram Bobby e encaram Elena. Carlos caminhou em sua direção com a mão aberta.

– Desculpe, Elena. Desculpe. – Ele estava balançando a cabeça, espantado e chocado, olhando para ela e vendo-a tossir e recuperar o fôlego. – Você sabe que eu jamais a machucaria. Eu...

Ele parou e desviou o olhar de Elena. Ela virou-se e viu o olhar sonolento e espantado de Michael. Tudo que ela viu foram seus cabelos despenteados e seu pijama azul brilhante. E então, ele se deu conta da confusão que tinha acontecido naquela sala, toda a estranheza do acontecimento. Ele abaixou o rosto e começou a chorar antes de subir as escadas correndo.

Carlos olhou para Elena desolado e envergonhado.

– Não posso ficar aqui – disse ele, afastando-se deles e seguindo até o canto da sala, onde estava a sua mala do Corpo da Marinha, aberta.

Ele pegou um moletom e o enfiou na mala, e depois começou a fechá-la. Elena olhou para Bobby e depois para Carlos. Ela não sabia o que fazer, o que falar, o que pensar.

– Eu sabia que era um erro – seu irmão disse enquanto calçava suas botas.

Doeu para engolir, mas tudo bem. Ela ficaria bem. Sua garganta se recuperaria. Ela estava preocupada com Carlos e seu coração.

– Carlos, espere.

Bobby permaneceu quieto e imóvel, com o rosto ainda irritado e o corpo rígido e defensivo. Carlos não olhou para trás, colocou a mala nas costas e saiu pela porta.

Ela quase foi atrás dele, mas Bobby segurou seus braços e a impediu.

– Elena, deixe-o partir.

– Ele está triste! – ela gritou, puxando o braço.

A porta estava aberta, e certamente Carlos podia ouvi-los.

– Isso a está deixando triste – disse Bobby, abaixando a voz. – É isso que está acontecendo. E não é bom para você e nem para os meninos.

Do lado de fora, na luz fraca do quintal, ela pôde ouvir a voz cansada de seu irmão.

– Ele está certo. É melhor eu me afastar.

– Não foi isso que eu disse, Carlos. – Bobby deu um passo para que pudesse ver Carlos.

– Tudo bem, Bobby. Eu entendi.

Eles ouviram o barulho de sua bota na entrada na garagem, e então Carlos começou a andar sem hesitação. Elena não podia aceitar aquilo. Ela correu para dentro de casa e pegou sua bolsa. E depois saiu correndo atrás do irmão e o deteve perto da caixa de correio.

– Você não tem dinheiro nem nada – disse ela, parando na frente dele para impedir sua passagem.

– Ficarei bem. Mas não aqui.

– Carlos, por favor. Olhe para mim. Você não pode simplesmente desaparecer de novo. Preciso saber onde você vai ficar, para que eu possa encontrá-lo... ou algo assim.

– Não fique tão preocupada, minha irmã.

Ela o conhecia bem o suficiente para saber que Carlos não permaneceria em sua casa. Elena não conseguiria convencê-lo. O garoto que ela conhecia era fácil de persuadir, mas agora não mais.

A guerra não tinha sido boa para a sua alma.

Elena abriu a bolsa e retirou a carteira para pegar todo o dinheiro que tinha. A cruz que havia recebido na igreja estava ali dentro, ao lado da carteira de couro.

– Aqui – disse ela, dando-lhe o dinheiro. – Pegue.

– Não posso aceitar. Não vou aceitar.

Novamente, sua voz e seu olhar diziam: *"De maneira alguma"*.

Carlos era teimoso e problemático. Mas ela não tinha ideia de como ajudá-lo.

Elena guardou o dinheiro na bolsa e pegou a cruz de madeira.

– Pelo menos aceite isto – disse.

Carlos olhou para a cruz por um momento, acenou com a cabeça e pegou-a. Ela não sabia por quê. Ele não queria ficar e não queria aceitar o dinheiro, mas aceitou aquele item que ela tinha recebido na igreja? Por quê? Será que ele queria conversar sobre fé? Carlos sabia que Elena não era muito convencida a respeito da fé, que ela tinha dúvida. Ela já tinha admitido isso para ele. E Bobby não estava ali para lhes dar um sermão.

Carlos saiu andando, pronto para partir.

– Prometa que vai me ligar – disse para as costas dele. – Quero saber onde você vai ficar. Por favor.

Ele olhou para trás e olhou para ela, mas depois se virou e continuou andando. Elena ficou ali assistindo-o, vendo sua imagem diminuir até desaparecer.

Carlos tinha chegado sem dar nenhum sinal de aviso. E agora já não estava mais ali.

Se ao menos aquela cruz fosse como uma espécie de gênio mágico. Ou um bilhete de loteria premiado. Assim, Carlos estaria seguro e poderia se recuperar. Mas Elena sabia que era apenas um pedaço de madeira.

Não tinha nenhum tipo de mágica para salvar seu irmão. Nenhum médico poderia receitar um medicamento para a sua tristeza. Levaria um tempo para as coisas se ajustarem.

Tempo... e talvez um milagre.

— Querido pai, ajude para que as minhas palavras e as palavras de sua Santa Palavra causem um impacto em todas as pessoas que vieram à igreja esta noite. Faça com que o seu Espírito Santo trabalhe na vida de cada uma delas. Você conhece bem as dores do povo, Senhor. Sabe o que cada alma está enfrentando. Mostre-lhes a sua face. Senhor, mostre-lhes o que aquela cruz realmente significa.

Era domingo, já tarde da noite, e eu estava orando em meu escritório antes de dormir. Gostaria de poder dizer que fazia isso todas as noites, devotamente. Certamente, eu orava, mas hoje eu estava tomando uma decisão consciente de orar por cada uma daquelas pessoas que tinha pegado uma cruz. Era apenas um símbolo, e nada mais. Mas eu sabia que o Espírito podia fazer o que quisesse. Ele podia usar palavras, símbolos e até mesmo uma jumenta para levar sua mensagem às pessoas.

Sempre gostei da história da jumenta de Balaão. Sempre me comparei a ele.

Seja qual for a dificuldade, obstáculo, problema espiritual ou fracasso que esteja perturbando as pessoas, arranque isso delas. Mostre-me que o Senhor está com elas. Faça com que entreguem tudo a Ti. Ajude-me a continuar entregando tudo a Ti. Destrua o nosso ego. Apague nossos pecados. Ajude-nos a pedir perdão e ter consciência de que é apenas por meio da cruz e do sangue de Cristo que podemos ter acesso a Ti, que podemos orar e pedir por misericórdia. Derrame essa misericórdia sobre nós, Senhor. Derrame sobre mim.

Muitos nomes passaram por minha mente: Joe, J.D., Teri, Bobby, Elena, seus filhos e muitos outros. Eu podia ver o rosto de cada um deles, especialmente o do jovem negro que se sentou no banco no meio do culto. Eu tinha visto os policiais procurando-o pelos corredores. Estava pensando nele.

Seja qual for o nome dele, e independentemente do que estiver acontecendo em sua vida, Senhor, abençoe-o, por favor. Por favor, derrame a Sua graça sobre ele. Se ele ainda não O conhece, Senhor, abra o coração dele. Entre em sua alma. Dê-lhe esperança nesta noite. Dê esperança a todos. Peço tudo isso em nome do Seu filho Jesus. O único nome que importa. Ajude-nos a nos lembrar disso.

Lembrei-me das pessoas que não tinham conseguido ir à igreja, pessoas como Maggie e outras que eu sabia que tinham sido convidadas, mas não tinham ido. Orei por elas também, pedindo para que a esperança chegasse até elas, onde quer que estivessem. Para que batesse em sua porta e insistisse.

Enquanto isso, nossa casa permanecia quieta. Muito quieta. Como uma névoa negra que paira sobre uma cidade e obriga todos a entrarem. Era um silêncio que carregava um fardo pesado.

LACEY

ELA DESLIGOU A TELEVISÃO e sentou-se no sofá. Olhou para o teto antes de fechar os olhos por um momento.

Tudo – cada olhada, cada gole, cada respiração, cada toque, cada contato, cada passo – era tão pesado. Pesado demais para alguém tão jovem, tão frágil.

Lacey tentou ligar de volta para o seu pai duas vezes. Certamente, ele poderia ter saído ou não ter visto a ligação, ou talvez ele quisesse simplesmente deixar passar a noite para que os ânimos se acalmassem, que seja.

Uma parte dela queria ligar para Donny, mas ela se conteve. Sabia que não devia.

Havia alguma coisa a respeito da escuridão que surgia assim que o sol se punha e que a deixava em pânico, como se fosse o fim. Ela odiava a escuridão. Ela trazia uma mistura de desespero e ansiedade.

Estou cansada de tudo isso.

Ela pensou naquele médico convencido que a tinha atendido de manhã. Ele não ajudou em nada. Imagine se alguém como ele se sentasse ao seu lado e conversasse com ela, perguntasse a ela o que estava acontecendo e pensasse em uma maneira de ajudá-la. Ah, ela sabia que existia pessoas que de fato eram assim, mas viviam em um lugar muito longe dali. Talvez simplesmente não gostassem do inverno gelado de Chicago. Talvez todos estivessem morando na Califórnia, onde parecia que o sol nunca se punha.

Ela já tinha sonhado em morar em um lugar como esse. Um lugar onde todos são felizes sempre. Mas então ela chegou à conclusão de que sonhar era como assistir ao filme *Titanic*. É muito romântico e maravilhoso, mas no final o que sobra são os créditos na tela e uma canção sentimental. Você é deixado no escuro vendo todos aqueles nomes rolarem. *Fim. Vá e tenha uma vida pouco feliz sem Leo.*

Chicago chamava por ela. Lacey não podia mais ficar naquele apartamento. Tudo estava começando a asfixiá-la, sufocá-la. Naquele lugar, as vozes sussurravam.

Você é adulta agora, independente…, disse em pensamentos.

Ela se preparou para sair.

Não aguentamos mais. Não suportamos mais esse seu humor…

Sussurros surgiam de todos os lados.

Você não está pronta para isso. Você não vai conseguir. Não estou preparado para você.

Seu pai. Seu ex. Sua mãe.

Todos se foram. E era isso que ela estava planejando para ela. Naquela noite ela faria isso e ninguém a impediria. Ninguém notaria, e quando percebessem, talvez se sentissem mal, mas seguiriam em frente. Eles continuariam sua jornada, como todo mundo faz. O resto do mundo com seus pés inquietos e suas sortes, superando seus fracassos.

Vestiu um casaco leve e colocou as chaves no bolso, e então saiu do apartamento.

Os sussurros continuaram, a escuridão como ponto central, pegadas na neve. Impossível escapar, como uma vida que ela não tinha planejado, mas herdado.

Lacey queria – ela merecia algo mais. Mas algo mais não silenciaria aqueles sussurros e não caminharia junto a ela.

Ninguém mais precisaria se preocupar depois daquela noite.

BONITÃO

O QUARTO DO HOTEL STARLITE não era tão ruim, principalmente por causa do valor: setenta e nova dólares por noite. Ele já tinha ficado em lugares muito piores. Seu próprio quarto não era tão melhor do que aquele quarto limpo e quadrado. Ele pagaria com o dinheiro da mala.

Obrigado, Nefárius, agradeceu ironicamente.

Bonitão tinha certeza de que Nefárius não responderia "de nada".

Ele entrou no quarto e trancou a porta, e depois ficou parado próximo à porta. Apenas para tentar ouvir algo que soasse estranho ou suspeito. Mas não ouviu nada.

A cama o chamava. Ele se jogou nela, apoiou-se em alguns travesseiros e ficou sentado em silêncio, imaginando o que iria acontecer. Pensando se algum dia veria a sua cama novamente, vovó ou até mesmo Kriminal. A mala estava sobre a mesa.

Uma moeda de esperança revestida por uma moeda de droga.

Queria encontrar o controle remoto para ligar a televisão que estava sobre uma pequena prateleira na frente da cama. Era uma daquelas televisões pesadas, de tubo, trinta e seis polegadas, do tipo que Kriminal e ele costumavam roubar quando ele era apenas uma criança. Nos dias atuais, tudo era tão leve e tão fácil de transportar.

Bonitão não encontrou o controle em lugar nenhum, mas havia uma Bíblia em cima do criado-mudo. Ele pegou-a e abriu em uma página qualquer.

Todos os anos vovó lia a Bíblia inteira, até que sua visão piorou a ponto de ela não conseguir mais ler nem mesmo usando óculos. Às vezes ela pedia para Bonitão ler para ela, mas ele odiava fazer isso. As palavras sempre o faziam se sentir culpado. Apesar de ter sido escrita há muitos anos, os assuntos sempre eram os mesmos: roubo, luxúria, mentiras e pecados de alguma forma. A cada versículo que ele lia era como se algum juiz estivesse lendo uma sentença contra ele.

Bonitão olhou para baixo e leu uma passagem qualquer.

"Mas Deus demonstra seu amor por nós: Cristo morreu em nosso favor quando ainda éramos pecadores." (Romanos 5:8)

E lá estava tudo de novo. Cristo. A cruz. Morte. Pecadores. Contudo, esse versículo não parecia uma condenação. Dizia o que havia sido feito para essa condenação.

Bonitão voltou algumas páginas para ler outro versículo. Talvez Deus estivesse falando com ele. Talvez ele fosse encontrar alguma outra coisa. Uma maneira de escapar do perigo. Uma ideia que o faria compreender o que fazer:

"Para onde poderia eu escapar do teu Espírito? Para onde poderia fugir da tua presença? Se eu subir aos céus, lá estás; se eu fizer a minha cama na sepultura, também lá estás. Se eu subir com as asas da alvorada e morar na extremidade do mar, mesmo ali a tua mão direita me guiará e me susterá." (Salmos 139:7-10)

Bonitão voltou mais um pouco e leu a primeira coisa que encontrou.

"'Poderá alguém esconder-se sem que eu o veja?', pergunta o Senhor. 'Não sou eu aquele que enche os céus e a terra?', pergunta o Senhor." (Jeremias 23:24)

Se esses versículos forem verdadeiros, significa que Deus podia vê-lo ali naquele pequeno e barato hotel. Naquele quarto onde a única coisa que ele tinha era uma mala cheia de dinheiro roubado. Mas Deus também teria visto todos os acontecimentos daquela noite. Ele teria visto Bonitão fugir, entrar na igreja e orar.

Ele fechou a Bíblia e, em seguida, os olhos.

Ajude-me, Senhor. Ajude-me a entender o que devo fazer. Ajude-me a fazer a coisa certa. A sair desta situação. A viver. A viver e conseguir sair.

Bonitão ficou um bom tempo sentado na cama, olhando para as paredes e para o teto, querendo saber se Deus o estava vendo. Mas talvez Deus estivesse, por alguma razão. Ele tinha que tentar e acreditar. Deus já o tinha livrado uma vez naquela noite. Ele queria saber se poderia ser resgatado novamente.

—— CARLOS ——

Ele já havia ficado ali.

Vinte e quatro horas depois – um pouco menos ou mais, não importava – Carlos estava próximo ao parapeito com vistas para o rio negro que atravessava a cidade até o lago. Ele não era mais o cabo Carlos Delacerda do Corpo da Marinha dos Estados Unidos. Havia tempo que não ia até ali.

Carlos havia desaparecido quando chegou ao Afeganistão, e o cabo Delacerda desapareceu na volta para casa.

Ele ouviu os carros passando nas quatro pistas atrás dele, mas não importava. Ninguém iria parar o carro para ajudá-lo. Carlos sabia disso. Não era uma cidade pequena. Era Chicago. Chicago no meio da noite. E Carlos parecia um pouco ameaçador com seu corte militar e estatura alta, ali em pé observando o movimento.

Ninguém se importará, concluiu.

Tinha sido um erro. Ele sabia. Voltar para ver Elena e as crianças. Ele pensou – e uma parte dele realmente acreditava – que não haveria problema. Que ele poderia ficar por um tempo até colocar as coisas em ordem. Que ele teria um tempo para conversar com alguém que de fato o queria ouvir. Elena sempre esteve presente. Ele apenas não quis conversar nos últimos dois anos. Não com qualquer pessoa. Ele só queria seguir em frente e fugir dos demônios de qualquer maneira.

Nada tinha mudado, entretanto. Drogas, bebidas, mulheres, festas e todas as outras coisas simplesmente o tinham afundado ainda mais. Com mais dívidas. Com mais desespero.

Eu apenas sufoquei a minha irmã. Uma das poucas pessoas que ainda me amam.

O olhar de Bobby tinha resumido tudo.

O que você está pensando, seu monstro?

Ele nunca foi muito fã de Bobby, mas desta vez concordava com o cunhado. Carlos tinha se tornado um monstro. Não importava se tinha sido a guerra que havia feito isso com ele. Eram muitos culpados, e isso era extenuante. Ele realmente só tinha a si mesmo para culpar. As pessoas tinham tentado. Elas tinham realmente tentado ajudá-lo, aconselhá-lo, oferecer-lhe emprego e uma vida. Mas essas pessoas não podiam ver os demônios sobre seus ombros, rindo de todas as ofertas que fizeram a ele e que não tinham levado a lugar nenhum.

Só havia uma coisa que ele podia fazer.

Ele tirou os itens que tinha guardado no bolso e os colocou com cuidado sobre uma pedra plana que havia no parapeito. Alguns garotos que ele conhecia passavam muito tempo tentando descobrir o que fazer com coisas como aquelas. Gastavam muito dinheiro para enquadrar as coisas e pendurá-las ou expô-las. Carlos sempre carregava tudo aquilo com ele. Não porque tinha medo de perdê-las, mas por simplesmente não saber o que fazer com elas. Deveriam representar coragem, valor e bravura e todas essas palavras que ele costumava ouvir. Para Carlos, eram pedaços de pessoas que haviam ficado para trás. Porque agora isso era tudo o que elas eram. Pedaços que podiam ser guardados no bolso. Suas vidas tinham sido perdidas e a única coisa que tinha restado eram seus fragmentos.

A Medalha da Campanha do Afeganistão foi a primeira a ser tirada. Depois, a Coração Púrpura. E então a Estrela de Bronze.

Coragem e bravura.

Às vezes, descrições como essa o deixavam com raiva. As pessoas adoravam amontoá-las em seu pescoço, da mesma maneira que as pessoas costumavam lhe dizer que estavam orando por ele. Um dia ele percebeu que essas orações nunca eram feitas. E hoje ele achava que as pessoas não acreditavam verdadeiramente nessas palavras. Não entendiam o que elas significavam de fato.

O vento soprou e o atingiu de todos os lados. Vozes do passado ecoaram no vento, assombrando-o de todos os lados.

Carlos sentiu alguma outra coisa em seu bolso que chamou sua atenção. Ele sabia que não havia mais medalhas ali, mas enfiou a mão nele e encontrou a cruz que sua irmã tinha lhe dado.

Por um momento, Carlos olhou-a sob a luz de um poste próximo a ele.

Ele não tinha problema em acreditar em Jesus Cristo. De verdade. A história deixou claro que esse homem existiu. Que ele realmente pregou e realmente morreu na cruz. Mas ele morreu sozinho. Ele foi enterrado e a história terminou. Não se levantou do túmulo. Não houve

Sexta-feira Santa. A história inteira era como o coelhinho da Páscoa. Inventada para fazer as pessoas se sentirem melhor a respeito de si mesmas.

Jesus morreu sozinho e eu também morrerei assim.

Se ao menos alguém pudesse se identificar com os ventos uivantes que existiam dentro dele. Uma alma gêmea simplesmente para ouvi-lo, sorrir, esperar e sentar-se ao seu lado. Essas almas gêmeas haviam sido entregues à morte no campo de batalha. As almas que restaram, as que voltaram e entendiam o estava acontecendo com ele, eram verdadeiros mortos-vivos. Alguns eram violentos, outros loucos. E Carlos não queria ter nada a ver com eles. Já era ruim o suficiente conviver consigo mesmo. Ele certamente não queria olhar no espelho todos os dias.

Seus olhos se moveram em direção ao parapeito, ao espaço na frente dele, ao rio negro que corria abaixo. Carlos começou a se mover para a frente, com a cruz ainda na mão.

O barulho alto da buzina o empurrou para trás. Ele viu uma Mercedes passando pelo outro lado da ponte, mas mal teve tempo de ver o casal sentado no banco da frente. É claro que não pararam. Ele provou a si mesmo que estava certo. Eles fizeram a boa ação de buzinar e chamar sua atenção para que ele se virasse.

Ele viu uma mulher no outro lado da rua virando.

Carlos fechou os olhos e se perguntou se estava imaginando alguma coisa. Uma pessoa com cabelos longos encaracolados, vestindo um casaco de inverno ficou encarando-o. Era uma mulher – uma mulher jovem – em pé. Ela não estava segurando uma bolsa nem qualquer outra coisa, e parecia não ter razão alguma para ficar em pé no meio da ponte àquela hora da noite.

Carlos logo matou a charada. Ele não foi o único a ter aquela ideia naquela noite.

Por um momento, ele quase riu alto. Era muita coincidência, muito improvável, muito inacreditável.

Talvez ela fosse um fantasma que o estava assombrando. Ou talvez fosse seu anjo da guarda tentando chamar sua atenção da maneira mais improvável.

Ou então, novamente, fosse apenas mais uma alma perturbada. E talvez eles fossem os dois mais sortudos seres humanos vivos a se encontrarem dessa maneira.

LACEY

– Ei, garota! – uma voz a chamou.

Inacreditável.

Pela segunda noite consecutiva, uma onda milagrosa de má sorte a tinha atingido. Na noite anterior, sua vizinha deve ter sentido o cheiro de comida chinesa e ficou com vontade de comer frango agridoce. Agora um cara com uma aparência perigosa que ela não conhecia a estava chamando do outro lado da rua. Mas ele não parecia ser do tipo que iria ajudá-la.

O que ele está fazendo aqui?, Lacey se perguntou.

Ela gritou um “ei” de volta.

O que mais ela poderia dizer?

– Você está bem? – ele perguntou.

Outro carro passou entre eles. O último tinha sido um carro luxuoso com um idiota na direção. Por que as pessoas não a deixavam morrer em paz? Por que tinham que importuná-la quando ela queria ficar sozinha? Na maior parte da sua vida, ser deixada sozinha era algo que a machucava. Mas agora ela queria isso desesperadamente. Precisava disso.

Ela não respondeu à pergunta do moço de imediato. Depois balbuciou um “humm” até dizer a ele que achava que estava bem.

– E você? – devolveu a pergunta.

Ele olhou para Lacey e não desviou o olhar. Seus olhos eram fortes e resistentes, do tipo que não voltariam atrás em nada. Mas alguma coisa na maneira como aqueles olhos e rosto mudaram depois de ela perguntar “E você?” o fez se sentir um pouco melhor.

O homem pareceu achar engraçado. Como se fosse a pergunta mais angustiante que já tinha ouvido. E Lacey sabia que realmente era.

Ele ia fazer a mesma coisa que eu.

Lacey queria saber se ele estava rindo.

– De alguma maneira, eu esperava um pouco mais de privacidade – disse o moço.

– Sim, eu também.

Desta vez Lacey riu. Havia alguma coisa naquele homem – alguma coisa na maneira como ele a olhou – que a fez parar. Era a tristeza no rosto daquele homem sério. E a delicadeza que de repente tomou conta dele.

Mais carros passavam enquanto eles se olhavam, sem se mexer, sem olhar para o lado.

– Você mudou de ideia? – ele gritou.

– Ainda não tive tempo de pensar a respeito.

Outro carro passou buzinando para eles.

– Talvez seja melhor eu ir até aí para que você não tenha que gritar.

– Você é louco? – Lacey perguntou, brincando e falando sério ao mesmo tempo.

– Eu poderia lhe fazer a mesma pergunta – disse ele.

Lacey riu, sabendo que isso era verdade. Os dois provavelmente eram um pouco loucos.

E muito sortudos.

– Ei, ouça. Você gostaria de tomar um café? – o moço perguntou.

O vento soprou e ela sentiu o corpo tremer. Talvez essa tenha sido a segunda pergunta mais ridícula da noite. Mas, analisando os dois, podia-se dizer que ambos estavam um pouco confusos.

O que tenho a perder?, pensou ela.

– Claro – respondeu Lacey.

O rio ia ter que esperar. Talvez eles decidissem se jogar juntos.

O homem atravessou a rua e a cumprimentou com aquele sorriso amigável.

– Não sou perigoso – ele falou imediatamente. – Prometo.

Lacey acenou com a cabeça, mas não sabia mais o que dizer. Ele disse a ela que havia um lugar não muito longe dali. Assim, os dois sairiam daquela ponte e do frio.

Eles andaram dois quarteirões em silêncio até verem a placa da cafeteria vinte e quatro horas na esquina de um cruzamento. À medida que foram se aproximando, o homem que estava andando ao seu lado começou a caminhar mais devagar. Ele continuou olhando para a cafeteria e para ela.

– Ei, você sabe, eu não tinha motivo para sacar dinheiro em meu caminho até a ponte – disse a ela.

Lacey olhou para o seu casaco desbotado e o seu corte de cabelo estilo militar, e então olhou para a mala que ele estava carregando e percebeu que ele era um soldado. Talvez do Exército ou da Marinha. Lacey se perguntou se ele de fato tinha uma conta bancária.

Ela assentiu com a cabeça para que ele soubesse que não tinha problema.

– Eu entendo.

Eles pararam perto da cafeteria, e ao ver um casal sair e caminhar na direção deles, Lacey parou bem na frente deles para detê-los.

– Com licença, vocês têm cinco dólares? – Lacey perguntou sem nem um pouco de vergonha. – Nós estávamos na ponte prestes a cometer suicídio, mas mudamos de ideia. Neste momento, o que realmente precisamos é de uma xícara de café.

O casal, por volta dos seus quarenta anos e afortunados, não disse uma palavra e os dois pareceram chocados e envergonhados. O homem colocou a mão no bolso e pegou uma nota de vinte dólares de sua carteira. A maneira como ele fez isso – tão rapidamente, como se a vida deles dependesse disso – quase fez Lacey rir. Mas a adrenalina ainda corria em suas veias. Ela estava surpresa por ainda estar viva. E por não estar mais sozinha.

Eles pegaram duas bebidas quentes e sentaram-se na parte de trás da cafeteria. O rapaz imediatamente tomou um gole de café, sem se preocupar se queimaria a língua. Talvez isso de fato não importasse para ele. Os dois ficaram alguns instantes sem falar nada, sentados ali com uma música feliz de fundo para aquelas duas almas tristes.

– Eu nem ao menos sei seu nome – disse ela. – Meu nome é Lacey.

Ela lhe deu a mão. Ele apertou com firmeza, sua pele era áspera.

– Carlos.

À luz, Carlos era muito bonito, com olhos marcantes e o rosto quadrado como o de um modelo. Mas ele parecia estar muito longe dali, apesar de estar sentado bem ao lado dela.

– Então, Carlos, por que você não... você sabe... fez aquilo?

Ele balançou a cabeça e sorriu.

– Eu conheci alguém.

As palavras foram ditas como se ele tivesse acabado de abordá-la em um bar. Lacey normalmente desviaria o olhar e agiria como se fosse uma cantada muito fraca, mas até que tinha gostado. Ela sorriu e balançou a cabeça.

– E você? – Carlos perguntou.

Lacey encolheu os ombros.

– Não sei. Talvez eu ainda esteja nos estágios iniciais de sentir pena de mim mesma.

Carlos estava brincando com alguma coisa em suas mãos. Lacey levou um tempo para perceber que era uma pequena cruz de madeira.

– Você é um daqueles fanáticos religiosos? – perguntou.

– Com certeza não – disse ele, soltando uma risada. – Ganhei da minha irmã. Há dois anos o marido dela se converteu. Já Elena... Acho que ela é parcialmente convertida.

Parcialmente convertida?, Lacey estranhou.

– Não sei se isso é possível.

– Não é – Carlos disse acenando com a cabeça. Este é o ponto. O mais engraçado? Acho que foi isso que me manteve naquela ponte. Fiquei ali segurando esta cruz, pensando e então você apareceu...

Carlos continuou mexendo e girando a cruz nas mãos.

– Você não é Deus, é? – ele perguntou com um sorriso.

– Eu? Não. Mas se fosse, mudaria algumas coisas.

– Como o quê? – Carlos perguntou.

– Vejamos. As flores durariam para sempre. Os filhotes permaneceriam como filhotes para sempre. E os pais nunca abandonariam os filhos...

– Você tem meu voto.

Ela ficou assistindo-o tomar outro gole rápido de café.

– E você? – Lacey perguntou. – E se você fosse Deus?

Carlos olhou para baixo por um momento, e depois voltou seu olhar para ela.

– Fácil. Não haveria mais guerra.

– Uau... Isso é pesado, Carlos.

Agora Lacey tinha certeza de que ele era algum tipo de soldado. Ela apostava que Carlos havia servido no Afeganistão ou Iraque. Queria perguntar, mas decidiu esperar. Por enquanto.

Carlos olhou para ela e riu.

– Sim, bem, assim como o seu negócio de pais deixarem os filhos ou algo assim.

Havia uma coisa estranha preenchendo seu rosto, algo que há algum tempo não existia mais. E era algo contagioso, porque Carlos também estava sorrindo.

– É justo – disse ela. – Estamos empatados.

Carlos não desviou o olhar, e isso era legal. Era como se ela estivesse enrolada em um cobertor depois de ter passado tanto frio lá fora. Seu cobertor favorito há muito tempo, que por muitas noites longas e escuras a tinha consolado.

Quais eram as chances de Carlos a chamar naquela ponte? Naquele momento e naquele horário?

Alguma coisa estranha estava acontecendo.

Ele continuou brincando com a cruz, e ela ficou observando-o com certa admiração. Lacey não queria ir embora. Não por muito tempo.

Era bom ter uma voz que respondia. Ter uma voz ao seu lado. Especialmente uma voz que a entendia sem ela ter de dizer nada.

Era mais do que simplesmente entender.

Mais...

Pela primeira vez em um bom tempo, havia mais.

Levantei-me na manhã seguinte pensando sobre a cruz que tinha distribuído no dia anterior, ansioso para saber se as minhas palavras tinham causado algum impacto. É parte do trabalho de pastor. A curiosidade de saber como as palavras entraram na mente das pessoas. Se elas tiveram algum efeito. Eu tinha que confiar no Espírito Santo, mas, ao mesmo tempo, sempre tinha que me apresentar e fazer minha parte. Assim como atletas profissionais. Bem, muitas vezes o Chicago Bears não aparecia, e nem o Cubs, mas eles não são os melhores exemplos. A mim havia sido dada a grande oportunidade de ensinar e inspirar as pessoas da minha igreja. E agora eu estava curioso para saber se tinha conseguido.

O dia que estava por vir seria cheio, mas me lembrei de que precisava dar uma olhada na jovem garota novamente. Não queria incomodá-la, mas eu também precisava resolver o que iria fazer. Ela não poderia ficar no hotel para sempre. Obviamente. Ainda hoje eu precisava fazer algumas ligações em meu escritório.

Você também precisa pedir para Joe resolver o problema do encanamento no subsolo. E conversar com Richard sobre as próximas viagens missionárias. E visitar Rene no hospital. E almoçar com o pastor Frederick. E...

A lista era infinita.

Grace sempre me dizia que eu trabalhava demais. Éramos casados há onze anos, e desde a nossa lua de mel ela me dizia isso. Eu às vezes imaginava se esse não era meu destino. Acordar e ir dormir com uma quantidade infinita de coisas a fazer que nunca eram concluídas. Eu já tinha conversado com diversos pastores ao longo dos anos e todos expressavam os mesmos sentimentos. Alguns ficaram tão exaustos que acabaram desistindo de suas missões e procuraram algo mais estável, como o mercado financeiro, ou se tornaram músicos, como eu gostava de brincar. Mas a verdade é que alguns acabaram espremidos como um pano molhado e depois deixados de lado após anos de ministério.

Isso não vai acontecer comigo, prometi a mim mesmo.

Se Deus quiser, acrescentei logo em seguida.

Aprendi que declarar que algo vai acontecer ou não, nem sempre é uma boa ideia. Deus normalmente tem outros planos. Mesmo quando esperamos e acreditamos que certas coisas deveriam e poderiam acontecer.

Antes de descer para fazer meu café, passei pelo quarto de hóspedes que sempre achamos que seria o quarto do nosso filho.

Era como uma estrada que eu tinha de atravessar todos os dias para chegar ao meu trabalho. Uma estrada abandonada pela qual passávamos há muito tempo. Uma estrada sem saída.

Às vezes eu queria... Eu pensava em voltar e pegá-la novamente. Apenas para ver o que aconteceria. Mas eu sabia que não poderia ir sozinho. Grace tinha que estar comigo.

E acho que a estrada foi bloqueada para sempre para Grace. O simples fato de mencionar e lembrá-la do ocorrido já era demais. Eu não podia fazer isso. A vida por si só já lhe trazia essa lembrança. Ela não precisava dessa minha ajuda.

Ao contrário, eu tentava – e muito – colocá-la para cima. Contudo, era uma tarefa muito difícil já que eu muitas vezes também era inconstante.

BOBBY

CADA SEGUNDO ERA IMPORTANTE.

Um milissegundo corresponde a um milésimo de segundo, então Bobby sabia que estava lidando com centenas de milésimos de segundos para tentar salvar a vida que estava rapidamente chegando ao fim.

A manhã estava agitada, parecia que um meteoro havia atingindo a Terra. Bobby tinha acordado antes do nascer do sol e vagarosamente se dirigido para o trabalho, trabalhava durante seu intervalo para o café. Pensamentos sobre a noite anterior e tudo o que tinha acontecido com Carlos não saíam de sua mente. Eles tinham ido dormir sem conversar sobre o ocorrido. Ele sabia que Elena iria conversar com ele quando estivesse recuperada. Bobby não tinha feito nada errado. Apenas estava tentando proteger sua esposa como qualquer outro marido também teria feito. Ele queria ser gentil com Carlos, mas ao mesmo tempo tinha medo por causa de Elena e dos meninos.

A equipe de Bobby tinha recebido um alerta no meio da manhã pelo rádio do posto de bombeiros. Eles precisaram mandar a ambulância por causa de um acidente em um bairro próximo.

Quando chegaram ao local do acidente, era como qualquer outra manhã ensolarada de domingo, exceto pelo acidente que tinha acontecido e deixado uma vítima no meio da rua.

Bobby e seu parceiro Max foram os primeiros paramédicos a chegarem ao local. Os dois ficaram desacreditados. A princípio, Bobby pensou que o veículo capotado ao lado da estrada, próximo à entrada de uma garagem aberta, era um trator, mas então ele teve uma visão completa e viu um rolo compressor enorme usado para construção de estradas. Havia vários trabalhadores em volta do rolo e um deles começou a explicar a situação:

– Estávamos começando a nivelar a calçada para aplicar o asfalto. Ele tinha acabado de começar a colocar o rolo no sentido inverso para fazer a compactação levemente. Mas ele sentiu o rolo ser puxado e emperrar, e em seguida caiu, assim como está. Não sei dizer ao certo como, mas foi o que aconteceu, e caiu diretamente em cima dele. Não há nenhuma proteção lateral nesses itens.

O homem que estava contando a história falava extremamente rápido, obviamente muito assustado.

Bobby e Max seguiram a rotina usual, primeiro mantendo o local seguro e tomando todas as precauções necessárias. Max estacionou a ambulância o mais próximo possível do rolo. Bobby pegou sua mala de emergência e avaliou a situação.

O rolo compressor estava de lado, sobre a parte inferior do corpo do homem. Antes mesmo de verificar a respiração e o pulso, Bobby já sabia.

Ele não vai sobreviver. De forma alguma.

Mas Bobby nunca desistia. Sua função era estar ali para ajudar e cuidar das vítimas.

Após alguns segundos, Bobby estava ajoelhado colocando um acesso venoso no braço do homem e gritando no rádio. O corpo de bombeiros precisava ir ao local com mais homens e instrumentos, porém estavam demorando muito. Eles não sabiam que a única chance de aquele homem sobreviver era chegarem o quanto antes. Ainda assim, só se houvesse algum milagre. Mas o milagre não dependia dele. E sim de Deus. Tudo que ele podia fazer era ser um instrumento para Deus.

– Nós não temos trinta minutos – disse agressivamente. – Preciso imediatamente de uma equipe de especialistas.

Enquanto Bobby estabilizava o pescoço do homem com um colar cervical e colocava a máscara de oxigênio em seu rosto, o homem deu um grito e fitou Bobby com um olhar aterrorizante de medo e dor.

– Entendido, 81. Mas a Ambulância Aérea Air-Med Número Um está a caminho de Kenosha, enquanto a Número Dois está parada com problemas elétricos. Estabilize e espere até a Life Flight chegar.

Problemas elétricos?, pensou irritado e inconformado.

Ele teve vontade de soltar o verbo, mas se segurou. De qualquer maneira, isso não ajudaria ninguém, mesmo que ele falasse tudo que estava com vontade.

– Eu não quero morrer – disse o homem de meia-idade com uma voz fraca e sem fôlego. – Ajude-me.

Bobby colocou gentilmente a mão atrás da cabeça dele.

– Estou tentando. Estou fazendo tudo que posso. Pode me dizer o seu nome?

Ele precisava tentar fazer com que o homem permanecesse com ele, para esperar a assistência, até que a verdadeira assistência chegasse. Os bombeiros estavam começando a cortar o rolo compressor com serras de metal.

– Steven...

Bobby verificou o acesso venoso. Além de apenas permanecer ali e conversar com Steven, não havia mais nada que ele pudesse fazer.

No momento em que eles tirassem aquela máquina enorme de cima das extremidades inferiores do homem, ele poderia imediatamente entrar em choque hipovolêmico. Com a enorme perda de sangue e fluidos corporais, o coração não conseguiria fornecer sangue suficiente ao resto do corpo. Isso o levaria a óbito.

– Certo, apenas aguente firme, Steven. Há muita gente boa aqui.

Mas pessoas boas não poderão salvá-lo.

Por que eles não chegavam logo?

– Por favor... estou com medo – disse ele com dificuldade e os olhos arregalados como uma luminária dupla de teto. – Estou com muito medo.

Bobby tentou não demonstrar medo ou raiva e se manteve calmo. Ele balançou a cabeça e sorriu.

– Eu imagino. Mas estou aqui com você, tudo bem?

Elena sempre falava sobre sua presença. Sobre a sua habilidade de se manter presente nos momentos difíceis e se manter calmo e racional. Até mesmo na noite anterior, Bobby tinha ficado frio. Ele apenas tinha tentado proteger a esposa e fazer o melhor para a família. Bobby era muito equilibrado. As emoções só pioram as coisas quando precisamos nos manter calmos.

Lágrimas de dor ou medo encheram os olhos de Steven.

– Não consigo sentir nada. O que... o que vai acontecer comigo?

Bobby respirou fundo e engoliu em seco.

– Sinceramente, não sei.

Ele não queria mentir para o homem à beira da morte. Bobby não sabia o que ia acontecer. Eles estavam tentando tirá-lo de baixo do rolo compressor. Vários homens estavam tentando cavar o solo ao redor dele.

O que vai acontecer comigo?

Bobby piscou e se viu fazendo a mesma pergunta há um ano. Ele estava sentado no escuro com lágrimas nos olhos, pensando se tinha perdido tudo. Pensando para onde iria. Pensando como conseguiria sobreviver.

Em algum momento, esta é a pergunta que toda alma faz: Quando vai morrer e o que vai acontecer depois de seu último suspiro?

Por um segundo, Bobby pensou em pegar a calça antichoque na ambulância. Era um método ultrapassado, mas toda ambulância carregava uma calça antichoque para situações como essa, a fim de tentar evitar que o corpo da vítima entrasse em completo estado de choque.

Espere um minuto.

Ele percebeu que não havia uma calça dessas na ambulância. Estava em outro veículo, que havia sido usado na noite anterior e estava em uso no momento.

Bobby balançou a cabeça, prendendo a respiração, pensando o que poderia fazer.

Percebeu que havia apenas um tipo de esperança que ele podia oferecer no momento.

Colocou a mão no bolso e pegou a cruz de madeira que tinha trazido ao trabalho. Bobby queria carregá-la com ele como forma de lembrete. Imaginou que poderia colocá-la na ambulância ou possivelmente dá-la a alguém. Mas ele não imaginava que essa pessoa apareceria tão rápido.

– Aqui. Pegue isto.

Ele pressionou a cruz na mão de Steven. O homem não entendeu o que estava segurando ou por que Bobby tinha lhe dado aquilo.

– O que é isto?

Segundos, Bobby. Milissegundos.

Eles frequentemente eram desperdiçados. É comum ver as pessoas ao lado de um caixão, arrependidas por não terem dito mais. Por não terem feito mais. Por não terem oferecido mais.

– Você acredita em Deus, Steven?

Seu rosto, pálido e com gotas de suor na testa e lágrimas no rosto, pareciam surpresos.

– Não. Quer dizer... Não sei.

Bobby lembrou-se de uma das suas histórias preferidas da Bíblia. De repente, ele não era mais um paramédico conversando com uma vítima. Era um homem conversando com seu irmão. Conversando com um amigo. Conversando com outra pessoa criada à imagem de Deus.

– Bem, posso afirmar: Jesus quer conhecê-lo. Ele o ama, sofreu e morreu na cruz para que pudéssemos ser perdoados.

Ele sofreu e morreu ao lado de dois ladrões, completou em pensamentos.

– Perdoados? – o homem murmurou como se quisesse dizer: "Espere, o quê?".

– Exatamente – disse Bobby sem pensar ou hesitar. – Se você acredita... e aceita Jesus Cristo como seu Salvador...

O rosto que olhava para ele contraiu-se e parecia pensativo, confuso, mas pensativo, enquanto piscava e tentava entender o que estava ouvindo. Antes, porém, que o homem dissesse qualquer outra palavra, eles ouviram o suspiro penetrante de uma mulher. Gritando ao seu marido, ela correu até ele.

Bobby a viu ser detida por um oficial.

– É o meu marido! O que aconteceu com ele? – gritou, sacudindo os braços e tentando se desvencilhar. – Solte-me, é o meu marido!

O policial pediu para que ficasse ali, que não era seguro, que eles precisavam fazer seu trabalho.

Bobby olhou para o homem, que começou a articular os lábios novamente. Sua voz estava trêmula:

– Deus, por favor, cuide da minha esposa. Meus filhos.

Sirenes eram ouvidas. O som da serra de corte no metal fez um grande ruído. A esposa continuou gritando atrás deles. Portas se abrindo, homens gritando, vozes falando no rádio. As pás raspavam a sujeira ao redor deles.

No entanto, por um momento, a única coisa que Bobby ouviu foram as palavras de Steven. Ele olhou para o paramédico com um olhar que Bobby conhecia muito bem. Um olhar aflito de derrota e dor. Como uma lousa branca sem palavras para preenchê-la. Desamparado, faminto e envergonhado.

– Jesus, por favor, perdoe-me – pediu Steven, ofegante. – Desculpe-me. Desculpe-me.

Então ele disse: "Jesus, lembra-te de mim quando entrares no Teu Reino".

O ladrão na cruz pedindo e implorando por misericórdia nos últimos momentos de sua vida.

Segurando sua mão, vendo seu desespero, ouvindo aquelas palavras... Ele não conseguiu manter a postura. As lágrimas começaram a bloquear sua visão. Novamente, ele fez a única coisa que poderia por aquele homem:

– Senhor, ouça a oração de Steven. Abençoe-o e abençoe seu espírito. Tenha misericórdia dele e dê-lhe força, mesmo nestes momentos...

Por alguns momentos, Bobby tentou levantar Steven em oração, citando Salmos, pedindo ajuda, pedindo qualquer coisa. Ele, então, não pôde evitar e citou a passagem que veio à sua mente.

– Senhor, ajude Steven a saber, a ter certeza de que hoje mesmo estará com você no Paraíso. Jesus, sorria para ele. Por favor, Jesus.

A mão de Steven foi se soltando da mão de Bobby, como acontecia com os filhos de Bobby quando adormeciam. O rosto diante de Bobby tornou-se brando e apagou. Ele assistiu a toda a cena e então pôde ouvir os gritos bem atrás dele.

A esposa de Steven estava de joelhos ao lado do marido. Lamentando, agarrando o corpo sem vida, implorando para que ele acordasse.

Bobby levantou-se e esperou por um momento, tentando consolar a mulher histérica. Ela passou a ser uma ameaça, e podia partir para cima dele. Ela chamou por Steven diversas vezes, com um choro sufocante. E então ela parou por um momento e segurou o braço solto.

A cruz caiu da mão de Steven.

– O que é isso? – a mulher gritou para Bobby.

– Por favor, senhora – Bobby disse ao oferecer a mão para ajudá-la.

– Não – disse ela empurrando-o. – Diga-me o que isto está fazendo aqui. O que está acontecendo?

Exaltada, desesperada, a mulher parecia um animal raivoso.

Bobby viu o que a tristeza e o pânico eram capazes de fazer. Ele permaneceu forte e seguro, esperando o momento de ajudá-la, esperando para se afastar da cena com ela.

Ele não podia mais ajudar Steven. Mas podia ajudar sua esposa.

Eu tenho que ajudar sua esposa. Preciso ajudá-la em tudo que ela precisar.

J.D.

J.D. OLHOU PARA A CASINHA DE BONECA estilo vitoriano que tinha construído há trinta e cinco anos. Kathleen tinha adorado a casinha e quis deixá-la em seu quarto mesmo depois de mais velha. Era uma lembrança de sua infância, a época em que Kathleen havia sido muito feliz. Era um lembrete de que seu pai a amava o bastante para passar horas cortando, construindo e pintando aquela casinha.

Ainda era uma lembrança. Mas não preenchia mais o quarto com esperança. Agora era apenas uma relíquia. O eco de uma voz, de uma risada e de um nome que não podiam mais ser ouvidos.

Ele sabia que estava na hora de silenciar todos os ecos daquele quarto.

A caixa que ele estava enchendo estava no meio do quarto de Kathleen. Ao redor dela havia fotos de uma vida. Um nome na parede. Fotos do seu nascimento até seu último ano de vida. Uma criança rindo. Um pai com sua filha no primeiro dia de aula. Um sorriso sem um dente. Uma foto escolar. Uma reunião de meninas para sua festa de aniversário.

Contudo, não havia apenas fotos no quarto. Havia livros que eles tinham lido para ela. Havia os diários que ela tinha escrito. Havia seus CDs preferidos guardados juntos. Uma caixa repleta de joias. Pôsteres na parede. Seus ursinhos de pelúcia preferidos ainda guardados no canto. Um armário cheio de vestidos e roupas. Troféus.

A foto que J.D. estava segurando era uma de suas favoritas. Kathleen estava posando para a foto com sua roupa de balé antes de sua primeira grande apresentação com a companhia em Chicago. Ela estava no penúltimo ano do Ensino Médio.

Seus olhos encheram-se de lágrimas, é claro. Uma memória pesada e difícil, inquietando-o outra vez. Aquilo tudo era familiar. Mas J.D. sabia que era hora de se libertar de algumas coisas e seguir em frente.

Uma coisa que nenhuma foto ou vídeo podia reproduzir era a risada de Kathleen. Sua primeira risada dispersou-se pela casa quando ela ainda era bebê. Ela foi se alastrando como uma explosão de oxigênio magnética, expansiva e benéfica. Por incontáveis vezes sua risada o tinha revigorado ao voltar para casa depois de um longo dia de trabalho.

Deus, se ao menos você pudesse trazer de volta algumas daquelas risadas, J.D. desejou profundamente.

Ele enxugou as lágrimas e, quando estava prestes a colocar a fotografia na caixa, ouviu os passos de Teri, e as memórias desapareceram por um momento.

– O que você está fazendo?

E lá vamos nós.

J.D. estava preparado para aquele momento. Ele olhou para Teri com um olhar calmo e sereno.

– Algo que já deveríamos ter feito há muito tempo – disse à sua esposa.

Ela entrou no quarto por um momento, lentamente, como se alguma coisa estivesse acontecendo, olhando ao redor para ver o que ele já tinha encaixotado.

– Não, pare com isso! – gritou. – O que há de errado com você?

Foi pior do que J.D. tinha imaginado. Ele se manteve calmo. Ele tinha que ficar calmo.

– Teri, Kathleen está morta. Ela não saiu de casa para estudar, nem está trabalhando em Minneapolis. Ela não vai voltar para o Natal.

– Eu sei, J.D. Mas este é o quarto dela. Pode deixar tudo como estava!

Ela arrancou a foto da mão dele. J.D. colocou uma das mãos em seu braço, tentando acalmá-la e convencê-la pela primeira vez em muito tempo.

– Teri, pare com isso.

Ela puxou o braço. Olhou para ele como se ele fosse um estranho invadindo sua casa. Seus lindos olhos azuis se transformaram em um tsunami de fúria.

– Não! – gritou. – Como você ousa? Você não tem esse direito. É o quarto da minha filha. É tudo que restou.

J.D. aproximou-se dela e colocou os braços em volta dela. Ela se moveu, afastou-se e agrediu-o, movendo os braços, empurrando-o, atacando-o e até tentando bater nele. Mas ele segurou-a, para contê-la e mostrar-lhe que ele estava ali. J.D. continuava ali, mesmo que Kathleen não estivesse mais. Ele estava ali e não mudaria de ideia.

O corpo inteiro de Teri foi ficando mole e ela começou a soluçar.

A barragem inteirinha estourou-se.

Havia muito tempo que ele não via a esposa expor as emoções dessa forma. Aquela raiva o surpreendeu. Assustou-o, na verdade. Os soluços e a angústia infantil já tinham estado naquele local um dia, mas tinham sido enterrados.

Ele a deixou chorar em seus braços. Assim que ela começou a se acalmar, ele disse algumas palavras em seu ouvido:

– Isto não é um quarto, querida. É um museu. E não estamos honrando sua memória. Estamos vivendo no passado.

Ela afastou-se, revelando seus olhos inchados. O rímel estava escorrendo.

– O que mais devemos fazer? – ela perguntou.

Teri parecia perdida, em dúvida, assim como anos atrás.

J.D. primeiramente pensou qual era a razão de ele estar fazendo aquilo. Tinha a ver com as palavras do seu pastor e o presente que eles tinham recebido. Ele tinha guardado em seu bolso e o pegou para mostrar a Teri.

Ela olhou para a cruz na mão de J.D. com descrença e desespero.

– Que bem isso pode fazer? – perguntou. – Há vinte anos carrego a minha cruz.

– Teri, o mundo não acabou com a morte de Kathleen.

– Mas o nosso acabou.

Ele balançou a cabeça, entendendo-a e tentando confortá-la, mas desejando mudar aquela situação.

– Não, não acabou. Nós queríamos que tivesse acabado, mas não acabou. E, por todo este tempo, temos sido egoístas.

J.D. pegou a fotografia da mão da esposa e, em seguida, acenou com a cabeça.

– Sem nos dar conta, transformamos a nossa dor em nosso bem mais precioso. Deus não quer isso.

Aquela mulher perdida começou a desaparecer novamente, e a mulher amarga com cara de vítima começou a surgir.

– Onde estava Deus na noite em que perdemos Kathleen?

– Vou lhe dizer onde Ele estava. Ele estava pedindo para Gordon Hewitt não tomar outro drinque. Ele estava implorando para o garçom não o servir. Ele estava esperando que ele chamasse um táxi ou fosse para casa com algum amigo ou fizesse qualquer coisa, menos dirigir. E quando tudo acabou, Deus chorou. Assim como todos nós.

E como um balão flutuando no ar e começando a murchar, Teri balançou a cabeça e olhou para o chão.

– Por que você está fazendo isso, J.D.? – perguntou com uma voz suave e fraca. – Por que agora?

Era uma pergunta justa. Ele entendeu e aceitou. Mas ele também precisava que Teri entendesse seu coração. J.D. tinha meditado muito antes de tomar a decisão, e então ele começou a explicar por quê:

– Lembra-se de que Matthew disse que fé é ação? Bem, é hora de agirmos. Precisamos nos revoltar com essa situação e começarmos a viver de novo. Quero fazer mais coisa com o tempo que ainda temos. Há um mundo cheio de pessoas que precisam de ajuda, que não têm um lugar para ficar. Quando chove, eles dormem molhados. Quando está frio, eles dormem no frio.

O suspiro de Teri foi como um tapa em seu rosto. Teri olhou para ele com olhos sérios e cínicos.

– Você está me dizendo que vamos virar nossa vida de cabeça para baixo por causa de um sermão?

– Não – respondeu imediatamente. – Há muito tempo tenho pensado nisso. Mas o sermão me deu força para finalmente fazer alguma coisa a esse respeito.

Antes que ele dissesse mais alguma coisa e tentasse ajudar Teri a entender, ela virou as costas e saiu do quarto. Seus passos escada abaixo eram rápidos e cheios de ódio.

Desta vez foi J.D. quem suspirou. Ele virou-se e viu Kathleen, com cinco anos de idade, olhando-o com um sorriso grande e vivaz.

Ele se sentiu envergonhado por um instante.

Às vezes, ele se perguntava se Kathleen podia vê-los do céu, se ela podia ouvir suas conversas. Ele tinha receio de que ela conseguisse. E que Kathleen podia estar tentando lhes dizer que ela estava bem, que ela era amada e os amava.

J.D. não sabia, no entanto. Mas um dia ele saberia. Um dia ele saberia se Kathleen podia ou não ouvi-los. Um dia ele poderia ver aquele sorriso de novo, não congelado em uma fotografia.

Ele não queria ir para o céu para perguntar a Deus por que ele tinha levado sua filha.

J.D. queria entrar pelos portões e agradecer a Deus por lhes ter dado Kathleen.

GRACE

A MÚSICA TOCAVA EM ALTO VOLUME NO CARRO, e isso a fez se sentir como uma adolescente novamente. Às vezes, ela gostava de fazer isso quando estava sozinha no carro. Quando não precisava usar seu tempo para se conectar com Matthew. Quando não precisava ouvir as mesmas músicas diversas vezes em uma rádio cristã. Quando ela não precisava ouvir a história de algum membro da igreja. Ela gostava de não ter que ouvir nada disso.

Em alguns momentos, como agora, ela só queria imaginar. Ouvir as palavras de alguma história de amor boba de adolescente. Grace muitas vezes se via entretida com essas histórias. Mas as músicas sempre aludiam a histórias do tipo "felizes para sempre". Sempre deixavam alguma coisa para a sua imaginação.

Grace não usava mais sua imaginação. Era algo perigoso a se fazer.

O recibo que tinha encontrado em seu guarda-roupas no início da manhã instigou-a a fazer alguma coisa. Entrar no carro, dar partida e ligar o rádio enquanto dirigia pelas ruas. Talvez ela apenas estivesse tentando entrar no espírito. Adolescentes – alguns dos alunos que frequentavam a igreja –, mas ela não sabia o que significava ser um adolescente nos dias de hoje. Um mundo tão cruel e assustador com tantas armadilhas. Grace era grata por ter crescido em uma época diferente. Ainda suscetível aos fracassos, mas não tão perigosa como a atual.

O hotel não ficava muito longe dali. Grace pensou na jovem garota sozinha naquele hotel. Uma garota jovem e grávida completamente sozinha em algum tipo de prisão solitária. Ela sabia que Matthew tinha feito a coisa certa, mas era uma atitude totalmente masculina.

Bem, vou colocá-la em um quarto de hotel.

Não culpava o marido, no entanto. Culpava a si mesma. Ele tinha lhe pedido e ela tinha recusado. Matthew fez a oferta e ela voltou atrás. Sim, era tarde e ela odiava ser acordada, e sim, Matthew tinha muita coisa para resolver. Grace tinha presumido que ele encontraria um bom lugar para deixar Grace e encerraria o assunto.

Encerraria o assunto.

Essas três palavras a encheram de vergonha. Era como se estivessem pintadas em um quadro de avisos.

E se Deus fizesse a mesma coisa com você?

Uma voz dentro dela queria sussurrar que Deus tinha de fato feito a mesma coisa com ela. Com eles. E que há muito tempo ela se perguntava por quê.

Não vá, Grace, a voz ainda sussurrava.

Ela tinha feito muitas horas de terapia e passado muitos momentos com amigos para retornar àquele lugar de tristeza e raiva. Às vezes Deus não responde algumas orações e nunca descobrimos a razão. Ponto final. Grace já tinha aceitado isso apesar de muitas vezes dúvidas surgirem em sua mente como uma espécie de tempestade. Como sempre, ela teria que esperar o tempo melhorar.

O Hotel Starlite ficava localizado ao lado da estrada como uma espécie de criança suja esperando pela mãe. Nas diversas situações em que seu marido havia ajudado uma pessoa, ele as tinha colocado naquele hotel. No entanto, todas essas pessoas eram adultas. Um homem que tinha sido expulso de casa por seu vício em pornografia. Uma mulher fugindo de seu marido agressivo sem saber para onde ir. Até mesmo o zelador da igreja, um homem maravilhoso chamado Joe, que tinha acabado de sair da prisão e precisava de um lugar temporário para ficar.

Matthew e ela já tinham conversado algumas vezes sobre a possibilidade de a igreja um dia construir ou comprar uma casa para abrigar pessoas como essas. Uma casa de recuperação. Eles tinham um ministério em crescimento chamado Celebrate Recovery (Celebrando a Recuperação) que já estava prosperando, apesar de ainda pequeno. Talvez, possivelmente, a casa de recuperação pudesse ser administrada por esse ministério.

Por enquanto, o Starlite Hotel seria seu local de refúgio para os carentes e necessitados.

A recepcionista do hotel a reconheceu, apesar de elas não saberem o nome uma da outra. A mulher devia ser uns quinze anos mais velha que Grace, e tinha um olhar severo estampado no rosto. O olhar sério não era hostil. O fato é que provavelmente os músculos para sorrir não tinham sido muito usados nos últimos anos.

– Meu marido trouxe uma menina aqui – disse Grace. – Uma adolescente. Ela está aqui há duas noites.

A mulher não precisava perguntar se podia dizer a Grace em que quarto a menina estava. Essa mulher entendia as coisas. Ela sabia que Matthew e Grace só estavam ali para ajudar as pessoas.

– Quarto 124 – a voz rouca disse a Grace.

Ela agradeceu e seguiu em direção ao quarto. Grace bateu na porta. Quando ela se abriu, o som da televisão ecoou atrás da figura delicada na porta.

– Eu sou Grace, esposa de Matthew. A esposa do pastor.

Ela fez questão de dizer logo de cara quem era e por que estava ali.

– Não é certo você ter que ficar aqui sozinha. Eu não a acolhi naquela noite. Por favor, perdoe-me.

Olhos arregalados cheios de curiosidade e surpresa e até mesmo uma pitada de humor olharam para Grace.

– Certo… – a jovem voz sumiu.

Antes que ela pudesse dizer mais alguma coisa, a porta ao lado se abriu. Um rapaz negro e alto, por volta dos seus vinte anos de idade, saiu do quarto e passou por elas, com um sorriso amigável no rosto. Grace primeiramente viu a mala que ele estava carregando nas costas, mas depois viu a Bíblia em sua mão. Mesmo com seu casaco de couro e a barba por fazer, ele parecia ser um bom rapaz. Os olhos contavam sua história. Eles eram uma janela para um lugar seguro.

Depois que o rapaz passou, Grace fez a primeira e mais importante pergunta:

– Qual é o seu nome?

– Maggie.

O nome combinava com a menina, como algum tipo de suéter personalizado feito à mão. Grace acenou com a cabeça e sorriu.

– Maggie, quero que venha comigo. Tudo bem? Nossa casa é sua casa. Até acharmos um lugar melhor para você ficar.

Seu rosto inocente parecia incerto, como se Maggie estivesse tentando pensar em uma maneira de dizer não. Sua pequena figura parecia ainda menor, por causa de sua barriga redonda que ela segurava com uma mão.

– Eu já me permiti dizer não a você na outra noite. Peço desculpas por isso. Então não aceitaria um não da sua parte.

Maggie acenou em silêncio. Era um começo.

Elas poderiam, juntas, pensar em uma solução. Em um lugar muito melhor e muito mais seguro.

– Deixe-me ajudá-la com suas coisas – disse Grace.

– Não se preocupe. Tenho apenas uma mala.

PARECIA QUE ESTAVAM APROXIMADAMENTE HÁ DEZ MINUTOS paradas no farol vermelho. Grace observou e esperou enquanto a menina ao seu lado fazia o mesmo. Nos primeiros momentos no carro, elas ficaram em silêncio. O rádio não estava ligado para abafar as vozes desta vez. Logo o carro começou a andar novamente, e Grace sabia que tinha que perguntar.

– Você já teve alguma assistência pré-natal?

A menina apenas balançou a cabeça negativamente e permaneceu em silêncio.

Grace estava preocupada com Maggie, e ainda mais com o bebê em sua barriga. Uma adolescente vivendo nas ruas... *Ela recebera algum tipo de tratamento e de atendimento profissional ou algum conselho?*

Ela tinha um presente precioso consigo e não estava preocupada com isso. Não tinha ideia de quão valioso ele era.

Grace pensou na melhor pergunta para fazer em seguida, ou talvez a coisa correta a se dizer. Não havia nada pior do que falar alguma coisa banal naquele momento, pois a resposta também seria superficial. Ela estava realmente preocupada. A menina era apenas uma adolescente, mas merecia respeito e cuidado. Grace precisava ser sensível.

Quando Grace começou a falar de novo, Maggie a surpreendeu e começou a falar.

De certa maneira, parecia que ela queria conversar com alguém há muito tempo.

– Minha madrasta me levou para o que eu achava que seria minha primeira consulta. Apenas ao chegar lá percebi que, na verdade, eles queriam tirar o bebê de mim.

Maggie não estava olhando para Grace, mas para fora da janela. Grace sabia que algumas memórias tinham de ser enterradas para que ela pudesse seguir em frente, respirar e viver.

– Senti o bebê chutar pela primeira vez a caminho da clínica, e aquela sensação não saía da minha cabeça. Era como se ele estivesse me dizendo para não fazer aquilo. Antes, eu já tinha sentido pequenos movimentos, mas aquele foi totalmente diferente. Foi um verdadeiro chute. Percebi que tudo que estavam me dizendo era errado. E eu simplesmente... tinha que sair daquele lugar.

Ela deu uma olhadinha rápida para ver o rosto de Grace. Para ver sua reação.

– Foi por isso que fugi – Maggie disse como se ainda estivesse tentando se defender.

A raiva que Grace tinha sentido de repente evaporou. Ela tinha julgado a menina completamente errado.

Maggie olhou de novo para fora da janela, para as calçadas da cidade. Ela continuou falando com uma voz suave e distante:

– Bem, estou sozinha... É como se houvesse uma pequena voz dentro de mim sussurrando e me dizendo sempre a mesma coisa. "Você pode ter sua vida de volta. Ainda há tempo. Tudo que precisa fazer é se livrar deste bebê. E não seria algo tão ruim. Ainda nem sequer é uma pessoa". Ouço esses sussurros, mas sei que são mentira.

Maggie abaixou a cabeça e levou as mãos ao rosto. Até mesmo seu choro era suave, um choro lento e profundo. Grace colocou a mão atrás de seus cabelos encaracolados.

– É o meu bebê – falou Maggie.

Lágrimas começaram a escorrer pelo rosto de Grace. Não apenas por causa da dor e confusão que preenchiam a alma daquela jovem garota.

Não.

Ela percebeu que Maggie sabia muito bem o presente que tinha ganhado. Ela tinha fugido para proteger aquele presente precioso.

Maggie não estava lá por causa de um erro, azar ou uma decisão errada. Estava tentando proteger uma vida. Ela simplesmente não sabia como fazer isso. Grace percebeu que Matthew não tinha se deparado com ela por acaso. Deus tinha trazido Maggie até eles. Grace acreditava nisso. Ela também acreditava – tinha absoluta certeza – que Maggie estava em mãos seguras.

Sentei-me na cadeira do meu escritório em silêncio por um tempo. Não sei por quanto tempo. Apenas olhando para minha mesa e pensando na conversa que eu acabara de ter ao telefone. Uma família de nossa igreja tinha acabado de receber a notícia de que seu filho de quatro anos de idade tem leucemia. Conversei com o pai, que pareceu mais forte do que eu. Ofereci palavras para encorajá-los, além de ajuda e oração. Contudo, sentei-me e comecei a lembrar-me da conversa, pensando se eu não poderia ter dito algo mais. Algo diferente, melhor ou mais adequado a um homem de Deus.

Eu não tinha certeza.

Essa família — formada por quatro pessoas, uma família jovem, com tanto para oferecer e tanta alegria para transmitir — não merecia essa notícia. Obviamente, esse tipo de coisa acontecia e não tínhamos controle sobre isso. No entanto, eu estava fazendo a pergunta que o homem em nenhum momento tinha feito durante toda a nossa conversa.

Por que, Deus?

Olhei para o pequeno item sobre a minha mesa, bem à minha frente. Peguei em minhas mãos e fiquei analisando.

Por quê?

Eu acreditava na cruz e nas palavras que eu tinha dito ontem. Porém, de tempos em tempos, eu não entendia os porquês que cercavam este mundo.

Por um momento olhei para a estante que estava no quarto. Na lateral da prateleira do meio, havia um porta-retratos sem foto. Tinha sido um presente de Grace que eu ainda não tinha tido coragem de tirar dali. Ela tinha me dado em uma época em que estávamos tentando, orando e esperando.

Na parte superior do porta-retratos havia as perturbadoras palavras:

Veja quem ama o papai

Engoli em seco e depois me lembrei dos Babiaks com seus dois meninos. Por que Deus os tinha abençoado com filhos e então permitido isso? Eu tinha as palavras que um pastor deveria dizer a um pai e as tinha dito, mas continuava sem entender. Eu queria que Deus me mostrasse o porquê.

Eu já tinha me conformado há muito tempo que aquele porta-retratos nunca seria preenchido, mas continuava perguntando por quê.

Versículos de Jó dominavam minha mente. Eu conhecia bem o livro de Jó. Eu certamente não podia me comparar com aquele homem que tinha perdido tudo. Contudo, eu ainda entendia um pouco sobre perda.

"Quem é esse que obscurece o meu conselho com palavras sem conhecimento? Prepare-se como simples homem; vou fazer-lhe perguntas, e você me responderá." (Jó 38:2)

Deus respondeu às perguntas de Jó — assim como as que costumavam dominar meu coração, como neste momento — perguntando-lhe uma série de coisas que ninguém poderia responder.

No final, Jó simplesmente caiu de joelhos envergonhado e pedindo perdão.

"Certo é que falei de coisas que eu não entendia, coisas tão maravilhosas que eu não poderia saber."

Eu conhecia a Bíblia e acreditava na mensagem de esperança dela. Acreditava na cruz que estava em minha mão e no que tinha acontecido com ela.

Se vocês acreditam que é verdade, então demonstrem com suas ações.

Fiquei sentado ali com minhas dúvidas, magoado e espantado. O que fiz em minha cadeira foi orar e agradecer a Deus por Seu amor e cuidado conosco. Eu não estava confiando em Deus, apesar de ter acabado de tentar reunir o povo com uma mensagem dizendo-lhe para fazer exatamente isso.

Perdoe-me, Senhor. Perdoe minhas falhas e minhas dúvidas. O Senhor tudo vê. Nada acontece sem a Tua permissão. O Senhor conhece esse jovem garoto e está cuidando dele. O Senhor conhece cada coisa a seu respeito. Cure-o, Jesus. Esteja com ele. Esteja com seus pais e seu irmão. Dê-lhes força sobrenatural. Abençoe-o hoje e em toda a sua jornada. Oro para que seja longa, repleta de milagres e graça. Oro para que a cruz esteja presente na vida deles hoje e amanhã. Oro por mim mesmo também. Em nome de Jesus.

Essas orações eram sempre e apenas feitas em nome de Jesus Cristo. Ele era o único que permitia que fossem oradas e que as tomava e as colocava diante de Deus Pai.

Eu não podia duvidar. Não tinha esse direito. Mas podia pedir misericórdia e graça, e foi o que fiz. Novamente.

BOBBY

– BOBBY, O COMANDANTE DO BATALHÃO está esperando você no escritório do capitão.

Havia apenas dez minutos que ele tinha chegado ao Corpo de Bombeiros quando um novo bombeiro, chamado Dex, que parecia ter acabado de se formar no colégio, deu-lhe a mensagem. Não era algo bom de se ouvir. O chefe só aparecia quando tinha que entregar algum tipo de medalha ou disciplinar alguém. Ele não achava que ganharia uma medalha.

Enquanto caminhava até o escritório na parte de trás do posto, lembrou-se do homem que tinha morrido ao seu lado naquela manhã. Não foi a primeira vez que algo assim tinha acontecido. Esses outros rostos e imagens também ficavam em sua lembrança. Seriam apenas sombras pelo resto da vida. Essas coisas faziam parte de sua caminhada. Ele tinha que lidar com as lembranças.

O chefe Russell não se levantou e nem o cumprimentou, mas parecia ansioso para lhe dizer alguma coisa. Seu rosto enrugado apresentava traços de desgaste e tristeza.

Bobby sentou-se na cadeira de frente para a mesa e do homem atrás dela.

– A viúva está querendo apresentar queixa contra o departamento – disse o chefe num resmungo baixo.

Uma queixa?, perguntou-se surpreso.

– É o prelúdio para uma ação judicial contra a cidade. Extorsão típica. Provavelmente reivindicando quinze a vinte milhões. A acusação será de "proselitismo por parte da autoridade".

Uma ação judicial? Quinze a vinte milhões?, Bobby estava indignado.

– O que exatamente isso significa? – Bobby perguntou. Ele de repente ficou sem ar e sentiu-se como se estivesse girando rapidamente em uma montanha-russa.

O veterano há trinta anos sempre pareceu ter um rosto caído, mas Russell rangeu os dentes e o olhou com frieza.

– Ela vai processá-lo por ter, implicitamente, ameaçado a se negar a fornecer o atendimento necessário ao homem a menos que ele aceitasse suas crenças religiosas. E que sua desatenção com o dever contribuiu para a sua morte.

Ele deu uma risada achando ridículo. Bobby balançou a cabeça.

– Eu nunca faria isso. E, além do mais, ela nem estava lá.

O chefe acenou com a cabeça, obviamente entendendo seu lado e acreditando nele.

– Ela vai alegar que o policial que a impediu de se aproximar foi cúmplice de suas ações. Veja, precisamos resolver isso antes que ganhe força. Então, vamos fazer o seguinte: você vai escrever um pedido de desculpas com cuidado, explicando como você cometeu o erro no calor do momento. Um lapso profissional. E que isso jamais acontecerá novamente. Vou ajudá-lo a escrever. E então você vai ler para uma câmera de um dos noticiários locais para que seja registrado.

Bobby sentiu-se como se estivesse em uma grelha com uma pinça de churrasco apertando-o de todos os lados, espremendo-o.

– Não posso fazer isso – disse Bobby.

Sua declaração causou uma reação no chefe. Suas grossas sobrancelhas abaixaram-se e seus olhos diminuíram. De repente, o olhar em seu rosto ficou confuso, em dúvida.

– Por que não? – perguntou o chefe Russell com a voz abafada.

Bobby foi para a frente e sentou-se na beira da cadeira, tentando aproximar-se dele e falar-lhe francamente:

– Eu não me arrependo do que fiz. E se eu me deparar novamente com uma situação semelhante, voltarei a fazê-lo. É minha obrigação como cristão. Mas apenas depois de cumprir meus deveres profissionais como paramédico de emergência.

Russell olhou-o como um pai ao olhar para o filho que acaba de cair da bicicleta tentando empiná-la.

– Veja, Bobby... Você tem suas crenças, e respeito isso. Mas eu tenho uma corporação e um fundo de pensão para proteger. Em nome de seus bombeiros parceiros. Você está me entendendo?

A fé de Bobby não era algo recente. Os rapazes sabiam disso por diversas razões. Pelas vezes que ele tinha se recusado a sair com eles, ou pelos momentos em que ele tinha se afastado de algumas conversas. Não que Bobby tentasse pregar para as pessoas nem falar sobre sua fé. Mas não era nenhum segredo.

– Acho que não – respondeu Bobby. – O que exatamente você quer dizer?

– Se você não encontrar uma maneira de se desculpar, a corporação terá que se distanciar de você. Vai ter que admitir que agiu além de sua autoridade, e em seu próprio nome.

Isso era inacreditável. Bobby apenas tinha tentado ajudar o homem a viver. E depois apenas lhe ofereceu esperança. E agora ele seria processado e teria que mentir?

Ainda bem que estou em dia com minhas contribuições sindicais, pensou.

Chefe Russell não tinha acabado.

– Sua defesa legal, bem como quaisquer danos, terão que sair do seu bolso. Além disso, serei forçado a suspendê-lo sem pagamento até que a situação seja resolvida. Extraoficial: você vai perder tudo. É isso que você quer?

– Não – Bobby respondeu.

– Ótimo. Então você vai ler esta declaração.

O chefe entregou-lhe uma folha de papel, mas Bobby balançou a cabeça e a recusou.

– Chefe, não vou me desculpar por pregar o Evangelho a um homem à beira da morte. E não posso prometer que isso não vai acontecer novamente.

Chefe Russell parecia agora um buldogue após uma longa caminhada. Ele estava mais cansado do que frustrado. Bobby sabia que isso era um grande aborrecimento para ele.

– Espero que você saiba o que está fazendo – disse o chefe.

Bobby não saiu do lugar até que ele lhe dissesse quais seriam os próximos passos. Mas, conforme ouvia e esperava para ser desculpado, ele não conseguia deixar de ouvir a mesma voz repetidas vezes em sua mente.

O que você está fazendo, Bobby?

Ele não sabia. Mas tinha certeza de uma coisa: estava fazendo a coisa certa.

— J.D. —

Primeiro surgia a crença e, depois, uma ação em torno disso.

Sentar-se no banco. Era algo bom. Era ouvir, entender e acreditar. Mas a parte da ação... Bem, isso era pouco familiar para J.D. Mas ele estava tentando agir. E parecia ser a coisa certa a se fazer.

Eles estavam na fila do almoço dentro de um ginásio lotado, segurando bandejas. Não era muito diferente dos tempos de escola ou de algum trabalho para a igreja. Várias pessoas servindo a comida e cumprimentando as pessoas que vestiam um avental vermelho do Exército da Salvação. O local cheirava a bacon.

J.D. olhou para Teri, que estava mais ereta que uma régua segurando a sua bolsa com as duas mãos contra o peito. Seus olhos vaguearam com desconfiança. Ele balançou a cabeça para ela.

– Eu não queria estar aqui – disse ela em voz baixa.

– Vamos lá, relaxe. É uma aventura.

Havia uma mãe e sua jovem filha alguns passos atrás deles. Elas estavam conversando e não estavam prestando atenção em J.D. e Teri. Ele percebeu que é isso que acontece quando se fica velho. As pessoas não prestam mais atenção em você. *"Eles são apenas o casal de idosos"*. Ninguém se preocupa em notá-los.

Quando chegou a vez deles, J.D. demorou um tempo para decidir. Não havia apenas sopa, apesar de ele ter dito à sua esposa que era uma cozinha de sopas. Havia sanduíches, sopas e vários tipos de cozidos. Pareciam muito bons, também.

– O que você deseja? – perguntou uma mulher com um sorriso preenchido de amor.

– Oi! Quero este macarrão de forno com queijo e pimenta, por favor.

Parecia pouquíssimo saudável. Era algo que Teri jamais faria em milhões de anos.

– Não quero nada – sua esposa falou à mulher.

Ele não podia acreditar. J.D. queria falar para ela simplesmente pedir alguma coisa, para deixar de ser tão irritante, mas J.D. não queria chamar a atenção.

– Como você não quer comer nada? – disse uma voz que surgiu do nada. – É por causa do carboidrato?

Os dois olharam para trás e viram uma garotinha olhando para eles com curiosidade. Ela era pálida e magra, mas também muito audaciosa.

Um sorriso cobriu o rosto de sua esposa. Era agradável de ver.

– Não, não é isso – respondeu Teri. – É que... eu não estou com muita fome.

J.D. inclinou-se até aquelas bochechas redondas e olhos grandes que os fitavam.

– Você parece entender muito bem sobre alimentos.

– Sim, conheço muitas coisas. Meu nome é Lily.

Não foi apenas uma simples introdução. Parecia algum tipo de declaração. "Eu sou Lily. Você nunca ouviu falar de mim?", algo mais ou menos assim.

– Prazer em conhecê-la, Lily. Meu nome é J.D. – Ele deu um sorriso amigável para a mãe da menina. – Podemos nos sentar com vocês?

Lily respondeu pelas duas.

– Claro. Se minha mãe não se incomodar. Ela fica receosa com desconhecidos. Especialmente pessoas grandes chamadas Joe.

A mãe simplesmente balançou a cabeça numa combinação de vergonha e orgulho. A mulher era muito parecida com a filha. A única diferença era o fogo que fazia o rosto da menina brilhar.

– Não tem problema – uma voz dócil disse a eles. – Seria ótimo, obrigada.

As mesas compridas estavam cheias, mas J.D. e Teri encontraram um espaço no meio de uma delas onde poderiam se sentar de frente para a mãe e sua filha. Dois homens grisalhos, bem agasalhados mesmo dentro do local, estavam sentados de um lado, devorando sua comida, do outro estavam dois rostos amigáveis. J.D. decidiu se sentar ao lado dos homens.

Mesmo sem pensar, ele fez seus agradecimentos habituais a Deus antes de comer.

– Por isso que estamos prestes a receber e pelo presente de nossas novas amigas, Lily e sua mãe, que o Senhor nos faça ser verdadeiramente gratos. Em nome de Jesus, amém.

Ao levantar a cabeça e pegar seu garfo, ele viu suas duas novas amigas olhando para ele.

– Você sempre ora antes de comer, senhor J.D.?

É impressionante a honestidade atrevida das crianças. Mas o mundo rapidamente as pisoteia, J.D. pensou. *Especialmente na cultura politicamente correta, reservada e do cuidado demasiado para não ofender de hoje.*

– Eu também – Lily respondeu. – Mesmo quando não há mais camas disponíveis e temos que dormir do lado de fora, no estacionamento. E tudo que comemos são batatas chips, por dois dias inteiros.

Talvez sua mãe não goste muito de sua honestidade, J.D. imaginou o constrangimento da mãe.

– Dormir no estacionamento, é isso? – J.D. disse, como se ela estivesse falando de um novo brinquedo que tinha ganhado no Natal. – Parece divertido. Mais ou menos como acampar. Certo, querida?

Teri acenou com a cabeça e deu um sorriso educado, mas permaneceu em silêncio.

Lily continuou falando com a boca cheia de comida:

– Não é bem acampar. Nós temos um carro. Mamãe o chama de "lata velha laranja".

– Adorei o nome! – disse J.D.

Ele podia dizer que Samantha parecia envergonhada e constrangida, dois sentimentos desagradáveis ao mesmo tempo. Uma avalanche de perguntas percorreu sua mente, entretanto ele tinha que analisá-las para ver se alguma delas era apropriada para se fazer. Queria ajudar e oferecer qualquer tipo de auxílio ou sugestão. Mas não tinha muita habilidade e a última coisa que queria era aumentar aquela vergonha ou constrangimento.

– Isto está uma delícia – disse ele referindo-se ao macarrão.

Teri deu um olhar do tipo "que mentira".

– É verdade – falou ele. – Veja. Você nunca erra com queijo e pimenta.

Ele deu uma mordida grande e depois acenou para Lily, enquanto levantava sua colher de plástico. Ela riu, e ele fez o mesmo.

Samantha deu um sorriso educado que parecia uma pintura em um museu. Um retrato de alguém com mil histórias para contar, mas incapaz de dizer ao menos uma.

MEIA HORA DEPOIS, enquanto voltavam para casa, J.D. ficou tentando extrair alguma coisa de sua esposa. Ela não tinha falado muito e só dava respostas com uma única palavra.

– Não estava tão ruim, certo?

– Certo.

– Elas formam uma família bonita.

– Sim.

– Você está com fome?

– Não.

Teri nunca se excedia em nada, incluindo falar. Ela gostava de guardar para si seus pensamentos e suas emoções. E, mesmo quando os externava, tinha sempre muito cuidado ao falar. Isso a impedia de se expor em um momento difícil. Algumas pessoas tornam público seus sentimentos mais íntimos. O coração de Teri ficava escondido atrás de um colete à prova de balas.

Então, quando ela finalmente disse alguma coisa antes de chegar a casa, J.D. obviamente ficou surpreso.

– Eu pensei que fossem diferentes.

Ele riu.

– Como os órfãos dos romances de Dickens?

Teri olhou para J.D. e riu. Ela tinha sido genuína. Era a sua maneira de admitir que não tinha sido tão ruim, que ele estava certo. Teri provavelmente jamais diria essas palavras, mas J.D. sabia que ela tinha se surpreendido positivamente com o almoço.

J.D. esperou para ver se ela diria mais alguma coisa, especialmente sobre Samantha e Lily. Mas ela não disse nada.

Ele esperaria. Talvez sua mente e seu coração começassem a se agitar. Talvez Teri acabaria falando sobre elas, o que ajudaria a abrir um pouco a sua mente.

J.D. já estava de mente aberta. Ele sabia o que queria fazer. O que precisava acontecer. Sua esposa só precisava ser convencida. E normalmente funcionava melhor quando a ideia parecia ter sido sua.

A noite demoraria a chegar. Ele tinha tempo para trabalhar a mente dela.

—— DR. FARELL ——

Ele já tinha terminado metade da salada à frente dele. A maioria dos e-mails importantes em seu celular já tinha sido lida. Dr. Farell tinha tentado escapar de qualquer conversa trivial e almoçar em paz, enquanto esperava por Andrea. Odiava ser incomodado por conversas medíocres com seus colegas, mas também, odiava quando as pessoas se atrasavam. Não era uma reunião de negócios, mas ainda assim era um horário reservado para se reunirem.

Ele viu Andrea assim que ela saiu da área de serviço e entrou na cafeteria cheia de mesas e cadeiras. Andrea era alta, e ficava ainda mais nos sapatos de salto. Ela vestia um terno azul-escuro que era o complemento perfeito para os seus cabelos dourados. Dr. Farell ficou admirando-a enquanto ela se aproximava, apesar do olhar de irritação.

– Você está atrasada – disse ele enquanto Andrea colocava a sua bandeja sobre a mesa e sentava-se em frente a ele.

– Cliente novo – falou sem um pedido de desculpas. – A esposa da vítima de um acidente.

– Advogada de porta de cadeia? – brincou ele. – Não é o seu estilo.

Andrea tirou o garfo de plástico do saquinho transparente e, em seguida, começou a mexer sua salada. Ela parecia tensa hoje, atarefada e com a expressão compenetrada.

– É quando a vítima é forçada a se converter ao cristianismo enquanto está presa, morrendo, com sua esposa impedida pela polícia de se aproximar da cena e ouvir alguma coisa.

Ela deu uma mordida rápida e acenou com a cabeça, diante da sua reação de surpresa.

– Tente imaginar: um paramédico religioso tem o pobre Steven Carson como seu público cativo, retratando o fogo do inferno e a condenação em seus momentos finais. Terrível, não? Sem falar da dor e do sofrimento psicológico à Sra. Carson. A última memória de seu marido eternamente manchada pela ideia de ele ser forçado a renunciar a sua própria visão de mundo.

Andrea parecia um animal observando a sua presa no meio do campo, pronta para devorá-lo. Era algo que ele gostava nela. No lado de fora, ela parecia pura e correta, mas por dentro era uma predadora. Essa era uma das razões por ser tão boa em seu trabalho.

– Talvez ele já acreditasse e ninguém soubesse – sugeriu ele, fazendo o papel de advogado do diabo.

Andrea balançou a cabeça e terminou a salada.

– Os dois eram membros da Associação Humanista Americana, cujo lema é "Bom sem um Deus".

Ela pareceu ficar admirada com isso, com brilho nos olhos.

– Mesmo assim, não seria o mundo dela contra o dele?

– Essa é a melhor parte. Esses tipos de cristãos? Você os força a fazer um juramento, colocando a mão sobre a Bíblia, e o que eles fazem? Realmente falam a verdade. Além disso, a União Americana pelas Liberdades Civis já prometeu que vai entrar com uma petição *amicus curiae*[*]. Eles veem isso como um divisor de águas para o abuso de autoridade.

Dr. Farell estava impressionado. E isso não era algo muito comum de se ver nele.

– Parece mais um fato consumado – observou ele.

Andrea concordou. Seu rosto animado e doce em contraste direto com o rosnado em seus lábios.

– Não há nada de errado com a caça às bruxas – falou ela. – Desde que você vá atrás da bruxa certa.

---

* **"Amigo da Corte":** Intervenção assistencial em processos por parte de entidades que tenham representatividade adequada para se manifestar nos autos sobre questão de direito pertinente à controvérsia constitucional. (N.R.)

— BONITÃO —

O BAIRRO FICAVA DIFERENTE quando você não queria que ninguém o visse.

Bonitão verificou seu celular novamente, mas Kriminal tinha parado de ligar. A conversa mais cedo tinha sido curta, antes de ele desligar na cara de seu irmão mais velho. Kriminal havia lhe perguntado sobre o dinheiro e Bonitão disse-lhe a verdade. Sim, ele estava com o dinheiro, mas não, ele não o daria para Kriminal. Ao perguntar o motivo, ele lhe disse a verdade.

Aquilo que eu deveria ter dito antes de tudo aquilo acontecer.

– Não é certo... o que fizemos.

Kriminal xingou-o, gritou e disse que o "certo" não tinha nada a ver com aquilo. Ele o ameaçou e mandou que levasse o dinheiro para ele. Bonitão respondeu desligando o telefone e não atendeu mais nenhuma ligação dele.

Agora, horas depois, estava sentado no banco traseiro e rasgado de um táxi. Bonitão esperava que isso não fosse simbólico. Ele já tinha esperado tempo suficiente para ir para casa. Não acreditava que Kriminal estivesse lá. Seu irmão estava se escondendo, especialmente porque ele não tinha o dinheiro. Bonitão queria pegar algumas coisas antes de partir. Ele não sabia por quanto tempo. E nem para onde iria. Mas tinha que pegar algumas coisas. E tinha que se despedir de vovó, mesmo que fosse da sua maneira.

Como ele já esperava e suspeitava, Kriminal não estava em nenhum lugar fácil de ser encontrado. Sua avó estava no sofá ouvindo algum programa no pequeno rádio sobre uma mesa próxima. Bonitão entrou na casa e colocou a mala ao lado de uma poltrona, sentando-se sobre ela. Não queria que sua avó desconfiasse que tinha alguma coisa errada.

– Onde está seu irmão? – perguntou ao abaixar o volume do rádio.

Ela sabe que alguma coisa está acontecendo.

– Não sei.

O rosto enrugado o encarou.

– Vocês brigaram?

Ele encolheu os ombros de maneira casual.

– Acho que sim.

A avó continuou encarando-o, estudando-o, o suficiente para que ele tivesse que desviar o olhar.

– Venha aqui – ordenou ela.

Bonitão não queria. Não queria ficar ali muito tempo. Mas era a oportunidade de ouvir sua avó e despedir-se dela. Era algo que já deveria ter feito há muito tempo.

Sentado ao lado dela no sofá, ele olhou para o rosto tão constante como o céu. Perguntou-se quando iria vê-la de novo.

Se é que vou vê-la de novo algum dia, pensou com pesar.

Era como se ela soubesse. Vovó sempre parecia saber. Mesmo quando estava quieta. Mesmo quando ela decidia não fazer nada. De alguma maneira, ela sempre sabia.

Vovó inclinou seu corpo frágil para a frente e, em seguida, segurou o rosto de Bonitão com suas mãos magras e flácidas.

– Meu bonitão... – disse ela.

Ela é que tinha dado esse apelido a ele. E havia permanecido.

– Lembra-se de todas as noites em que eu cantava para você dormir? Todas as noites, a mesma música.

Sua voz baixa e cansada começou a cantar, levando-o de volta à sua infância. Um menino cheio de esperança e sonhos. Um menino crescendo, acreditando e que ainda não conhecia o mundo cruel que existia do lado de fora. Um menino olhando para a sua avó e ouvindo-a cantar *Amazing Grace*.

A angústia dentro dele começou a se agitar de novo. Os olhos de Bonitão encheram-se de emoção. Ele se lembrava bem disso. Nunca se esqueceria daquela música e da voz que a cantava, mesmo que estivesse a quilômetros de distância.

Quando terminou de cantar, ela não se afastou. Aqueles olhos sábios o encararam e não se desviaram.

– Sei que não tem sido fácil para você aí fora – declarou como se estivesse com um paraquedas nas costas. – Há vozes puxando-o em diversas direções. Mas há apenas uma voz que importa.

A mão que tinha sacudido levemente a sua bochecha estava agora em seu peito. Bem abaixo de seu coração.

– Ouça-a e siga-a. E você ficará bem.

Aquela voz sobre a qual vovó estava falando já o perseguia há algum tempo. E, na noite passada, essa voz tinha conseguido chamar sua atenção. Ele finalmente tinha conseguido ouvi-la de uma maneira que jamais tinha ouvido em toda a sua vida. E desta vez Bonitão tinha respondido, pedido e implorado por ajuda.

E fui respondido.

Ele pensou em contar para vovó, mas desistiu. Bonitão não podia. Não agora.

Quanto menos ela soubesse, melhor.

– Você ainda vai ficar aqui por um tempinho? – perguntou vovó.

Bonitão percebeu que não poderia partir agora. Não depois disso. Não desse jeito. Ele engoliu em seco e olhou para fora pela janela, algo que ele já tinha feito inúmeras vezes.

– Sim. Vou ficar aqui um tempinho.

Bonitão sabia que já tinha esperado tempo suficiente. Mais algumas horas não fariam diferença. Mas depois ele iria embora.

Talvez, não provavelmente, embora para sempre, pensou decidido.

Ah, ele perderia aquela mulher sentada ao lado dele.

Ela tinha ido embora.

O dia tinha passado muito rápido, como muitos outros, e quando cheguei ao hotel para ver Maggie, ela não estava mais lá. O rapaz da recepção, um rapaz jovem que eu não conhecia, não tinha visto nada e me deu um olhar inexpressivo, encolhendo os ombros e não sendo muito útil. Pensei em ligar para Grace, mas lembrei-me de que ela não sabia que a adolescente ainda estava sob meus cuidados. Eu planejava contar para ela em breve.

Acho que precisa ser hoje à noite, decidi naquele momento.

Fiquei imaginando a jovem garota andando pelas ruas novamente, talvez voltando para casa, para uma espécie de pesadelo do qual ela tinha tentado fugir. Fiquei pensando se eu deveria ter perguntado mais, se eu deveria ter tentado ajudá-la.

Imaginei sua barriga redonda em seu pequenino corpo. Depois imaginei Grace, sentada ao meu lado neste carro, chorando em meu peito enquanto eu a segurava no estacionamento.

A vida não é feita de capítulos. Não existe personagens. Não há presságio. A vida vem, dia após dia, com chances, escolhas e confusões.

Os testes, os médicos e as segundas opiniões nos disseram aquilo que já pressentíamos: Grace não podia ter filho. Ficamos a par de vários assuntos técnicos. Eu sinceramente nunca mais quero ouvir as palavras "Trompas de Falópio" de novo em minha vida. Eu queria que a culpa fosse minha por não podermos ter filhos. Meu problema. Então, talvez, as coisas pudessem ser diferentes.

Talvez Grace não tivesse vestido a culpa como uma camisa de força. Apesar de eu ter passado meses implorando para que ela a tirasse.

Meu carro parecia deslizar pela noite sombria. Essa nuvem ainda surgia de vez em quando, lembrando-me. Forçando-me a olhar para trás e ver o banco traseiro vazio. O banco vazio, nada de cereais espalhados, nada de migalhas de bolacha, nada de lacinhos de cabelo pelo chão, nada de ursinhos de pelúcia perdidos.

Tínhamos desistido de tentar há cinco anos, mas era como se fossem cinco minutos. Diversos casais que conhecíamos anunciavam a chegada de seus bebês, enviavam cartões de celebração por e-mail e mostravam seus bebês sorrindo, e tínhamos de assistir a tudo. A pior coisa para mim era ver Grace se fazendo de forte e sorrindo e demonstrando amor para cada um dos casais. Amigos, membros da família e até membros da nossa igreja.

A consagração dos recém-nascidos era a parte mais difícil. Grace assistia a tudo do banco da igreja, com lágrimas nos olhos, sabendo que jamais seríamos nós ali. As covinhas, os cabelos indefinidos e as pernas e os braços gordinhos só podiam ser observados e apreciados por alguns momentos, depois iam embora. E os braços de Grace permaneciam vazios.

Falar sobre adoção era perda de tempo. Grace sempre dizia que queria estar presente quando o nosso bebê nascesse. Tentei abordar o assunto, mas não tive sucesso. Sei que não entenderia. Eu sou o homem. Havia certas coisas e realidades que eu sabia que simplesmente não conseguiria compreender.

Cheguei em casa, a luz da varanda brilhando, a luz de dentro irradiando pela janela.

Seja grato por este dia e pela vida que lhe foi dada, meditei.

Parei por um momento depois de desligar o carro. Peguei a pasta do notebook e entrei em casa, esperando um silêncio familiar que sempre me cumprimentava.

Ao contrário, desta vez, ouvi uma conversa. Mais luzes do que o normal estavam acesas. E havia um cheiro de carne cozida no ar.

Então, vi uma pessoa na cozinha.

Era Maggie.

— Olá, querido — disse Grace ao se aproximar da menina, na ilha da cozinha.

Acho que fiquei sem palavras por um momento, espantado e surpreso, perguntando-me se eu estava entendendo bem. Grace sabia o que eu estava pensando e direcionou seus olhos para a parede, onde tínhamos colocado a cruz de madeira.

— Não pense que é só entregá-la e achar que nada vai acontecer — falou enquanto começou a cortar os legumes na tábua.

Cumprimentei Maggie e disse que estava feliz em vê-la, depois me aproximei e abracei minha esposa. Dei um beijo em sua nuca. Era bom senti-la e poder abraçá-la. Eram poucos os momentos espontâneos em nosso casamento. Certo ou errado, era assim que as coisas eram. Mas aquilo pareceu ser necessário, pareceu ser certo.

Quando me afastei e andei pela cozinha, vi as lágrimas em seus olhos. Ela deu um sorriso casual e desdenhoso.

— Estas cebolas estão me fazendo chorar — disse Grace.

Olhei para a tábua e vi o que ela estava cortando.

— Isto é salsão — comentei.

Ela não disse nada e continuou trabalhando. Olhei para Maggie, que observava com olhos animados e curiosos.

— Fico feliz que vá jantar conosco — disse a ela. — Vocês duas — acrescentei rapidamente.

LACEY

A CAMPAINHA PRIMEIRO A ASSUSTOU, depois a deixou curiosa, e depois despertou uma pequena faísca de esperança dentro dela. Essas faíscas podiam ser perigosas. Elas podiam converter a esperança em crença. Contudo, quando abriu a porta, ela viu que às vezes a esperança podia ser algo maravilhoso.

Era Carlos.

– Oi, o que você está fazendo aqui? – disse, quase que num único fôlego.

Ele estava segurando uma sacola de compras marrom e tinha o sorriso de um gato risonho em seu rosto.

– Só queria me certificar de que você estava bem.

Carlos parecia mais bonito do que Lacey se lembrava, e ela certamente tinha olhado seu rosto por bastante tempo na noite anterior. Eles conversaram a noite toda na cafeteria. Ele tinha pedido para o rapaz do balcão chamar um táxi para ela, e então tinha perguntado se podia vê-la de novo. Lacey tinha lhe dado seu telefone e endereço.

Ela não imaginava que ele viria tão rápido.

– Tudo bem eu vir até aqui? – perguntou ele.

– Claro, sem problemas.

Carlos estava com a mesma jaqueta de couro desbotada da noite anterior, mas estava vestindo uma camisa de botão por baixo, em vez da camiseta de motociclista. Lacey também notou que Carlos tinha feito a barba.

Ela sorriu e não disse nada.

– Não estou me convidando para entrar, mas esta sacola está meio pesada – Carlos disse.

– Acho que você acabou de se convidar – falou. – Desculpe. É que... estou surpresa.

– Eu também.

Carlos seguiu Lacey e entrou no apartamento. Ela acendeu algumas luzes e falou para ele colocar a sacola sobre o balcão da cozinha.

– Desculpe a bagunça – disse ela.

Carlos olhou para o teto alto, para a sala de estar e para a cozinha anexa.

– Parece muito arrumado para mim.

– Você é homem.

– Não. Já vi ambientes muito mais bagunçados em minha vida.

Lacey ficou pensando o que poderia fazer. Ela percebeu que seus cabelos e sua maquiagem provavelmente estavam horríveis, e que ela estava usando uma *legging* preta e um moletom enorme, que tinha colocado para malhar pouco antes. Lacey também percebeu que isso significava que ela certamente estava com cheiro de suor. Em seguida, ela se perguntou se aquilo era inteligente, receber aquele rapaz que ela mal conhecia depois de tudo que tinha acontecido.

Carlos lhe deu um olhar do tipo "está tudo bem", o mesmo dado na noite passada na cafeteria. Para alguém que estava prestes a pular da ponte na noite anterior, Carlos certamente parecia feliz e confortável em sua própria pele hoje.

– Não tenho muita coisa para beber. Tenho um resto de cerveja de alguma festa. Um pouco de vinho.

– Não se preocupe – disse. – Eu parei de beber. Nunca soube beber de maneira segura.

Ela sorriu e entendeu.

– Tenho Coca diet.

– Ótimo.

Lacey lhe deu um copo e ele agradeceu. Em seguida, Carlos sentou-se em um banco próximo ao balcão, como se ele já tivesse feito aquilo inúmeras vezes. Momentos atrás, Lacey estava inquieta pensando sobre ele, sobre o pai dela e sobre as duas últimas noites e imaginando como seria aquela. Mal sabia que ela lhe traria Carlos.

Carlos pegou o pequeno porta-retratos do balcão.

– Bela foto – disse.

– Meu pai e eu.

– Vocês são próximos?

Lacey balançou a cabeça. Não tinha falado muito sobre seu pai na noite passada. Ela apenas tinha dito que sua mãe tinha partido e que morava sozinha na cidade.

– Pais – Carlos disse de um jeito que parecia o título de um longo romance.

– Sim.

Eles se olharam igual à primeira vez que se viram.

Isso é complemente maluco.

E de fato era. Mas de uma maneira boa.

– Será que sou a única pessoa a ver ironia nisso? – Lacey teve de dizer.

– Ei, isso foi ontem à noite – pontuou Carlos, entendendo totalmente o que ela estava pensando. – Hoje é um novo dia. Além disso, você precisa comer, certo? Imagino que pessoas que resolvem pular da ponte não estocam a geladeira. Então…

Ela riu.

– Você está certo. Mas elas se exercitam.

– Para que o último salto de fato funcione, certo?

– É errado rir a respeito disso? – Lacey questionou seriamente.

– Aprendi que é a única coisa que você pode fazer quando sobrevive a uma situação de quase morte.

Lacey sabia que ele devia estar falando sobre a guerra. Carlos não tinha falado muito sobre, mas para todas as perguntas que ela tinha feito a respeito obteve apenas uma resposta curta e simples, sem explicação. Tudo bem.

Ela decidiu tirar as coisas da sacola. Carlos tinha trazido o básico: leite, pão, batatinha chips, presunto, peito de peru, queijo, maionese, maçã etc.

– Isso é sério?

Lacey pegou nas mãos as bananas mais verdes que já tinha visto na vida. Carlos apenas riu.

– Alguma coisa para se esperar, certo?

Foi uma das coisas mais agradáveis que Lacey tinha ouvido nos últimos tempos.

— J.D. —

Os pingos no telhado o encheram de culpa. Fazia quinze minutos que tinha começado a chover, e agora tudo que existia era um som constante de vergonha. Na escuridão de seu quarto, J.D. já tinha esperado o suficiente. Ele saiu de baixo das cobertas quentes e procurou sua calça na cadeira ao lado.

– O que você está fazendo? – Teri perguntou.

Então ela também não está dormindo, J.D. constatou.

– Eu vou pegá-las.

Ele queria saber se Teri tinha pensado na mãe e na filha.

– Agora? – perguntou ela.

– Sim, agora. Enquanto está frio, molhado e chovendo.

Houve uma pausa. E então Teri perguntou o óbvio:

– Como você vai encontrá-las?

Abotoando a camisa, J.D. percebeu que não sabia direito.

– Vou pensar.

– J.D....

Sua esposa tinha ficado a maior parte do dia em silêncio desde a discussão que tiveram mais cedo. Ele sabia que Teri não tinha mudado de ideia, mas estava lentamente começando a se retrair. Teri sabia que J.D. odiava quando ela fazia isso. Voltar-se para dentro, construir e fortificar uma parede que às vezes era impossível de atravessar. Às vezes – muitas vezes – J.D. tinha que desistir e acabar cedendo. Mas não faria isso desta vez. Ele não podia fazer isso. Já tinha passado tempo demais.

J.D. entrou no banheiro por um momento e, em seguida, preparou-se para sair.

– Vou ficar esperando – disse Teri. – Por todos vocês.

– Obrigado.

Ele agora tinha que pensar por onde começaria a procurá-las.

No caminho até o abrigo onde ele tinha conhecido a bela garotinha e sua mãe cansada, J.D. orou. Pediu para Deus ajudá-lo a encontrá-las. Ele apenas queria auxiliá-las de alguma maneira. Talvez devesse ter perguntado a elas, mas não o fez. Agora, enquanto o para-brisa tentava eliminar o excesso de água da chuva para que ele pudesse ver, J.D. lembrou-se de que muitas vezes não temos uma segunda chance na vida para oferecer ajuda a um estranho ou para pedir perdão a alguém que se tenha magoado.

Ou para dizer adeus a uma filha que você ama.

As palavras foram surgindo em sua mente. A menina falando sobre sua lata velha laranja. E outras coisas mais.

O estacionamento fica a um quarteirão de distância.

Lily tinha dito alguma coisa a respeito dele quando falou do carro. Ele tinha se esquecido disso. Bem, quase se esquecido.

J.D. estacionou o carro na rua, próximo ao estacionamento. Ele estava parcialmente lotado e havia uma cerca ao redor dele. J.D. se perguntou se elas tinham que pagar para estacionar o carro ali durante a noite. Mesmo que tivessem, ainda era mais barato do que um quarto de hotel.

Ninguém precisa dormir no carro. Não nos dias de hoje, pensou J.D. com o coração partido.

Talvez elas tivessem tido sorte e encontrado vaga para dormir no abrigo. Mas alguma coisa lhe disse que não. Era como se tivesse recebido uma delicada cotovelada – bem, talvez não tanto – empurrando-o da cama. Era o que parecia. E talvez fosse o Espírito Santo chamando a sua atenção. J.D. não tinha certeza.

Ele colocou a lanterna no bolso de seu casaco, e então percebeu que havia esquecido o guarda-chuva. Tudo bem. Quem sabe a chuva sobre a sua cabeça não fizesse seus cabelos crescerem novamente. Deus podia operar milagres, e talvez esse seria um deles.

J.D. foi andando pelas fileiras de carros, e precisou de apenas alguns minutos para encontrar o veículo delas. Ele se sobressaía como o desenho de uma criança em um museu de arte. A luz da lanterna atravessou o vidro do carro, e ele pôde ver uma cabeça movendo-se no banco do motorista.

Espero não assustá-las...

Definitivamente era Samantha. J.D. a reconheceu pelos seus longos cabelos. Seu rosto virou-se, com os olhos semicerrados e suas mãos protegendo-os.

– Samantha? – gritou pela janela e porta fechadas.

A essa altura, ele já estava completamente ensopado, mas não importava. J.D. não queria assustá-las, mas queria que elas soubessem que tinha um lugar melhor onde elas podiam passar a noite.

– O que você quer? – a mulher gritou do lado de dentro.

Ela parecia aflita e defensiva.

Eu não a culpo, pensou.

– Gostaria de oferecer um lugar para vocês ficarem e saírem desta chuva.

– Como nos encontrou?

Ela não abaixou nem um pouco o vidro. Samantha estava bloqueando a visão para o outro banco, mas J.D. tinha certeza de que Lily estava sentada ao seu lado.

– Sua filha mencionou que vocês às vezes dormiam aqui. E com a chuva, eu sabia que o abrigo ficaria lotado. Então vim atrás de uma "lata velha laranja". E aqui está.

– Nós estamos bem, de verdade – disse Samantha.

Os braços de J.D. começaram a tremer. O casaco não o estava protegendo muito.

– Eu sei. Mas vocês não precisam ficar aqui.

– Não é porque estamos na rua que significa que não sou uma boa mãe.

– Em momento algum isso se passou em minha mente – disse J.D.

Ele sabia que Samantha queria saber se ele estava falando a verdade. Talvez ela estivesse analisando as opções, tentando decifrar se ele era confiável, imaginando se seria seguro ir para a casa de um desconhecido.

– Ouça, não quero parecer ingrata, mas preciso saber por que você está fazendo isso – disse ela.

– Acho justo – falou J.D.

Ele enxugou o rosto molhado, apesar de a chuva continuar caindo.

Apenas diga a verdade.

– Minha esposa e eu tivemos uma filha e a perdemos. E, desde então, nunca mais sentimos nada, apenas sua perda.

A mulher apenas o ficou olhando, e o brilho intenso de seus olhos de repente diminuiu. J.D. sabia que estava conversando com alguém que o entenderia. Aquela mãe sabia um pouco sobre perda.

– Verdade seja dita – continuou ele. – Acho que nós precisamos disso mais do que você.

Por um longo momento, J.D. ficou ali, ensopado, em silêncio, esperando alguma resposta. Mas era tudo o que qualquer pessoa deveria fazer. Perguntar e esperar.

Assim como eles faziam há anos com Deus. Pedindo para que a dor fosse embora. Esperando que ela os deixasse. Contudo, eles continuavam perguntando e esperando.

A mãe virou a cabeça por um momento, dizendo alguma coisa à filha, e depois se virou de volta para ele.

Sua resposta mal pôde ser ouvida atrás da janela.

– Tudo bem.

Foi o suficiente para J.D.

ELENA

Até hoje, toda essa história de fé nunca tinha incomodado Elena. Até ela perceber que isso não estava mudando o temperamento de seu marido. Isso o estava transformando em um verdadeiro idiota.

– A corporação vai defendê-lo, certo?

Eles estavam há meia hora conversando na sala de estar, tempos depois de colocar os meninos para dormir. Bobby tinha chegado tarde e então finalmente decidira dar a notícia a Elena. Sobre o fato de que ele tinha sido escolhido para fazer uma coisa idiota e que ele estava prestes a perder o emprego e ser processado por um dinheiro que eles não tinham. Tudo porque ele estava tentando manter sua posição em relação a uma coisa completamente *boba*.

– Não – disse Bobby, frustrado. – Eles disseram que agi além da minha capacidade. Que excedi a minha função de cuidados. E se eles apoiarem minhas ações, também serão responsabilizados. Então, se eu não me desculpar, eles terão que me dispensar.

Elena queria gritar.

– Então peça desculpas.

– Não posso. Não por levar uma pessoa até Jesus. Especialmente porque eles querem que isso se torne um tipo de exemplo, para que nenhum paramédico fale de Deus novamente por receio do que poderá acontecer com ele.

Levar uma pessoa até Jesus, Elena pensou, inconformada.

Parecia tão simples, tão insano. Não era como parar no acostamento ou parar no drive-thru do McDonald's. Ela não entendia como Bobby podia acreditar que tinha levado uma pessoa até Jesus, quando não havia ninguém, ou rosto, ou voz, nem nada para apresentá-la, em primeiro lugar.

– Então, para provar um ponto, você está disposto a arriscar tudo?

– Não estou tentando provar um ponto – respondeu ele. – Estou tentando ser fiel.

Bobby não parecia defensivo, e isso deixou Elena ainda mais frustrada.

– E você foi. O homem está seguro no céu agora, certo? Graças a você e Jesus. Fim de história.

Envie a ele uma oração na próxima vez em que você for à igreja. Coloque a cruz de madeira em sua lápide. Mas deixe toda essa coisa de fé fora disso. Deixe a família dele longe disso!, os pensamentos ferviam na cabeça de Elena.

– Para esse homem, sim, você está certa – disse Bobby. – Mas e o próximo homem?

Elena balançou a cabeça, olhando para o tapete, e depois para o sofá do outro lado da sala. Ela pensou que eles já tinham passado por coisas demais depois que Carlos tinha vindo e ido embora em um piscar de olhos. Ela ainda não tinha falado com ele e passara o dia todo preocupada. Agora, seu marido estava dando uma notícia chocante da maneira mais tranquila possível.

Elena não sabia o que dizer. Não sabia mesmo. Queria xingá-lo e sair da sala, mas isso não mudaria nada. Ela podia tentar convencê-lo a mudar de ideia, no entanto conhecia o marido. Nada podia fazê-lo mudar de ideia quando já estava fixa em sua mente.

– Conversei com o amigo de Tom, Liam Katz. Ele está disposto a me representar, mas pediu vinte mil dólares.

É lógico que está disposto.

– E como vamos conseguir esse dinheiro, Bobby? Temos a hipoteca de um mês em nossa conta, e todos os nossos cartões já estão no limite.

Seu rosto – inexpressivo, controlado e calmo – não se desviou. Elena já sabia o que viria, mas não queria ouvir, não queria nem pensar a respeito.

– Não sei. Mas confio que Deus me mostrará o caminho.

Confiar.

Deus.

Mostrará.

O caminho.

Os desenhos animados do sábado de manhã tinham acabado. Os filmes baseados em histórias em quadrinhos haviam terminado. Não era nenhum tipo de filme de fantasia engraçado. Era a vida deles. E Elena sabia que precisava obter algum tipo de controle sobre isso, uma vez que Bobby tinha certamente perdido a cabeça.

– Bobby, não estamos na igreja. Preciso saber onde vamos conseguir esse dinheiro. Especialmente porque você insiste em dar o dízimo de cada centavo que você ganha. Diga-me, de onde vai sair esse dinheiro?

Ele não disse absolutamente nada.

Bobby não tinha uma resposta.

Em relação à vítima que estava morrendo em seus braços, certamente o homem diante dela tinha todas as explicações para dar. Bobby tinha todas as palavras e respostas e não conseguia falar tudo. Mas agora, sentado de frente para a esposa, Bobby não tinha uma única palavra para dizer. Além de que "Deus cuidaria de tudo".

Elena levantou-se. Por enquanto, a conversa tinha terminado para ela, antes que dissesse mais palavras violentas e ofensivas que em nada ajudariam.

– Não posso lidar com isso – disse enquanto caminhava em direção às escadas.

– O que você quer que eu faça?

Elena parou e virou-se. Bobby não tinha hesitado ao protegê-la na noite passada. Então por que ele não podia fazer a mesma coisa agora? Por que ele não podia proteger Elena e sua família da maneira mais simples e básica?

– Assine a declaração. Desculpe-se. Faça o que eles quiserem.

Não havia mais nada a fazer. Essa era a solução. Fim de papo.

Bobby continuou sentado, olhando para ela, com o rosto exausto e penetrante.

– Ou o quê? – Bobby perguntou.

Elena já tinha falado demais. Não respondeu e subiu as escadas, encerrando a conversa.

Não havia mais o que falar. Ela não era pastora e nem psicóloga. Ela era esposa, mãe e enfermeira, e vivia no mundo real com problemas e soluções reais. Bobby cairia na real. Ele tinha que cair na real.

Não tinha escolha.

— J.D. —

Eram duzentos e trinta metros quadrados para os dois. Esse era o tamanho da casa deles. Não era enorme, mas ainda assim era mais do que suficiente para um casal. Apesar de que, por um tempo, eles eram em três na casa. E, claro, parecia que ela era ainda maior e mais vazia desde a partida da filha.

J.D. ficou tentando assegurar às duas que tudo ficaria bem desde o momento em que entraram em seu carro. Então, J.D. as apresentou a Teri, que estava esperando na cozinha. Sua esposa estava arrumada e pronta para receber as visitas, deixando-o surpreso, uma vez que já eram mais de onze horas da noite. Lily já estava se sentindo em casa, enquanto sua mãe não podia estar mais constrangida.

Teri ofereceu-lhes algo para beber e perguntou se queriam alguma coisa para comer, mas Samantha apenas balançou a cabeça e respondeu que não todas as vezes. J.D. entendeu e disse que apresentaria a casa a elas. E então elas poderiam ir dormir, pois já era tarde.

Samantha fez com que Lily tirasse seus sapatos antes de subir as escadas revestidas de carpete. J.D. lhes mostrou o banheiro de hóspedes.

– Sintam-se em casa. Tomem um banho, usem a cozinha, façam o que quiserem.

– Eu agradeço sua gentileza – falou Samantha.

Ele acenou com a cabeça.

– Não precisa agradecer. É um prazer. Não é, querida?

Teri já estava no andar de cima e deu um sorriso nervoso e duvidoso. Isso tirava sua esposa da zona de conforto. Completamente. Mas, outra vez, J.D. não tinha o hábito de trazer desconhecidos para sua casa e lhes dizer para ficarem à vontade.

O primeiro quarto do corredor costumava ser de hóspedes, mas eles o transformaram em um escritório. A única outra cama da casa ficava no quarto de Kathleen. Os dois sabiam disso, mas não comentaram sobre a realidade da situação.

J.D. abriu a porta. Antes de entrarem, Lily deu um suspiro de alegria atrás dele.

– Veja, uma casinha de bonecas!

Ele olhou para Samantha e Lily enquanto alguma coisa palpitava em sua alma. Algo que ele não conseguia descrever.

Pelo menos elas saberão agora que eu não estava mentindo no estacionamento.

Sem perguntar, Lily saiu correndo e ajoelhou-se em frente à casinha. Pegou uma boneca e a colocou em um dos quartos.

O chão da alma de J.D. sacudiu como o mar ao bater contra as paredes de pedra mais fortificadas da Normandia. Havia alguma coisa a respeito daquela menina ajoelhada brincando com as bonecas...

Ele sentiu a mão de Teri apertar seus braços por trás dele. Quando J.D. virou-se para ela, ele pôde ver as lágrimas em seus olhos. J.D. compreendia.

– Coloquei lençóis limpos na cama – Teri disse a Samantha.

Isso o deixou surpreso.

Ele nem precisou pedir.

Teri afastou-se deles rapidamente. Provavelmente para elas não verem seu rosto e para tentar controlar as emoções. J.D. olhou para Samantha e sorriu.

– Vai ficar tudo bem – disse ele. – Sintam-se em casa.

– Nós não vamos atrapalhá-los – a voz fraca da mãe disse a ele. – E pela manhã, sairemos sem fazer barulho.

– Bem, se não tiver problema para vocês, gostaríamos que ficassem. Claro, se gostarem daqui.

Amanhã é um novo dia. Apenas fique bem hoje.

Ele ouviu isso certa vez e gostou da simplicidade dessa frase.

– Vamos ver – disse Samantha.

– Ótimo. Tudo bem por nós. Boa noite.

J.D. DEMOROU ALGUNS MINUTOS PARA ENCONTRAR TERI. Ela não estava no quarto nem na cozinha. Por alguma razão, estava sentada na quietude escura da sala de jantar. Ao se aproximar, J.D. percebeu que ela estava chorando. Era um choro silencioso, do tipo que ela tinha conseguido manter em segredo ao longo dos anos.

Manter em segredo de todo mundo, mas não de mim.

Ele pegou nas mãos dela e observou seu rosto. O mundo e o passar do tempo haviam trazido idade, rugas e peso ao rosto no espelho, mas nada podia destruir o amor e a afeição.

J.D. não queria que Teri se machucasse mais. Contudo, a verdade era óbvia.

– É a coisa certa a se fazer, Teri.

Ela puxou as mãos e limpou as bochechas. Respirou fundo, e ele pôde ouvir o tremor em sua voz:

– Eu não quero fazer a coisa certa. Só quero...

Ela gaguejou e mais lágrimas brotaram. Seus olhos ternos ainda continuavam iguais, os mesmos pelos quais ele tinha se apaixonado no primeiro dia na escola. Os olhos que o olharam e lhe pediram para ir até ela e amá-la. Os olhos inocentes que não conheciam o mundo cruel do lado de fora e precisavam de ajuda para serem guiados.

J.D. não tinha certeza se havia feito um bom papel a esse respeito.

Ele tentou puxá-la para perto de si, mas ela o empurrou.

– Eu entendo – disse ele com uma voz suave. – Mas isso nunca vai acontecer. Ela se foi. E, querida, Kathleen não teria feito isso por elas? Por essa garotinha?

Não havia nada de raiva ou complacência em sua voz. Ele sinceramente queria dizer aquilo.

Teri não respondeu e saiu da sala de jantar. J.D. sabia que precisava lhe dar tempo. É o que o psicólogo tinha dito anos atrás. Dar-lhe tempo. Então, ele marcou o calendário de sua alma com uma caneta vermelha. Talvez eles ainda encontrassem um pouco de paz a respeito de Kathleen nesta vida. Isso ainda não tinha acontecido. Mas J.D. não desistiria. Ainda não.

PASSADOS ALGUNS MOMENTOS, depois de apagar a maior parte das luzes do andar de baixo e verificar novamente se todas as portas estavam fechadas – algo que ele há muito tempo não se via fazendo –, J.D. subiu as escadas com o mesmo cuidado que costumava subir quando Kathleen era recém-nascida. A casa ficava muito silenciosa naquela época porque Teri tinha uma obsessão por não acordar a bebê. J.D. ainda conhecia todos os estalos do piso da sua casa.

A porta do quarto de Kathleen estava entreaberta e ele pôde ouvir vozes conversando ao passar pelo corredor. J.D. não queria bisbilhotá-las, mas não pôde evitar de parar perto da porta ao ouvir a voz de Lily.

Ouvir outra vez uma menina na casa. Era como um homem que tinha ficado preso no trânsito da cidade e finalmente tinha conseguido tirar seus sapatos e respirar o ar do oceano.

– Posso chamá-los de vovó e vovô? – disse ela com uma voz doce.

J.D. não pôde evitar o sorriso.

– Ainda não, querida. Primeiro, precisamos ver se isso tudo vai dar certo.

– Mas eles gostam da gente, não? Quero dizer, não foi por isso que eles nos trouxeram até aqui?

– Bem, eles já iam trazer alguém para a casa deles – disse Samantha. – E aconteceu de sermos nós. Mas tudo isso ainda é novo para eles.

J.D. queria dizer a Samantha que ela estava errada. Não é que eles simplesmente precisassem tirar alguém da rua e trazer à sua casa.

Vocês são nossos alguéns.

E ele realmente acreditava que Deus havia permitido que eles se conhecessem.

– De qualquer maneira, acho que precisamos agradecer a Jesus – disse Lily.

Houve uma pausa e por um momento J.D. pensou em sair do corredor e ir para o quarto. Entretanto, ele permaneceu ouvindo, esperando.

– Vamos, mamãe. Eu gosto de poder dormir em uma cama e não ter medo de ir ao banheiro.

– Você está certa, querida.

– Obrigada, Jesus, por ser tão bom conosco. Por nos guardar. E por sempre cuidar de nós.

Houve um barulho. Parecia que Samantha estava abraçando e beijando a filha. E se não estivesse, J.D. entraria no quarto e ele mesmo o faria.

– O que você quer agradecer a Jesus, mamãe? Você tem que dizer.

– Por você, querida. Por você.

Um rio repleto de memórias preencheu J.D. à medida que ele caminhava até o seu quarto, com um sorriso no rosto e lágrimas nos olhos. Ele sentiu como se o peso que o estava prendendo no chão por todo esse tempo tivesse sido tirado, e agora ele estava voando livre como um balão de hélio. J.D. não estava mais olhando para a terra. Ele olhou para o horizonte perguntando-se para onde o vento o levaria.

A algum lugar bom, ele esperava e orava.

JOE

Ele estava livre do fardo naquela manhã, e isso era bom. Talvez isso significasse que sua fé estivesse aumentando. Joe normalmente conhecia uma pessoa na igreja ou na rua. E, quando começava a conhecê-la melhor, ela ia embora. Ele ficava com um fardo, o que significava que precisava se lembrar delas e orar por elas. Joe sabia que não precisava se preocupar. Que a Bíblia dizia para entregarmos todas as nossas preocupações e medos a Deus, porque Ele cuida de tudo.

Ele cuida de Lily e Samantha também. Onde quer que elas estejam.

Confortava-o saber que Deus sabia exatamente onde a mãe e a filha estavam. Talvez Joe nunca mais as visse de novo. Acordar pela manhã e sentir-se assim... bem, era uma possibilidade que poderia tornar-se realidade. Mas tudo bem. Ele tinha que confiar em Deus que Sua vontade seria feita.

Agora Joe tinha que finalizar o piso que estava limpando na sala anexa à cozinha. A grande máquina com a qual ele estava trabalhando – uma enceradeira que devia ter a mesma idade que ele – era difícil de controlar e ia ficando cada vez mais pesada em suas mãos. Joe costumava levantar mais peso que todos ao seu redor. As pessoas lutavam para conseguir levantar, enquanto Joe rapidamente vinha e erguia o que fosse. Mas isso era passado.

Um passado não tão bom quando eu acreditava que era Sansão sem todos aqueles cabelos.

Ele estava olhando para o chão quando uma pessoa entrou na sala. Joe de imediato reconheceu o moço. Era o garoto da noite anterior. Ele estava carregando uma mala nas costas e uma Bíblia na mão.

O barulho do motor da máquina sumiu.

– Você voltou? – Joe perguntou com um sorriso de boas-vindas.

O garoto deu uma olhada em volta.

– Estou procurando o homem responsável por este lugar.

– Bem, Ele está no céu. Mas acho que você está procurando o pastor Matt. Venha, vou levá-lo até ele.

Nada tinha mudado no comportamento do menino. Ele parecia ansioso e inquieto, como se alguém fosse capturá-lo a qualquer momento. Enquanto Joe o conduzia por um corredor em direção aos escritórios atrás do templo, ficou pensando o que faria se policiais aparecessem.

Ele bateu à porta do pastor e entrou. O pastor estava em sua mesa. Joe gostava do fato de ele ter uma política de portas abertas. As pessoas podiam entrar quando quisessem. Não era preciso agendar um horário com uma secretária. Se e quando as pessoas precisassem do pastor – e elas sempre tinham alguma necessidade –, haveria alguém esperando e disponível.

– Pastor... Tem uma pessoa aqui que gostaria de vê-lo.

O menino entrou devagar no escritório e deu uma olhada ao redor. As paredes estavam cobertas de livros. Havia uma cruz na parede, maior do que a de madeira que o pastor Matt tinha dado naquela outra noite. O pastor estava atrás de um grande monitor de computador no qual trabalhava.

Joe ia deixar os dois a sós, esperando que o menino encontrasse o que queria.

– Não, por favor – o garoto gritou atrás dele. – Quero que você fique.

Joe encolheu os ombros e olhou para o pastor Matt. Ele sabia que o pastor não se importaria, mas estava curioso para saber o que o rapaz queria e por que exigia a presença dele.

O garoto pegou a mala nas mãos e levantou-se para que os dois a vissem.

– Ouça, ontem à noite, este homem me salvou – disse o menino, apontando para Joe. – Quero dizer, Jesus me salvou, mas este homem era definitivamente parte de Seu plano. Assim como você. E, quando ouvi você falar, eu sabia que estava falando comigo, apesar de você não saber disso. O que estou tentando dizer é: eu pedi para o Senhor me salvar e ele me salvou. O que significa que esta mala aqui não é mais minha. Quero que isso seja útil para alguma coisa, porque até agora não me fez bem algum. Quero que esta mala ajude outras pessoas. Para transformá-las assim como me transformou, se é que vocês me entendem.

As palavras do menino foram vomitadas muito rapidamente, com uma energia nervosa que Joe teve dificuldade para entender. Ele podia ver que o pastor também estava tentando processar tudo aquilo que estava sendo dito. Antes que um dos dois pudesse responder, o garoto pegou a mala e a jogou em cima da mesa. Em seguida, ele abriu o zíper para lhes mostrar o que havia dentro.

Isso fez com que o pote de desejos de Joe parecesse um cofrinho de criança.

Pastor Matt ficou parado olhando para todo aquele dinheiro, que era uma quantia muito maior do que Joe já tinha visto em toda a sua vida. E, de um jeito típico de pastor, ele olhou para o menino com o rosto calmo e amigável.

– Não posso aceitar isso – disse Mattew.

– Não me peça para devolver o dinheiro – falou o garoto negro. – Já era um dinheiro sujo quando o roubei.

O pastor deu uma rápida olhada para Joe.

– Mesmo assim não posso aceitá-lo.

– Por que não? Na noite passada, eu li como Jesus foi morto, que Judas devolveu ao Templo o dinheiro deles. Eles não podiam ficar com o dinheiro, e então fizeram alguma outra coisa com ele.

O pastor deu um aceno do tipo "sim, mas..." com suas mãos começando a se abrir, mas o menino continuou falando rápida e furiosamente.

– Pensei no seguinte: este dinheiro é como pecado. E pecado é morte. Então guardar o dinheiro seria o mesmo que pedir para morrer. Mas não apenas morrer, e sim o inferno e a condenação.

Em seu tempo, o pastor acenou com a cabeça e esperou um pouco antes de falar. Joe admirava isso nele. Era cuidadoso ao falar, sempre pensava antes de dizer alguma coisa.

– Você tem lido a Bíblia – disse ao garoto.

Bonitão estava com a Bíblia nas mãos. Ele deu um sorriso envergonhado.

– Eu meio que a roubei do quarto do hotel.

Outra pausa. Joe continuou ouvindo, esperando o pastor falar. Ele não queria dizer nada. Estava adorando saber o que tinha acontecido com aquele jovem rapaz, mas não sabia o que fazer com todo aquele dinheiro.

Eu levaria a um abrigo e o distribuiria a todos os necessitados, cogitou Joe.

Ele não pensaria duas vezes. Mas, novamente, Joe não era o pastor.

– Quem dera eu fosse Salomão – disse o pastor como se estivesse falando com a mala de dinheiro.

– Quem? – perguntou o garoto.

– O mais sábio de todos os homens, que sempre sabia como resolver um problema difícil.

– Bem, acho que ele ficaria com o dinheiro se fosse mesmo muito inteligente.

O pastor acenou com a cabeça e depois olhou novamente para Joe.

– Acho que você está certo. Ele ficaria com o dinheiro... E depois o daria a alguém.

Você está lendo a minha mente, pastor Matt.

Joe olhou de novo para a mala cheia de dinheiro. Novamente se lembrou de seu pote dos desejos.

Ele teve uma ideia.

GRACE

Grace estava no canto da sala do Centro de Aconselhamento a Gestantes, para onde tinha levado Maggie. A adolescente tinha pedido para que ela a levasse lá de manhã. Não que Grace a tivesse forçado a ir.

De manhã cedo, depois que elas tomaram café da manhã com Matthew e pouco antes de ele ir trabalhar, Grace ficou tentando encontrar uma coisa que queria dar a Maggie. Ela pouco tinha conseguido dormir. Estava preocupada e ficou pensando em Maggie. Grace não conseguia parar de pensar nela.

Nesta manhã, Grace deu a Maggie o item que estava procurando, uma linda roupinha cor-de-rosa que tinha comprado em uma loja de bebê tempos atrás, uma roupinha que crianças costumam usar quando são batizadas ou quando vão tirar sua primeira fotografia em estúdio.

– Tenho esta roupinha guardada há muito tempo, mas não creio que eu vá precisar dela – disse Grace ao dá-la a Maggie. – Quero que fique com você. Há cinquenta por cento de chance de acertarmos a cor.

Maggie, tão dócil e também tão inexperiente, como qualquer adolescente, pegou a roupinha e sorriu.

– Que gracinha. Obrigada. A cor é perfeita.

Ela parou e olhou para a sua barriga.

– Eu sinceramente acho que é uma menina.

E foi aí que Grace disse a ela que era fácil descobrir. E Maggie ficou extremamente feliz com a possibilidade. Ela deslizou na cadeira da cozinha com os olhos arregalados.

– Como posso descobrir?

Agora, Maggie está deitada na mesa de exame com a barriga exposta e coberta de gel. Grace ficou assistindo à técnica de ultrassom fazer o exame.

– Você está pronta para ver seu bebê? – perguntou a mulher para Maggie.

Maggie acenou a cabeça, ansiosa. Grace respondeu com um sorriso afirmativo.

Grace tinha imaginado este momento inúmeras vezes. O aparelho movendo-se em sua barriga. As luzes e linhas pulsantes na tela plana à sua frente. O som do coração batendo.

Levou apenas alguns momentos, e então a enfermeira parou de mexer o aparelho.

– Está vendo? – disse a Maggie.

Como a gravidez já estava bastante adiantada, era fácil identificar a imagem na tela. O bebê estava dormindo, a cabeça redonda e a ponta arrebitada do nariz. As perninhas estavam enroladas e uma das mãos estava perto do rosto.

Maggie sorriu e balançou a cabeça, maravilhada com a imagem que se mexia e se deslocava ligeiramente.

– Você está certa – disse a técnica. – É uma menininha.

A jovem garota absorveu a imagem e a informação. Depois, olhou para Grace.

– Ela é linda – disse Maggie.

Sua vida nunca mais será a mesma, Grace pensou.

Havia uma coisa tão pura naquela sala e naquela imagem. Grace não sentiu nem um pouco de inveja ou ciúmes e ela sequer sabia por quê.

Ela sentiu seu coração cheio e batendo, assim como a pequenina vida dentro de Maggie.

Uma linda bebê cujos avós não queriam. Mas a mãe queria. E precisava dela.

Eu preciso dela também, Grace concluiu. *Esta menina e sua filha foram dois presentes que Deus me deu.*

Grace fechou os olhos, já cheios de lágrimas, e fez uma oração rápida e silenciosa para abençoar as meninas de forma magnífica e surpreendente.

J.D.

A ROTINA REGULAR DE TODAS AS MANHÃS tinha sofrido uma drástica alteração, o que não era um problema para J.D. Teri lavou a louça enquanto ele fez o café na cafeteira. Preparavam um grande café da manhã com ovos, bacon, waffles, frutas e até rosquinhas. J.D. correu logo cedo para o mercado para que tivessem uma mesa farta. Samantha e Lily não comeram muito, mas ele estava feliz por elas ainda estarem na casa.

O barulho da água correndo no andar de cima lhe dizia que Samantha estava tomando banho. Outro bom sinal.

J.D. olhou para as fotos na parede da sala de estar. Lily tinha lhe perguntado sobre elas pela manhã, e ele tinha dito que aquele garoto magro na vestimenta camuflada era ele. Em seguida, J.D. lhe falou sobre a Marinha e a Guerra do Vietnã, e como ele tinha ganhado aquelas lembranças agora emolduradas e pregadas ao lado das fotos.

Teri ficou surpresa ao vê-lo contar tanta coisa. Ele normalmente não falava muito sobre o Vietnã. Mas Lily queria saber, e por isso J.D. lhe contou.

O som de uma risada no andar de cima fez J.D. e Teri se encararem. Ele adorava aquele som.

– Agora existe um som que não ouvimos há muito tempo – disse à esposa.

Ela secou as mãos e foi até as escadas para verificar. J.D. tomou seu café e esperou por um momento, e depois a seguiu.

Lily estava rodopiando no corredor com uma série de piruetas. Aliás, tentativas de piruetas. Mas era adorável vê-la tentar, com as mãos para o alto e as pernas flexionadas. J.D. percebeu que ela estava segurando uma Barbie Bailarina nas mãos.

Ela viu as fotos na parede.

Na noite anterior, assim que elas chegaram, o corredor estava muito escuro para vê-las. Mas agora estavam bem evidentes, já que as paredes eram cobertas de fotos.

Fotos de sua pequena bailarina.

Havia algumas fotos de Kathleen com mais ou menos a mesma idade de Lily.

Lily continuou girando em direção a Teri, que a segurou com os dois braços para que a menina não caísse.

J.D. ficou observando-as no corredor. Os olhos de Lily se focaram nas fotos pelas quais ela tinha acabado de passar.

– Ela é tão bonita – a voz sincera e inocente disse a Teri.

– Sim – disse Teri. – Ela era.

De repente, o brilho e a coragem no rosto da menina foram escurecendo e diminuindo. Lily se deu conta da realidade, apesar de sua tenra idade. Eram fotos da filha deles, que não estava mais aqui. Lily devia estar pensando que tinha causado algum problema.

– Vou tentar não lembrá-la de sua filha – Lily disse a Teri.

E então chegou a hora.

O momento.

A porta aberta e a chance.

J.D. só conseguia ver o rosto da menina, não o de Teri. Mas ele pensou e esperou, imaginando o que sua esposa devia estar sentindo e pensando.

Então...

Sua mulher curvou-se e ajoelhou-se, pegando a menina nos braços.

– Não se preocupe, querida – falou Teri. – Seja você mesma e tudo ficará bem.

Teri agarrou a menina nos braços e não a soltou. Lily pareceu surpresa e alegre. J.D. presumiu que havia lágrimas no rosto de Teri. Entretanto, ele também pensou que alguma coisa estava diferente.

Algo tinha mudado. No bom sentido.

Talvez apenas uma pessoa pudesse ajudar Teri. E essa pessoa não era J.D.

Talvez aquelas piruetas de esperança fossem embelezar a casa – e os corações – novamente.

Talvez isso já tivesse acontecido.

ELENA

Ela não se lembrava de quando tinha sido a última vez que tinha visto Bobby em seu uniforme de gala azul. Apesar de ainda estar brava com ele, Elena não pôde deixar de notar quão elegante ele estava em frente ao espelho do quarto. Uma parte dela nem sequer queria saber o que estava acontecendo, mas ela tinha acabado de chegar do trabalho em casa e precisava perguntar:

– Aonde você vai?

Bobby continuou olhando para o espelho enquanto fazia um nó de gravata perfeito. Isso parecia irônico, dada a natureza perfeccionista de Bobby, que não era condizente com suas ações bastante imperfeitas.

– Audiência preliminar – respondeu. – A corporação quer ouvir o "meu lado" da história.

Elena ficou parada olhando para Bobby no espelho, querendo que ele olhasse para ela por um momento. Mas o marido parecia não compreender a gravidade de tudo.

– Você já decidiu o que vai falar? – perguntou Elena.

Seus olhos a fitaram.

– A verdade.

– Qual verdade? Aquela que manterá você no trabalho, ou aquela que o demitirá?

Bobby apertou a gravata, satisfeito com o resultado, e depois se virou para ela. A luz do sol atravessando a janela atrás dele fez seu perfil quase brilhar como algum tipo de anjo.

Ele precisa tirar a auréola e voltar para a terra.

Elena respirou fundo, acalmando-se e tentando desesperadamente fazer com que ele a ouvisse.

– Querido, vou lhe pedir pela última vez. Por favor, não faça isso.

O rosto quadrado, sólido e forte não mudou.

– Não tenho escolha.

– Oh, você está fazendo uma escolha, Bobby. Você tem feito muitas escolhas ultimamente.

– Tenho feito o quê?

Isso chamou a atenção dele.

Bom...

– Você decidiu começar a ir à igreja sem ao menos me perguntar como eu me sentia a respeito disso. Você arrisca a sua vida todos os dias por pessoas que não conhece, mas e nós? E eu? Tem ideia de quão sozinha eu me sinto? Você ao menos se preocupa com isso? Meu próprio irmão não se sente mais bem-vindo em minha casa. E agora isto. Você simplesmente vai jogar tudo fora. Mas, veja, você não tem opção.

Suas palavras ecoaram pelas paredes do quarto. Era uma pena que muitas das discussões entre eles – muitas mesmo – aconteciam em um lugar que deveria ser um santuário ou refúgio.

– Elena, estou tentando fazer a coisa certa. Você não percebe?

Ela só conseguia ver um homem teimoso e tolo agindo como uma criança. E fazia dois anos que ele estava agindo dessa maneira.

– Pense nos meninos. Será que ao menos você consegue pensar neles?

Elena sabia que não tinha absolutamente nada que Bobby não fizesse pelos meninos. As únicas vezes que ele cedia ou ia contra seus desejos se davam quando envolviam Michael e Rafael. Ela sabia disso, e estava agora usando isso contra ele.

– Estou pensando neles. Estou dando um exemplo de como eu espero que eles ajam quando forem homens.

As palavras que saíam de sua boca... Tão *tolas*, mas ele acreditava em cada uma delas. Com a mesma seriedade que demonstrara no dia do casamento deles.

– Você não entende – disse Bobby, implorando a ela. – A coisa mais fácil que eu poderia ter feito no dia do acidente (e a coisa mais fácil que eu poderia fazer agora) era não dizer nada e sair andando. Mas não posso. Não vou fazer isso.

Ela mordeu o lábio e balançou a cabeça, respirando fundo e tentando controlar suas emoções.

– Parece-me que você já tomou uma decisão – disse ela.

Elena agiu como quem acaba de ouvir uma mensagem automática de uma linha de atendimento ao cliente pelo telefone.

– Espero que dê certo, Bobby.

O jeito como ela disse seu nome pareceu mais um xingamento. Elena deixou Bobby, sua decisão e o destino da família no quarto. Ela tinha tentando sem sucesso. Não havia mais nada que ela pudesse fazer.

Bobby era seu marido, e não seu paciente. Ela apenas queria que ele agisse como tal.

LACEY

A RISADA DELE. De algum jeito, parecia preencher algumas das rachaduras dentro dela. Elas eram tantas, mas de qualquer maneira era bom pelo menos uma vez sentir-se como se não estivesse em pedaços.

– Que bela vista, não? – perguntou para Carlos enquanto caminhavam pela ciclovia perto da Avenida Fullerton.

Ele concordou com a cabeça e depois olhou para o horizonte da cidade.

– Acho que nunca vim aqui.

À esquerda deles, o Lago Michigan parecia calmo e interminável. Em breve a água começaria a congelar ou possivelmente seria coberta de gelo e neve.

– Você precisa ver este lugar no verão – disse Lacey. – É para onde todas as pessoas bonitas vêm para andar de bicicleta ou correr e exibir seus corpos magros e bronzeados.

– Você se inclui nisso? – perguntou ele com um sorriso.

– Eu sou aquela que normalmente está distraída e quase é atingida por um bando de ciclistas. Pode ser algo muito perigoso.

– Estamos falando dos ciclistas que vestem jaqueta de couro ou daqueles que vestem shortinhos justos?

Lacey não conseguiu segurar a risada. Era outra coisa que ela não fazia há muito tempo. Algo que ela mal tinha percebido que não existia mais até que aquele som a lembrou da sua existência.

– Você vai procurar sua irmã novamente? – Lacey perguntou.

Carlos tinha lhe contado sobre o incidente com sua irmã. Lacey ainda tinha que contar a ele sobre o incidente com a comida chinesa. Lacey não queria que Carlos pensasse que ela era completamente maluca. Apenas um pouco já era suficiente por enquanto.

– Não vou conseguir ver minha irmã perguntando onde nós nos conhecemos, tentando ser gentil e amigável. Eu teria que responder que, na ocasião, nós dois estávamos pensando em pular da ponte, mas que você é uma excelente pessoa.

– Parece mais um encontro planejado pelos céus – disse Lacey.

Uma rajada de vento fez Lacey enfiar as mãos em seu longo casaco. Carlos aproximou-se dela, esbarrando sem querer em seu braço. Ela gostava daquela leve conexão, pois isso a lembrava de que tinha alguém próximo, interessada nela e em cada palavra dita por ela.

– Você se importa se eu perguntar por que você entrou para a Marinha?

Carlos balançou a cabeça.

– Um cartaz… – respondeu.

Por um segundo Lacey pensou que ele estivesse brincando novamente.

– Não, estou falando sério – disse Carlos. – Quando eu era pequeno vi um cartaz. Você sabe, o uniforme, a arma. Se eu pudesse me inscrever naquele momento, eu teria sido o primeiro fuzileiro naval de oito anos de idade. Adorava ser fuzileiro.

– E o que mudou?

Ele olhou para o horizonte de novo.

– Eu – disse Carlos.

– Cansou de ser herói? – brincou.

Carlos riu e balançou a cabeça, seu rosto ainda perdido; ele parecia estar procurando alguma coisa a distância.

– Há uma coisa engraçada sobre a guerra. Ela mostra quem você é, não quem você quer ser.

Eles caminharam por alguns momentos em silêncio, até chegarem a um banco de pedra com vista para a água. Carlos sentou-se como se estivesse sozinho, precisando de um momento para refletir e recordar. Lacey ficou envergonhada, mas sentou-se ao lado dele, querendo saber aonde ele tinha ido.

Seu corpo estava firme e rígido, e Carlos parecia estar estudando o lago à sua frente. Carlos colocou as mãos no joelho e em seguida os ergueu como se estivesse tentando contraí-los. Ele enrolou os dedos, suas juntas estavam brancas, suas mãos tremendo, e ele apenas olhava para o espaço sem dizer nada.

Os demônios que costumavam bater na porta de Lacey durante a noite certamente faziam o mesmo com Carlos.

– Você está bem? – perguntou ela.

– Não muito.

Uma pausa.

– Memórias ruins? – Lacey perguntou.

Carlos acenou com a cabeça, sem olhar para ela, sem sorrir.

– Mais ou menos isso – respondeu.

– Sou boa ouvinte.

As palavras flutuaram entre eles por um momento. Lacey não sabia mais o que dizer.

Você já disse isso a outros caras também.

Esse momento também foi seguido de silêncio.

Ele vai falar quando estiver preparado. Ele só precisa de tempo. Dê-lhe este tempo.

Eles ainda tinham tempo. Ainda tinham o dia de hoje, e o de amanhã também. Na noite passada, o amanhã estava começando a escapar e se tornar uma impossibilidade.

Ele me devolveu o amanhã, então posso dar-lhe o tempo que for necessário.

Lacey começou a dizer que não tinha problema, que ela não precisava saber, mas Carlos começou a falar antes dela:

– Certa manhã, perto de um lugar chamado Sarbesha, estávamos presos em uma montanha de aproximadamente três mil e quinhentos metros, prestes a sermos achados. Então, do nada, apareceu um helicóptero, cortando o caminho através do vale, com uma metralhadora à mostra. Iria nos tirar dali. O piloto era meu amigo. Um grande homem coreano chamado Sam. Ainda posso ver seu rosto. Ele estava calmo e iria nos resgatar. Ele sorriu para mim...

Carlos estava olhando para Lacey agora enquanto contava a história. A intensidade permanecia em seu rosto e em seus olhos.

– ... Mas pouco abaixo de nosso perímetro, uma granada lançada por um foguete o encontrou. Explodiu a cauda do helicóptero e o jogou para baixo. Lembro-me da grande bola de fogo. Calor intenso. Quente o bastante para derreter as laterais da fuselagem. O chefe de tripulação e o copiloto já estavam mortos, mas, à nossa frente, vimos Sam preso na cabine do piloto. Ele estava a uns trinta metros de distância. Eu queria salvá-lo. Ele tinha ido me salvar. Mas eu não podia. Fiquei parado. Olhando. Eu estava muito assustado.

Carlos respirou fundo e apertou a mandíbula. Lacey sabia sem precisar perguntar.

– Ele morreu.

Seus olhos se voltaram para o céu, para trás, para o horizonte da cidade, enquanto Lacey o observava e se perguntava o que poderia dizer. Não havia o que dizer. Não agora. Ela tinha que conseguir entender sua dor, mas não as memórias. Ela apenas precisava ouvir, sentar-se ao lado dele e esperá-lo continuar.

– Agora eu entendo, cada vez mais claramente – disse Carlos. – É a minha punição.

Lacey queria tirar a capa de culpa que Carlos usava, da mesma maneira que ela sempre quis que alguém fizesse o mesmo por ela. Era como um casaco grosso, feio e grande que precisava ser jogado fora. Entretanto, por mais que alguém tentasse, não era possível tirá-lo.

O vento a fez tremer, e ela colocou os braços ao lado do seu corpo. O lago parecia tão grande e vazio.

Fale com ele. Diga alguma coisa. Fale o que você está pensando.

Foi o que ela fez:

– Não importa o que você fez ou deixou de fazer lá – disse Lacey. – O que sei é o seguinte: você me salvou.

Lacey deslizou sua mão sobre a dele. Carlos não reagiu. Ele continuou olhando para a água. Sua dor era tão clara quanto a cidade atrás dele.

Havia tanta coisa que ela poderia ter dito. Tantas coisas que ela queria dizer para Carlos. Mas Lacey simplesmente encostou a cabeça em seu ombro e ficou lá. Talvez – esperançosamente – tais palavras surgissem em algum momento.

JOE

Por um segundo, sentado na cama da sala de exame, sendo examinado pela enfermeira, Joe se lembrou de sua primeira noite na prisão.

Ensopado de suor, aterrorizado, olhos vidrados, corpo dormente por causa da cama plana e dura, cabeça ouvindo e vendo coisas que não existiam.

Tudo a respeito dele naquela época e cada aspecto de sua vida podiam ser resumidos em uma única palavra:

Fúria.

Foi o que o levou a matar um homem com as próprias mãos. Foi isso que o levou a Stateville, onde mais da metade dos presos eram assassinos condenados. Foi isso que o manteve seguro e vivo naqueles primeiros dias atrás das grades. E foi isso, inclusive, que finalmente o fez se arrepender.

Um fogo violento sendo extinguido e eliminado.

Aquele homem não existia mais há muito tempo, e o fogo que existia dentro dele fora substituído por outro fora de seu controle. Um tipo de fogo que o trouxe de volta ao hospital, de volta para ser provocado e escolhido.

Joe tinha tentado brincar com a enfermeira, mas ela não estava bem-humorada para rir. Nem para conversar. Nem ao menos para olhar para ele. Então Joe ficou quieto e a deixou fazer seu trabalho.

– Desculpe-me, estou encharcado – disse a ela.

Sua camiseta estava tão suada como se ele tivesse trabalhado o dia todo na praia em um dia de sol em Chicago. Ele tinha começado a suar na hora do almoço, ao sair da igreja.

O médico que depois apareceu também não parecia ser muito afável. Ele apertou a mão de Joe com firmeza e se apresentou como Dr. Farell. A enfermeira tirou o termômetro digital de seu ouvido para lhe dar a notícia:

– Febre de 40,3° C – disse ao médico. – Ele está queimando.

Não é preciso ser um médico para perceber isso.

Dr. Farell olhou para o iPad que estava nas mãos da enfermeira.

– Alguma condição importante? – perguntou o médico.

– Leucemia prolinfocítica de células T. Estágio quatro.

Isso certamente chamou sua atenção. Os dois o olharam daquele jeito que Joe conhecia bem. O tipo de olhar que as pessoas costumavam lhe dar mesmo quando ele não sabia o que significava célula T nem mesmo como pronunciar *prolinfocítica*. O olhar era como uma sentença de morte, como alguém prestes a ver um enforcamento. A maioria das pessoas não sabe que esse é um dos tipos mais raros de leucemia, mas ele podia apostar que o jovem e belo médico conhecia.

– Tenho também anemia severa – Joe continuou. – Baço e fígado muito aumentados.

– Nome do seu oncologista? – Dr. Farell perguntou.

Joe simpatizou com o médico, ele gostava do fato de não haver nenhum vestígio de falsa esperança ou simpatia. O médico queria os fatos e aqueles eram os fatos. Então vamos lá, e agora?

– Dr. Emil Baranek. Stateville Correctional Center, prisão de segurança máxima.

A enfermeira deixou os dois a sós, já tendo ouvido o suficiente. *Homem morto andando, vou ver meus outros pacientes*, a enfermeira pensou. O médico apenas acenou com a cabeça.

– Imagino que você esteja de licença por doença grave.

– Sim – respondeu Joe.

Aquele homem em frente a ele era tão elegante e arrumado. Joe podia apostar que ele usava aparador de pelo no nariz e nas orelhas. E provavelmente cortava os cabelos a cada duas semanas. Malhava regularmente, lavava suas roupas a seco, dirigia um carro luxuoso e tinha uma mulher ou namorada como troféu.

Mas sua alma está tão organizada quanto todo o resto?

As almas confusas e problemáticas eram as mais fáceis de salvar. Aquelas almas que Joe conhecia que tinham uma vida segura e confortável eram, em geral, as mais difíceis de se render.

Em algum momento, todos nós nos rendemos. De uma maneira ou de outra.

– Que tipo de cuidado você já recebeu desde que obteve a licença? – Dr. Farell perguntou.

Joe deu uma risadinha triste.

– Bem, praticamente só orei. Eu vim aqui nessa semana, mas não fui atendido. Acabei indo dormir na rua.

O médico franziu as sobrancelhas e o olhou com descrença.

– Você recebe um tempo de vida extra, seu sistema imune está altamente comprometido e então você decide passar a noite na rua?

– É complicado – respondeu Joe.

Ele tinha certeza de que o médico não iria querer ouvir a história toda e que também não iria agradá-lo.

– Há uma infecção afetando todo o seu sistema – disse Dr. Farell. – E será praticamente impossível controlá-la. Para ser sincero, faremos que se sinta confortável, mas isso será tudo.

Joe se lembrou daquela noite em que teve a oportunidade de conhecer Lily e Samantha. Ele não conseguiu evitar que um sorriso começasse a aparecer em seu rosto ao se lembrar das duas.

– Informalmente, eu diria que sua pequena aventura de "acampamento urbano" diminuiu seu tempo de vida de semanas para dias, se não menos.

Joe acenou para o *Dr. Sem Noção*. O rapaz não entendia e não conseguiria entender, e Joe nem sequer queria tentar.

– Sim, bem, valeu a pena.

J.D.

Alguém estava batendo na porta. Quem quer que fosse, não tinha tocado a campainha por alguma razão e preferia esmurrar a porta. J.D. e Teri estavam na cozinha conversando enquanto Samantha e Lily brincavam no andar de cima. O barulho interrompeu sua conversa sobre os invernos de Chicago.

Deve ter alguma coisa a ver com nossas hóspedes.

J.D. sabia que nunca recebiam visitas inesperadas. Teri não era do tipo que dizia aos amigos e familiares para irem até a sua casa quando quisessem. E a essa altura, amigos e familiares sabiam bem que tinham que agendar uma visita ou pelo menos ligar antes. Então, ele abriu a porta esperando que alguém fosse perguntar pela mãe e pela filha, esperando que não fosse um ex-marido ou ex-namorado bravo.

Um homem, vestindo um boné e uma jaqueta de basebol, provavelmente de trinta e poucos anos de idade, estava na porta segurando um pote cheio de dinheiro. J.D. iria ser educado e dizer-lhe que não queria o pote, mas então ele viu um táxi ligado dentro de sua garagem. Não tinha ninguém no banco do motorista.

– Samantha está aí? – o rapaz com um sotaque forte de Chicago e rosto redondo e sujo perguntou.

J.D. virou-se para chamar Samantha, mas ela já estava aproximando-se da porta com Teri.

– Você é a Samantha? – o motorista do táxi perguntou.

– Sim – respondeu ela com um tom incerto.

– Isto aqui é para você e sua filha.

Samantha aproximou-se da porta para conseguir ver o que o homem estava segurando. Ela não aceitou logo de cara, mas ficou atrás de J.D., desacreditada.

– Como ele sabia que estávamos aqui?

J.D. não sabia quem era esse "ele", mas podia imaginar.

– Ele não sabia – disse o motorista. – Ele me pediu para verificar nos abrigos próximos do Centro Médico de UC e procurar por uma mãe e uma filha chamadas Sam e Lily. Então, cheguei até o abrigo da Rua Dillon. Aparentemente, você jogou um bilhete por baixo da porta, pedindo para que eles não rebocassem seu carro e dizendo a eles onde você estaria.

Samantha olhou para J.D. sentindo-se culpada, mas ele tinha admirado seu pensamento. Se ele fosse algum maluco que raptava mãe e filha e prendia-as no porão, alguém em algum momento iria atrás delas.

O motorista entrou e entregou o pote de dinheiro a Samantha. Havia um bilhete preso no pote.

– As pessoas de fato confiam em você para lhe dar um pote de dinheiro e pedir que o entregue a outra pessoa? – Samantha perguntou.

O homem riu.

– Eu devo isso a ele. Joe me ajudou a sair de uma situação difícil. E não há muitas pessoas dispostas a fazer isso hoje em dia.

– Sim, ele nos ajudou também – disse Samantha.

– Não se esqueça de ler o bilhete – falou o motorista antes de começar a andar até o carro.

J.D. segurou o pote de dinheiro para que ela pudesse abrir a carta.

– Querida Sam – ela leu em voz alta –, tudo indica que terei que partir, e não acho que voltarei. O "pote dos desejos" é para você e Lily. Meu desejo para vocês duas é que todos os seus desejos se tornem realidade. Deus as abençoe. Seu amigo, Joe.

Samantha olhou para eles com suas olheiras escuras e fortes embaixo dos olhos e um olhar de espanto, igual ao que estava quando J.D. as trouxe para casa. Então, ela saiu rapidamente pela porta.

– Ele disse para onde estava indo? – perguntou ela.

O motorista parou o táxi.

– Joe está morrendo. Eu o deixei no hospital hoje de manhã.

Samantha virou-se para eles, com o bilhete em sua mão.

– Eu preciso vê-lo.

J.D. entendia. Quem quer que esse tal de Joe fosse, ele era uma alma boa que estava ajudando as duas.

Samantha abriu o pote e pegou um chumaço de dinheiro.

– Você pode me levar lá? – perguntou ao motorista, que continuava parado como se já soubesse que ela iria lhe pedir uma carona.

– Claro.

Por um momento, Samantha ficou parada, olhando para as escadas e para o andar de cima.

– Pode ir – disse J.D. – Ela vai ficar bem. Teri e eu vamos dar o almoço a ela e levá-la ao parque por umas duas horas.

– Obrigada. Por tudo.

Ele a viu correr e entrar no carro. J.D. olhou para Teri, com o pote ainda em suas mãos.

– Quer perguntar a Lily o que ela quer almoçar? – J.D. perguntou.

– O que você vai fazer?

– Vou contar quanto as duas têm de dinheiro.

Eu tinha passado a última hora lendo a palavra de Deus e meditando a respeito dela. Sei que esses são termos que se espera que saiam naturalmente da boca de um pastor, mas, na verdade, são uma necessidade para qualquer pessoa que crê em Cristo. Eram necessários para crescer, para ser filho de Deus, para saber o que Ele quer em sua vida. Eu costumava dizer às pessoas que se o único momento que elas passavam com Deus durante o dia era durante o devocional de quinze minutos, então suas prioridades estavam definitivamente longe de Deus.

Entretanto, o tempo que eu gastava não significava que todas as minhas perguntas eram respondidas. Não significava que, de repente, todos os problemas da vida eram resolvidos. Eu ainda tinha esse sentimento dentro de mim de que alguma coisa estava acontecendo, que o Espírito estava se movendo. Ainda não sabia exatamente como.

Mas a vida e a morte não esperam por ninguém. Deus controla essas duas coisas, e elas estavam prestes a se tornar centrais em minha vida naquela tarde tranquila.

Tudo começou com uma ligação de minha esposa. Ela mal me cumprimentou antes de dar a notícia:

— A bolsa de Maggie estourou — disse a voz frenética de Grace. — Vai nascer prematuro. E ela já está tendo contrações.

Instantaneamente me perguntei se aquilo tinha a ver com o ultrassom que tinham feito de manhã. Eu não entendia muita coisa sobre parto. Eu tinha uma ideia do que significavam contrações.

— Isso não significa que...

— Sim, é exatamente isso. Você precisa vir para casa e nos levar ao hospital — disse Grace.

— Por que você não a leva?

— Ela está com muita dor. Preciso que você dirija para eu poder ajudá-la.

— Tudo bem, acalme-se — falei à minha esposa. — Tudo vai dar certo.

E foi neste exato momento que vi um revólver apontado diretamente para a minha cabeça.

O garoto com o dinheiro.

Não era ele, mas logo percebei que tinha alguma coisa a ver com ele. O garoto armado tinha conseguido entrar em meu escritório de algum jeito. Acho que não havia mais ninguém na igreja. Joe já tinha se despedido mais cedo. Minha porta deve ter ficado um pouco aberta – eu não tinha certeza. Mas agora um homem negro de ombros largos com um olhar destemido apontava uma arma para mim.

Vamos com calma. Calma.

– Preciso desligar – falei para Grace. – Chegarei o mais rápido que puder.

Cuidadosamente, coloquei o telefone sobre a mesa e levantei as mãos.

– Ouça – disse devagar. – Há uma jovem garota que está tendo um bebê neste exato momento, e eu preciso levá-la ao hospital.

– Você deveria se preocupar com o seu futuro, e não com o dela. Cadê meu dinheiro?

Até aí nenhuma surpresa. Acenei com a cabeça.

– Está aqui. Não toquei nele.

Peguei a mala e coloquei sobre a mesa. De alguma maneira, eu sabia que a mala só poderia trazer problemas.

O garoto deu alguns passos para a frente e pegou a mala, e depois deu alguns passos para trás. A arma continuava firme em sua mão. Seria fácil dizer que ele era de uma gangue de algum lugar próximo, mas seria uma resposta muito simples. Quem conhecia a história deste homem? Eu já tinha ouvido bastante coisa sobre eles e até tinha tido a sorte de receber alguns deles na igreja, como o menino que a adentrou por acaso quando eu estava pregando.

O desconhecido me xingou como se estivesse cuspindo no chão.

– O que Jesus diria ao saber que você pegou o meu dinheiro? – perguntou. Meu batimento cardíaco estava diminuindo, mas eu ainda não conseguia me mover da cadeira e mal conseguia respirar. Minha mãos continuavam levantadas, e cada simples movimento meu era em câmera lenta.

– Eu acho que ele saberia que eu não queria esse dinheiro, em primeiro lugar – respondi.

– Então você acredita em Jesus? – perguntou o garoto.

Era a segunda vez que me faziam esta pergunta recentemente. Primeiro um homem carregando uma cruz e depois um garoto com uma arma na mão.

Deus está tentando me mostrar alguma coisa.

— Acredito — falei com plena confiança.

Eu estava mais confiante do que quando me perguntaram da última vez.

— E você acredita que vai vê-Lo se eu puxar este gatilho?

Acenei com a cabeça.

— Sim. Acredito que todos iremos vê-Lo, mais cedo ou mais tarde.

Ele soltou uma risada, o que liberou um pouco da tensão do meu corpo. Eu poderia dizer que ele achou meu comentário muito engraçado.

— Bem, tenho certeza de que você vai entender que eu espero que você esteja errado.

Vou entender qualquer coisa se você sair daqui.

Não me mexi, o alarme em minha cabeça me lembrando de que Maggie estava entrando em trabalho de parto.

— Não quero ver você me seguindo lá fora, entendeu? — disse o rapaz enquanto saía pela porta. — E não quero ouvi-lo ligando para a polícia.

Acenei com a cabeça. Eu estava quase lhe dizendo que não tinha sentido ligar para os policiais para falar sobre uma mala de dinheiro roubado que eu estava guardando embaixo da minha mesa. Eu não achava que eles acreditariam em minha história.

Ele ficou parado na porta, ainda apontando a arma para mim, os segundos caindo como dominós. Em seguida, por sorte, o desconhecido e o dinheiro se foram.

Congelado e calado, esperei, ouvindo e olhando para o nada. E enquanto eu esperava, agradeci a Deus por me salvar. Então, orei para que Deus fizesse o mesmo por Maggie e seu bebê.

— JOE —

EM SEUS SONHOS, Joe viu uma bela e jovem mulher aproximando-se, sorrindo e segurando em sua mão. Sua mão. Olhos castanhos e compassivos olhando para ele, não como se ele estivesse atrás das grades, mas como se ele significasse alguma coisa para ela. Como se ela precisasse estar ali. Como se o tempo não tivesse importância, mas o que importava era esperar por ele.

Seria um belo sonho. Mas Joe percebeu, ao abrir os olhos, que Samantha estava de fato ao seu lado, olhando para ele e segurando sua mão.

– Ei, olá – disse ele com uma voz fraca, surpreendendo a si mesmo.

– Oi, Joe. Sinto muito.

Ela falou como se o conhecesse há anos. Era algo bom de se ouvir.

– Eu não tinha ideia de que você...

– Todos estão morrendo – disse ele com um sorriso, tentando fazê-la sentir-se bem. – Só estou entre os primeiros da fila agora.

Samantha ficou um pouco mais confortável, o que deixou Joe feliz.

– Obrigado por vir – disse Joe.

– Você não quer que outras pessoas venham vê-lo? Amigos?

– Não tenho amigos. A menos que você considere meu pastor. Ele me deu um emprego, deixando-me trabalhar como porteiro. Mesmo conhecendo toda a minha história. Inteirinha. Mas acho que ele já fez o bastante por mim.

– Família? – perguntou ela.

Joe percebeu que era hora de lhe dizer a verdade. Não as histórias de terror, mas a bela e terrível verdade que ele odiava reviver. Assim como a tatuagem em seu corpo, era parte de sua vida e legado. Ele nunca poderia deixar de vê-la.

No entanto, a luz dentro de mim ofusca a escuridão desses feitos do passado.

– Não tenho mais família – declarou ele. – Há muito tempo, tive uma menina. Ela tinha a mesma idade de Lily na época. Meu anjinho. Eu a amava, e ela me admirava muito. Ainda posso senti-la me abraçando e gritando em meu ouvido: "papai!". Mas então me meti em apuros. Apuros de verdade, daqueles que você nem sempre consegue sair. E quando consegui sair? Ela já era uma mulher completamente madura e independente. E sem vontade de conhecer um ex-presidiário à beira da morte. Ela não precisava mais de um pai.

Havia dor no olhar de Samantha. Joe conhecia bem.

– Eu entendi, especialmente porque nunca fui um pai de verdade. Acho que é por isso que gostei tanto de você e de Lily. Eu era egoísta, imagino.

– Não diria egoísta – disse Samantha. – Apenas humano.

Joe acenou com a cabeça. Ele ficou imaginando se pudesse conversar com sua filha agora e lembrá-la novamente sobre seus arrependimentos e mágoas. Dizer a ela que ele a amava e pedir perdão.

Deus não atendeu essa porta. Mas abriu outra.

A menininha desenhando em seu caderno naquela noite no hospital. Joe ainda podia ver Lily ao seu lado.

– Você está com medo? – Samantha perguntou.

– Não. Jesus sempre teve um espaço agradável para os pecadores, então acredito que tenho onde ficar.

O olhar assustado tomou conta mais uma vez do rosto de Samantha, apesar de estar sorrindo. Joe entendia. Ah, se ao menos ele pudesse explicar como entendia aquela incerteza em seus olhos e o peso em todo o seu rosto.

Já vi isso muitas vezes e em muitas pessoas, pensou ele.

– Ele a ama, Samantha. Você vai ver isso. E de alguma maneira, quando você menos esperar, você vai saber. Vai saber com certeza.

Samantha encolheu os ombros e moveu a mão para coçar a nuca.

– Como você tem tanta certeza? – perguntou ela.

– Porque Ele é Deus.

BOBBY

SENTADO NO TRIBUNAL, no banco atrás da porta de madeira, Bobby lembrou-se de quando, no primeiro ano do Ensino Médio, foi enviado para a sala do diretor. Foi sua primeira e única vez, e a única razão pela qual ele estava lá era porque defendeu um colega que estava sendo importunado por um menino mais velho. Naquele dia ele aprendeu que existiam maneiras muito melhores de resolver um problema do que dar um soco no rosto de uma criança. Aquela deve ter sido uma das primeiras vezes que ele percebeu que queria ajudar as pessoas do melhor jeito possível.

Falar sobre a eternidade. Havia alguma coisa melhor que ele pudesse fazer? Se este mundo e esta vida são na verdade apenas um piscar de olhos em uma interminável série de piscar de olhos pelo resto da vida, por que então ele não poderia conversar a respeito disso com os outros?

O barulho dos saltos andando pelo corredor o fez olhar para a mulher loira que estava se aproximando. Ela carregava uma pasta e um pouco de arrogância também. Uma mulher cheia de si – sua aparência, seu trabalho, sua confiança, tudo. Do tipo que destruiria qualquer pessoa na sala de tribunal.

Bobby não ficou surpreso ao vê-la sentar-se ao lado dele.

– Bobby Wilson, certo?

Uma voz dura também.

– Sim. Posso ajudá-la?

– Talvez você não queira – disse ela como se fosse policial. – Sou a advogada da Lauren Carson, da viúva de Steven Carson.

– Ah... – Foi tudo que ele conseguiu dizer.

Aposto que você tem excelentes notícias para mim hoje, certo?, pensou ele com ironia.

– Posso lhe fazer uma pergunta? – falou a advogada.

– Há alguma maneira de eu impedi-la?

Bobby estava tentando ser engraçado, mas essa palavra provavelmente não existia no mundo daquela mulher.

– Em alguns minutos, você vai entrar ali, e a corporação, o departamento e o município vão tentar enforcá-lo. E você vai deixá-los fazer isso. É isso mesmo?

– Esta deve ser a dimensão – disse Bobby.

– E depois disso eu vou levá-lo para ver tudo que acontecerá com você. Entretanto, você ainda pretende continuar com isso?

Diga-me como você realmente se sente, ela pensou enquanto Bobby respondia.

– Sim.

Ele já tinha tomado a decisão. Na verdade, não era uma decisão. Tinham sido uma escolha e uma decisão tomadas anos atrás. Há cerca de dois mil anos. E tinha sido muito mais difícil do que a de hoje.

A mulher balançou a cabeça, completamente frustrada.

– Por quê? – perguntou.

Seu tom de repente começou a diminuir. Era como se aquele fosse seu verdadeiro eu, como se ela tivesse tirado a roupa de advogada e estivesse simplesmente conversando, de um ser humano para outro.

Era uma outra oportunidade, como a que ele tinha tido com Steven Carson.

– Uma vez me perguntaram o seguinte: "Se você fosse acusado pelo crime de ser cristão, haveria provas suficientes para condená-lo?". Considerando tudo que você está dizendo, parece-me que a resposta seria "sim". Se o que eu fiz for considerado crime, bem, então ficarei orgulhoso de ser declarado "culpado".

O rosto macio e perfeito permaneceu ali como um quadro pregado na parede. Ela continuava sem entender.

Existe um lugar lá fora, e a mim me foram dadas as coordenadas para isso, e eu preciso dizer isso às pessoas.

– Dividi minha fé com um homem à beira da morte. Algo que já fiz inúmeras vezes nos últimos dois anos. Falei de Deus às pessoas mesmo quando não tinha um relacionamento pessoal com elas. Ninguém nunca se importou com isso. Apenas desta vez se importaram.

Ela balançou a cabeça, discordando de suas palavras.

– Os tempos mudam. E as pessoas que são inteligentes mudam com ele.

Bobby fez a mesma coisa que ela, recusando-se a acreditar em suas palavras.

– Eu não matei o marido de sua cliente. Em termos médicos, fiz tudo que podia.

A mulher olhou à sua volta por um momento, e em seguida falou em um tom mais moderado:

– Extraoficial? Isso realmente não me importa.

– Então por que...

– Pela minha cliente? Trata-se de punir você. Você precisa saber disso. E, para todos nós, incluindo a cidade, trata-se de finalmente impedir pessoas como você de empurrar suas crenças aos outros. Não espero que você entenda isso. Mas é algo que você deveria compreender se ainda não o fez.

Ela enfiou a mão na sua pasta e pegou alguma coisa familiar.

A cruz de madeira que ele tinha dado a Steven antes de o homem morrer.

– Esta cruz vai lhe custar caro.

A porta ao lado deles se abriu e o delegado do município saiu.

– Eles estão prontos para você.

Pelo menos, o suplente pareceu ter um pouco de compaixão pela situação.

Eles se levantaram e Bobby endireitou seu uniforme. A mulher olhou para ele sem empatia ou compreensão.

Era o mesmo tipo de olhar que mudou a humanidade há dois mil anos.

Bobby entrou na sala do tribunal, com a certeza de que Deus estava com ele.

LACEY

Era como o interruptor apagando todas as luzes.

Eles foram andando pela calçada mal iluminada depois de o motorista de táxi os deixar perto do apartamento de Lacey. Depois que Carlos contou sua história, um silêncio envolveu-os. Ela tentou mudar de assunto e falar sobre outras coisas, tentou fazer piada e até permitiu que o silêncio se prolongasse por mais tempo do que ela queria. Mas nada estava funcionando.

Ele está se fechando e não posso fazer nada a respeito.

Uma parte dentro dela estava gritando por dentro à medida que eles se aproximavam da porta de seu edifício. Ela não queria chegar porque sabia o que ele iria dizer.

A mesma coisa que eles sempre dizem.

Lacey tentou dizer a si mesma que desta vez seria diferente, que Carlos não era desse tipo e que era uma situação completamente diferente. Entretanto, aquela profunda insegurança que a rodeava como os ventos de Chicago sussurrou que talvez tivesse alguma coisa a ver com ela. Talvez, quando as pessoas a conheciam, elas não se impressionavam muito. Viam como ela era e sentiam um grande descontentamento e então seguiam a vida delas.

Pare com isso, Lacey. Pare.

Ela podia ver o rosto dele sob o brilho da luz do poste acima deles. Tinha anoitecido rapidamente, mas eles nem sequer tinham falado sobre jantar. O almoço tinha sido tão tranquilo e divertido. Mas isso tinha sido antes de o passado ser trazido à tona. Antes de a mágoa ser desenterrada e exposta.

– Você quer ficar para jantar? – perguntou ela ao seu amigo calado. – Posso fazer um sanduíche.

Lacey queria manter o clima leve e evitar aquele assunto, embora tudo dentro dela quisesse dizer a Carlos que ela entendia. Ela o compreendia. Ela não serviu no Afeganistão e não viu pessoas morrendo na sua frente, mas Lacey tinha conhecimento sobre guerra e luto. Você não precisa sair do seu país para ver coisas terríveis em sua vida. Não era preciso ver sangue para lamentar a perda de um ente querido.

– Acho que não é uma boa ideia – disse ele vagarosamente.

– Por que não? Diga-me, o que houve?

– Nada. Não é você. É que... Não me lembro o que é sentir outra coisa além de vergonha.

Ela se aproximou para que ele pudesse ver seus olhos sinceros.

– Carlos, você pode superar isso. Posso ajudá-lo...

– É exatamente isso. Ninguém pode me ajudar.

Pouco tempo atrás, Lacey havia dito a mesma coisa a respeito dela. Ela também tinha acreditado nisso. Mas ela estava sozinha e ainda não tinha visto o poder extraordinário da coincidência.

E eu não acreditava.

– Não foi um erro termos nos conhecido – disse ela.

– Não. Mas mais cedo ou mais tarde, será.

Lacey pegou as mãos dele e tentou afastar dele esse medo, essa vergonha e toda essa escuridão.

– Você não pode saber – afirmou Lacey. – Por favor. Por toda a minha vida, todas as pessoas importantes para mim me deixaram. Não faça isso também.

– Lacey, me preocupo com você, de verdade. E é por essa razão que preciso fazer isso. Você merece alguém melhor. E eu, deste jeito? Estou completamente perturbado.

Carlos não esperou para ver ou ouvir sua resposta. Ele a puxou para si e a envolveu com um abraço. Tudo a respeito dele era tão duro, tão rígido. Lacey se encaixava naqueles braços, seu casaco macio e até mesmo seu coração mole talvez fizessem bem a ele. Lacey podia se moldar a situações difíceis. Ela sabia que existia uma alma amável e gentil dentro dele. Ela já a tinha visto.

Carlos a segurou por um longo tempo. E por um momento, Lacey pensou que ele tivesse mudado de ideia. No entanto, ele finalmente se afastou e olhou para ela com aquele olhar.

É um olhar de adeus.

Lacey conhecia muito bem. Ela já tinha visto esse olhar diversas vezes.

– Desculpe-me – disse ele, virando-se para ir embora.

Detenha-o. Agarre-o. Traga-o de volta, encorajou-se.

– Nós dois estamos perturbados, você sabe – Lacey gritou para a imagem desaparecendo no escuro.

Logo Carlos desapareceu, incapaz de ver seu rosto coberto por suas mãos, relutante em ficar lá com os braços em torno dela.

Deixando-a, como todos acabavam fazendo.

JOE

A LUZ TINHA DESAPARECIDO, deixando apenas o brilho frio das luzes do hospital acima dele, contudo isso não era problema para Joe. Havia bastante luz no quarto. Ele só não sabia quanto tempo durariam.

– Você tem certeza de que não precisa voltar para Lily?

Samantha balançou a cabeça.

– Eu liguei para os Newtons enquanto a enfermeira o examinava. Eles disseram que ela está ótima. Falaram que provavelmente seriam necessários três alarmes de incêndio para distraí-la da casinha de bonecas onde ela estava brincando.

Joe riu. Ele podia vê-la ajoelhada brincando com a casinha e as pessoas imaginárias. Essa era a beleza de ser criança. Sonhar em ter a casa perfeita com a família perfeita. A única coisa que podia se quebrar em casinhas de boneca eram os brinquedos dentro dela. Lily não sabia que parte de ficar mais velha era ter o coração partido.

– Você se arrepende de alguma coisa, Joe?

Samantha deve ter notado certa melancolia em seu rosto. Ele acenou com a cabeça.

– Tenho apenas arrependimentos. Mas nenhuma queixa.

A tosse veio e o prendeu por um tempo, sacudindo-o e forçando-o a fechar os olhos por causa do tremor. Quando abriu os olhos, Samantha estava sentada com um olhar afirmativo e simpático.

– Esses arrependimentos fizeram com que eu dobrasse meus joelhos – contou ele. – E com isso recebi perdão. Mas, sabe, eu realmente gostaria de poder ter convidado você para jantar.

Um rubor tomou conta de seu rosto amável quando ela deu um tímido sorriso. Era algo adorável de ver. Tão diferente do terror que preenchia seu rosto quando ele a havia conhecido no hospital.

– E você acha que eu teria aceitado? – perguntou Samantha.

Joe riu da sua pergunta. Num outro mundo qualquer, eles poderiam ter se conhecido e estar sentados em algum outro lugar, tendo a mesma conversa. Samantha poderia não estar morando na rua e ele poderia não estar à beira da morte.

Mas neste caso nunca teríamos nos conhecido.

Ela se aproximou da cama.

– Joe. Nós não nos conhecemos há muito tempo, mas nenhum homem nunca nos tratou tão bem. Então considere minha resposta como um definitivo "sim". Em vigor, a partir deste momento.

– Então este é o nosso primeiro encontro?

Samantha deu um aceno encantador com a cabeça.

– Tudo bem – disse Joe. – Mas apenas se você me deixar escolher a mesa.

Ele esperava ouvir outra risada dela, mas isso pareceu fazer querê-la chorar.

– Ei, desculpe-me. Não tive a intenção de fazer uma piada. É que... às vezes é mais fácil.

Samantha acenou com a cabeça e entendeu.

– Eu só queria... Eu queria poder fazer alguma coisa.

Ela ainda não tem ideia.

– Há uma coisa que você pode fazer – disse Joe.

– O quê?

– Eu poderia ver Lily pela última vez? Vou entender se a resposta for não.

Joe não teve que esperar para ela dizer alguma coisa. A resposta estava em seus olhos.

Aquele olhar... Era um dos melhores. Daqueles que você se lembra pelo resto da sua vida. Daqueles que você leva para a sepultura.

BONITÃO

Uma voz lhe disse para correr. Para sair dali. Ele já tinha se despedido da vovó. Já era o suficiente. Não havia nada para ele naquele lugar.

Meu irmão...

Ele sentiu alguma coisa em seu bolso. Algo que tinha sido dado a ele e tinha mudado a sua vida. Um presente pequeno, um símbolo de um presente muito maior. A cruz de madeira lhe deu força para superar o medo dentro dele e fazer o que ele precisava.

Isso significava ver Kriminal pela última vez, mesmo sabendo que era perigoso.

Bonitão sabia que seu irmão estaria escondido no desmanche. Nefárius e seus homens certamente não conheciam esse lugar. Não por enquanto. Mas logo acabariam descobrindo.

Uma chance.

Foi o que Bonitão disse a si mesmo. Tudo o que ele podia fazer era contar ao seu irmão a verdade que ele tinha recentemente conhecido.

As luzes da garagem estavam acesas, mas tudo parecia calmo. Ele só viu um carro. Bonitão se perguntou se Kriminal não teria partido em outro carro, atravessando a cidade para salvar sua vida. Entretanto, sabia que o irmão não faria isso. Não era apenas o dinheiro que o faria ficar. Este era o seu lugar, seu bairro, sua vida. Nada forçaria Kriminal a partir. Nada além de uma bala.

– Veja quem está aqui: o filho pródigio! – uma voz gritou de uma porta na lateral da garagem. – Trouxe o meu dinheiro?

– Não. – Bonitão disse ao seu irmão.

Kriminal parecia não ter dormido desde todo o ocorrido. Ele estava com as mesmas roupas daquela noite, com a barba escura por fazer e olheiras. Ele parecia um animal pronto para atacar.

– Foi uma pergunta capciosa, Bonitão. Fui até lá e peguei o dinheiro.

Ele pegou a mala debaixo da mesa e a abriu, mostrando a Bonitão todo o dinheiro que ainda estava lá.

O pastor...

– Ele... Você...

Seu irmão deu um sorriso demoníaco.

– Tarde demais se eu o fiz.

Por um breve momento, Bonitão sentiu seu coração se desmoronar e estilhaçar no chão. Mas então Kriminal soltou uma risada.

– Não, ele ainda está na vertical.

– Como você descobriu? – Bonitão perguntou.

– Skeezer e Lester. Eles viram você entrando na igreja enquanto eu o procurava. Procurava meu próprio irmão que estava se escondendo de mim. Skeezer me ligou.

– Eles são apenas adolescentes.

– Não importa. Eles são inteligentes.

– Como Um Quilo e Pequeno B?

Kriminal ignorou sua pergunta.

– Sabe o que eu disse a Skeezer? Falei a ele sobre nossa tia. Lembra-se, daquela que foi salva por um pregador na TV? Lembra-se da primeira coisa que ela fez? Ela foi e deu ao homem cada centavo que tinha. Disse a eles que as ovelhas seguem o pastor. Então tinha certeza de que o pastor estaria com meu dinheiro. E sabe de uma coisa? Eu estava certo.

As palavras ecoaram pelo grande espaço aberto. Bonitão não disse nada enquanto seu irmão se aproximava dele, claramente com raiva.

– O que há de errado com você? – gritou com Bonitão e acrescentou uns palavrões. – Todas as coisas que enfrentamos. Tudo que fiz por você. *Viver juntos, morrer juntos.*

Bonitão nunca mais queria ouvir uma coisa tão estúpida novamente pelo resto de sua vida.

Kriminal o empurrou e depois o jogou violentamente contra a parede, xingando-o. Bonitão podia sentir o cheiro de álcool na respiração do irmão. Mas esse não era o motivo de sua fúria. Isso acontecia quando havia uísque por perto.

– Então, depois de tudo isso, o que você faz? – Kriminal gritou, com a mão no peito de Bonitão. – Você vai e me rouba? Na frente de todos?

– Não é bem assim.

Ele continuou xingando e pressionou seu peito com mais força.

– Então, como é? Você encontra Jesus e de repente acha que é melhor do que tudo isso?

– Não.

– Jesus vai pagar suas contas, comprar um carro para você ou tirá-lo deste gueto?

Ele poderia se quisesse.

– Ouça-me – disse Bonitão, mexendo-se e livrando-se de seu irmão. – Vejo coisas agora que nunca vi antes e gostaria de compartilhar com você.

Kriminal riu, seus xingamentos foram ficando mais enérgicos, sua raiva mais cínica e perigosa.

– Oh, você está tentando me salvar.

Mas Deus demonstrou Seu grande amor por nós entregando Cristo à morte por nós enquanto ainda éramos pecadores.

– Todos nós precisamos ser salvos – disse Bonitão.

– E seu Jesus vai fazer isso?

– Sim. Ele morreu por nós. Para que pudéssemos ser salvos.

Seu irmão balançou a cabeça em desgosto e descrença.

– Sim, bem, eu não morreria por Ele.

Kriminal foi andando em direção até onde a mala estava. Ele olhou ao seu redor, olhando para o chão e pensando.

– Por que você veio até aqui? – Kriminal finalmente perguntou. – Você já sabe o que vou fazer agora. Ou você achou que eu simplesmente ia perdoá-lo?

Bonitão olhou para ele por um momento. Ele lembrou-se de seu irmão aos dez anos de idade, passando a bola de basquete para ele enquanto brincavam em uma quadra. Antes de a vida entregar-lhes uma sentença com armas, gangues e incredulidade. Antes de existir GPS para tirá-los daquele lugar terrível.

Você não vai fazer isso. De jeito nenhum.

Ele acreditava nisso. Mas ainda mais do que isso, Bonitão acreditava na verdade. A verdade que vovó tinha passado a vida inteira lhes contando.

– Eu já estou perdoado – disse Bonitão. – Mas não por você, K. E você quer me perdoar para que possamos continuar a fazer o que fazíamos. Jesus me perdoou e então não preciso voltar a fazer isso. E você também não. Isso é o que eu vim lhe dizer. Nós não precisamos ser quem somos.

Os palavrões de Kriminal ecoaram pelas paredes e pelo teto. Ele cuspiu as palavras em Bonitão.

– Pare de falar de Jesus, Bonitão. Estou falando sério!

– Não posso e não vou me calar. Ele o ama. De uma maneira que nenhuma outra pessoa neste mundo pode amá-lo.

Aquelas palavras foram demais para Kriminal. Ele xingou e correu para agarrar os braços de Bonitão com as duas mãos, jogando-o novamente contra a parede. Seus braços estavam na vertical e seus dedos cerrados, enquanto Kriminal o insultava e fazia o que sabia de melhor.

Houve uma explosão de metal e a porta bateu contra a parede. Kriminal virou-se enquanto Bonitão já podia ver o rosto atravessando a porta, como um lobo saindo pela noite.

– Lembra-se de mim? – Nefárius perguntou.

Ele estava com uma SIG nove milímetros na mão e parecia muito mais consciente e vivo do que a última vez que Bonitão o tinha visto.

Kriminal ficou parado, com as mãos vazias e incerto sobre o que faria. Bonitão afastou-se da parede e deu uns dois passos para sair detrás do seu irmão.

Nefárius aproximou-se, com a arma apontada para eles.

– Você achou que conseguiria roubar o meu dinheiro? Você estava errado.

Nefárius riu e Bonitão se mexeu. Ele agarrou Kriminal e se jogou na frente dele assim que o som da arma se propagou e continuou se propagando pelo local.

Mas Deus demonstrou Seu grande amor...

Uma enorme dor deixou Bonitão sem ar, à medida que as balas foram sendo disparadas em suas costas. Duas delas. Ele foi perdendo os movimentos enquanto caía nos braços de seu irmão.

O tiroteio parou. Kriminal arregalou os olhos e viu Bonitão em seus braços por um breve momento. Ao cair no chão de cimento, Bonitão pôde ouvir os passos de seu irmão. Então, ele ouviu um barulho e um metal – provavelmente a arma – batendo no chão. Mais barulho e passos. Tudo enquanto o mundo escoava como um óleo vazando de um motor.

Ele não conseguia mais sentir metade do corpo. Tinha ido embora. A dor era tamanha que mal conseguia pensar. E, enquanto isso, sua cabeça continuava repetindo versículos da Bíblia, como se as palavras fossem vivas e misteriosas e estivessem envolvendo-o como uma bandagem.

Kriminal estava sobre ele, cuidando dele por um momento, com lágrimas nos olhos. Havia descrença em seu rosto, mas não aquela furiosa de antes. Era uma descrença de choque, surpresa e espanto.

Deus demonstrou Seu grande amor e eu posso fazer o mesmo.

– Bonitão, aguente firme! Você está me ouvindo? – Kriminal gritou.

Os lábios de Bonitão estavam dormentes, os músculos paralisados, a respiração alterada. No entanto, ele esforçou-se para colocar a mão no bolso da calça.

Cristo morreu por nós na cruz. Morreu por nós pecadores.

Kriminal xingou novamente enquanto Bonitão pegava a cruz de madeira e a colocava nas mãos de seu irmão.

– Não, não, não, não, Bonitão, não...

– Acredite – disse Bonitão.

Ele viu os olhos arregalados de Kriminal e sua cabeça balançando. Ele abriu a boca e tentou fazer o máximo esforço para sorrir antes de o mundo ficar preto.

Então, ele viu outra imagem de Kriminal. Desta vez sorrindo. Desta vez humilde e desolado. Desta vez como o irmão que ele sabia que tinha.

Viver juntos. Morrer juntos.

Bonitão estava levando consigo a parte do "morrer".

Deus, deixe-o levar para casa a parte do "viver". Por favor, Senhor.

A eternidade finalmente agarrou a sua mão e o puxou.

O PASTOR ORA.

As ruas passam como um raio. Matthew dirige o pequeno carro pelas longas ruas enquanto Grace está sentada no banco traseiro com Maggie. Ele pode ouvir os gemidos de dor e queria poder fazer alguma coisa.

Senhor, ajude-a, esteja com ela. Mantenha-a segura, por favor, Deus.

– Há alguma coisa errada – grita a jovem menina.

Ele olha para trás e vê Grace em pânico, com seus braços em volta de Maggie e seus olhos nele.

– Não dá para ir mais rápido? – pergunta ela, como dando uma ordem.

– Não de maneira segura.

– Corra mesmo assim. Ela não está bem.

Ele acelera. O hospital não é longe, fica depois da ponte, apenas um pouco depois.

As orações não param, assim como o carro, os edifícios e as lâmpadas por onde eles passam.

O SOLDADO SE RENDE.

Decidido a deixar para trás o primeiro e último raio de esperança que encontrou. Decidido a subir no primeiro veículo que lhe oferecesse carona àquela hora da noite. Decidido a entrar em um caminhão e pedir para o motorista levá-lo a qualquer lugar.

Apenas longe daquele lugar.

Carlos sabia que precisava se mexer para escapar dessa nuvem, dessa capa preta, desse pavimento rachado em sua alma.

No fundo, conforme o caminhão atravessa as ruas em direção à rodovia e para fora do estado, Carlos sabe que nunca será livre e que nunca sairá do *estado*.

As algemas de ontem permanecerão. Mas pelo menos ninguém mais terá que ver. Pelo menos ele pode tentar mantê-las escondidas novamente.

A guerra foi vencida no momento em que ele decidiu não fazer nada. Ele acenou a bandeira branca que mudaria para sempre a sua vida. Independentemente da vida que fosse ter.

O CRIMINOSO FOGE.

Deixando o corpo do irmão jogado no chão frio do desmanche juntamente com seu coração. Kriminal começa a fechar a garagem. No entanto, há uma pessoa esperando por ele.

Outra sequência de balas se propaga pelo espaço. Kriminal não hesita e corre pela saída de emergência em direção à saída do edifício, e então, sem ser atingido por um tiro, continua correndo.

Pela rua, em direção a alguma coisa que ele sabe que nunca ficará bem.

Longe da única coisa que ele sempre quis proteger em sua vida e que de repente escapou por suas mãos.

Ofegante e correndo, Kriminal não tem nada a perder e planeja fazer qualquer coisa para sair disso.

A MULHER ORA.

Sozinha agora, novamente, em um apartamento vazio, em um quarto vazio, com um coração vazio, Lacey ouve a chuva repentina do lado de fora. Sentada no sofá, ela sente um calafrio, colocando os braços ao redor de suas pernas, depois colocando as mãos nos bolsos de seu casaco, tentando apenas cobrir todas as partes de sua pele. Tentando simplesmente esconder cada parte de si mesma.

Então, sente alguma coisa com sua mão.

Ela pega, tira do bolso e olha para o item. E percebe que ele o colocou em seu bolso. Por alguma razão, ele queria que ela ficasse com aquilo.

Por que, Carlos?

A luz difusa mostra o contorno da cruz de madeira em sua mão. Esta peça minúscula e leve que ela está segurando. Ela olha para a cruz, examinando-a, sentindo-se repreendida por ela.

Fé. Crença. Deus, Jesus, céu, esperança e todas essas coisas lindas e maravilhosas que as pessoas postam no Twitter e no Facebook. Tão belas até a vida sugar tudo de você e deixá-lo com o quê? Com o quê?

Ela não entende esta cruz nem o homem que a deu.

Por quê?

Seu corpo treme, e então ela decide tentar. Não perguntar, mas ousar. Exigir.

Ela olha para cima, passando o teto e as nuvens tempestuosas, para algum lugar que ela não consegue nem começar a entender nem mesmo começar a acreditar. Mas por que não? Por que não?

– Dizem que você é Deus – grita, segurando a cruz. – Então me mostre. Mostre-me.

A chuva cai e a tempestade continua, e ela espera com gotas de dúvida e desespero.

O MÉDICO NÃO ACREDITA.

Bobby dirige devagar, nem um pouco ansioso para chegar em sua casa, pegando a rota mais longa para chegar até a rodovia interestadual. Ele se lembra da audiência, em que nada parecia correto. Em que os rostos apenas o observavam, pensando como ele podia ser tão idiota. No lado de fora, no estacionamento, a advogada chamada Andrea que ele tinha conhecido parou ao lado dele em uma BMW preta e brilhante e abriu a janela. E tudo que ela disse foram duas palavras de despedida.

– Eu avisei.

A mesma coisa que sua esposa tinha dito. A mesma coisa que as pessoas do departamento tinham avisado. Para ele deixar isso para trás. Para ele se manter calado. Para ele não fazer disso um grande problema. Para ele se esquecer de tudo e seguir em frente.

No entanto, tudo isso tem a ver com o não se esconder, não ficar calado ou não ocultar.

"E disse-lhes: 'Vão pelo mundo todo e preguem o Evangelho a todas as pessoas.'"

Ele sabe que é paramédico, marido e pai. Mas é mais do que isso, ele é cristão. Armado e equipado para contar a todos as Boas-Novas.

Contudo, a chuva que cai e a noite que escurece de repente trazem dúvidas, tão rapidamente quanto as placas das ruas pelas quais ele está passando. Bobby sabe que terá que contar tudo a Elena. E ela não vai ficar feliz.

A MÃE SE CONTRAI.

Com medo, consciente de que alguma coisa está errada e de que seu bebê está correndo perigo.

Maggie não percebe o quão rápido eles estão indo e não vê as ruas por onde estão passando. Ela mal consegue ouvir ou sentir Grace ao seu lado tentando confortá-la e acalmar a sua dor.

Tudo que consegue sentir é a dor causticante percorrendo sua barriga, suas pernas e cada pedacinho dela.

– Você vai ficar bem. Tudo vai dar certo.

Ela mal consegue ouvir a voz ao seu lado enquanto abre e fecha os olhos, apenas querendo ver sua doce bebezinha. Maggie segura sua barriga, confiando, chorando e com medo de que tenha passado da hora.

Com medo de que tenha sido sua culpa.

É sua culpa e seu julgamento e Deus finalmente conclui Seu dever.

O AVÔ ORIENTA.

A tempestade de repente faz o carro enguiçar no caminho para o hospital. J.D. não gosta de dirigir à noite, mas pelo menos ele ainda consegue, diferentemente de Teri. Eles estão levando Lily para o hospital, a pedido de um homem à beira da morte chamado Joe.

Duas noites atrás eles tinham ido ao mesmo hospital depois de um suposto ataque cardíaco. Agora estão voltando para lá, sentindo como se o mundo inteiro tivesse mudado.

J.D. olha para trás para ver o sorriso de Lily, o brilho do sol nesta noite escura. É algo glorioso de se testemunhar.

– Não vejo a hora de vocês conhecerem Joe – diz ela. – Ele é especial. Vocês vão ver.

Sentada no banco do passageiro, Teri vira-se para trás.

– Você sabe que ele está muito doente, não é, querida?

– Sim. Essa é a parte triste. Mas não se preocupe. Tenho orado por ele.

Ela é de uma sinceridade capaz de ganhar uma guerra, gerar um renascimento e conceber um milagre. A fé pura e simples de uma criança. Sobre a qual Jesus falou.

Se convertam e se tornem como crianças.

Inocente e cheia de fé e ansiosa para chegar até Deus.

J.D. queria conhecer esse tal de Joe. Ele queria orar por ele também.

KRIMINAL

Percorrendo a calçada. Bufando e ofegante. Pernas queimando e pulmões arquejando. Kriminal corria na chuva. Incapaz de processar tudo aquilo com clareza. Ele apenas sabia que tinha que continuar correndo e permanecer vivo.

Se parasse, morreria. Nefárius o estava perseguindo, e provavelmente a única razão pela qual ele ainda não tinha encontrado Kriminal era por que ele estava carregando a mala, além das feridas daquela outra noite.

O ódio vai lhe dar o combustível que você nunca imaginou que tivesse.

Ele correu por um trecho cheio de edifícios abandonados e depois atravessou uma rua sem observar se tinha algum carro passando. Kriminal viu os arcos da ponte no horizonte como uma espécie de halo galáctico. Sabia que se conseguisse chegar até a ponte High Bridge, atravessando a parte do sul do Rio Chicago, ele estaria tranquilo. O outro lado era uma área de recente desenvolvimento com alguns pontos ricos onde pessoas como Kriminal e Nefárius não entravam. Os policiais rapidamente desconfiariam deles. Nefárius finalmente pararia de segui-lo.

Parecia tão distante. Assim como Bonitão. E vovó. E Um Quilo. E Pequeno B. E todas as outras pessoas que ele conhecia. A vida que teve um dia. O garoto que ele foi um dia.

Bonitão não tinha percebido que Kriminal fazia tudo aquilo por ele, por seu irmão. Para ajudá-lo – para ajudá-los – a sair daquele inferno. Para tentar começar uma nova vida. Pelo menos para Bonitão. Para começar o negócio de música. Para fazê-lo progredir e tirá-lo dali. Era por ele, e ele tinha os motivos corretos mesmo que não estivesse do lado certo de qualquer coisa boa.

"Acredite..."

As palavras de Bonitão permaneceram com ele como os passos que o seguiam.

Ele estaria morto ao final desta noite. Era o que Kriminal acreditava. O dinheiro não existia mais. Bonitão não existia mais. E Kriminal também não existiria mais.

Atravessou outra rua, pulou o meio-fio para não tropeçar e continuou correndo pela rampa, seguindo pela pista norte da ponte. Eles estavam correndo contra o trânsito, e os carros passavam voando à sua direita enquanto ele corria.

Acredite, apenas acredite, irmão.

Kriminal não aguentou e diminuiu a velocidade. Cada músculo dentro dele doía e ele sabia que as noites sem dormir e as feridas da outra noite não estavam ajudando. Ele era forte, mas não estava em forma. E isso de repente pôde ser observado quando a rampa íngreme o fez cambalear.

Virou-se por um instante.

Nefárius estava ainda mais perto.

As luzes avançando em direção a eles como holofotes de todos os lados.

Sabia que seu inimigo não iria parar. Que ele não desistiria independentemente do lugar para onde Kriminal estivesse indo.

Nada em que acreditar.

Nada além de si mesmo.

Kriminal viu uma abertura e entrou, saltando para a pista de carro e tentando cruzá-la.

Ele ouviu o barulho dos freios, e um carro derrapando apertou a buzina. Kriminal parou próximo ao meio das quatro pistas, e então ouviu o grito atrás dele.

– Hora de queimar! – alguém gritou.

Era como um fantasma seguindo-o e dizendo-o o que aconteceria em seguida.

Então tiros explodiram pela noite. Kriminal começou a correr, mas sentiu uma bala acertar seu braço. Ele caiu de joelhos, mais luzes se aproximaram, mais carros freando.

Está chegando, está muito perto, eu vou...

O veículo chiou e moveu-se abruptamente para o outro lado da ponte, em direção a Nefárius, acertando o homem e lançando-o para o parapeito. A mala explodiu e o dinheiro voou em cima deles.

Kriminal ainda estava ajoelhado, vendo mais carros se aproximando, virando e colidindo.

Uma BMW prata se desviou e bateu em um carro parado, jogando-o para a outra pista. Um pequeno Prius que vinha pela outra direção por pouco não bateu nesse carro. Ele virou-se bruscamente, os freios chiaram e o carro capotou, ficando de cabeça para baixo.

Um caminhão tentou parar, seus freios chiaram, mas ele bateu no carro capotado e o jogou em espiral na ponte.

Kriminal assistiu a tudo, vendo a mão de Deus protegendo-o de alguma maneira, enquanto Satanás por si só fazia o resto, com um efeito devastador.

Impressionante como um grupo de vidas de repente se cruzaram naquela ponte, tarde da noite, sob o olhar atento de Deus. Todos conectados por uma coisa.

Duas linhas. Horizontal e vertical. O desenho mais simples do mundo tornando-se o mais profundo.

A cruz conectando, combinando, aproximando e, por fim, cuidando.

A imagem na cruz sabendo.

O homem, Deus e o Filho ligados por aquelas duas linhas, por nós.

Implorando para estar lá com eles para tirar o medo, a tristeza, a raiva, a preocupação e a culpa.

Morrendo por aquelas coisas, por eles, por todos esses pedaços quebrados que não podem ser integrar sem ele.

Duas linhas.

A figura à beira da morte pregada nelas.

Jesus.

O nome acima de todos os nomes.

O abismo e a ascensão.

A mão na ferida.

Todos nós podemos conhecer e temos a permissão para conhecer. A única pergunta é: Nós vamos?

Permitiremos que esses pedaços quebrados sejam colados de volta ou vamos ignorá-los?

Esses medos, essas dúvidas e esses pedaços estavam prestes a ser reunidos em um único evento...

J.D.

J.D. CONTINUA COM AS MÃOS NO VOLANTE, olhando por um momento para todos os veículos espelhados na ponte, respirando e então olhando para Teri.

– Foi por pouco – diz.

Os dois se viram para ver se Lily está bem. Ela está com o cinto de segurança e sentada no banco traseiro, um olhar de surpresa em seu rosto, seu ursinho agarrado em seu braço.

Ele vê mais alguma coisa pela janela traseira.

Um carro. Andando. Faróis se aproximando.

Antes que ele consiga dizer ou fazer alguma coisa, um ruído estridente viaja pelo ar.

Seu corpo encolhe.

Metal sobre metal, amassando e movendo o carro. Eles de repente estão no ar, até surgir outro ruído estridente, que os puxa com força.

J.D. pode sentir e sabe.

Eles não estão mais na ponte.

O carro foi jogado para o parapeito, e agora está dependurado e começando a balançar.

Assim como todas as outras vidas.

CARLOS

O CAMINHÃO DIMINUI A VELOCIDADE e o motorista aponta para a ponte à frente. Carlos pode ver as chamas iluminando a carnificina.

– Pare o caminhão – grita para o motorista.

– O quê?

– Pare o caminhão!

Ele se move para abrir a porta e não espera o caminhão parar. Carlos tinha visto um carro capotado, outro veículo jogado em uma grade de proteção, outro em chamas. Pessoas se movendo como mortos-vivos.

Não há nenhum tipo de epifania dentro dele para forçá-lo a agir. Nada do tipo *"este é o seu momento, Carlos"*. Nenhuma música triunfante ou adivinhação. Ele começa a correr em direção à ponte e, na metade do caminho, percebe que é a ponte High Bridge sobre o rio. A mesma para onde ele tinha decidido ir. A mesma ponte onde ele tinha ficado por um tempo.

A mesma ponte onde ele tinha conhecido um anjo chamado Lacey.

—— J.D. ——

APESAR DE J.D. AINDA ESTAR IMÓVEL como uma pedra, com seu corpo ainda em choque por ter sido puxado e lançado contra a lateral da ponte, pode sentir o carro se movendo. O *airbag* explodiu e ele não consegue ver nada à sua frente. Contudo, pode sentir o carro movendo-se para a frente, a parte de trás balançando como uma gangorra.

Ele coloca seu braço em Teri para ver se ela está bem. Ela tosse, o *airbag* na frente dela também explodiu.

– Você se machucou?

Ela sussurra um "não" através de sua tosse. Então, um choro se inicia no banco traseiro. Ele se vira e vê Lily, cabelos desarrumados e olhos inchados. Ela grita por sua mãe.

– Está tudo bem, querida.

J.D. está calmo e fala devagar. Sabe que não é o momento de ficar emotivo. Eles precisam sair do veículo, começando pela menina. Uma dor lancinante percorre sua perna esquerda. J.D. sabe que não é um bom sinal, mas ele não dirá nada.

– Ouça... – J.D. diz, olhando para ela – você consegue abrir sua porta e sair do carro? Com cuidado.

Lily tenta, mas não consegue abrir a porta.

– Está presa! – grita ela.

Lily desata o cinto de segurança e arrasta-se para a frente do carro, para ficar com eles. O carro começa a ir para a frente.

– Não, Lily, fique aí atrás! – manda Teri, segurando-a lá atrás com sua mão. – Tente não se mexer, certo?

J.D. agora consegue ver o que há à frente deles. A noite escura e o reflexo da água abaixo deles.

Bem abaixo.

Ele olha para Teri, que lhe dá o mesmo olhar desconsolador.

J.D. não tem muito tempo. Mas eles não podem se mover – não mais.

GRACE

A CABEÇA DE MAGGIE DESCANSA no colo de Grace no banco traseiro do Prius destruído. A garota continua respirando com dificuldade e chorando, seu rosto fazendo uma careta de dor. Do lado de fora, Matthew está ajoelhado, tentando ajudar, mas parece indeciso.

Grace pode ver Maggie se contorcendo de dor, mas não consegue fazer nada.

– Matt, há muito sangue – ela diz com dificuldade. – Ela está com hemorragia.

– Eu sei, eu sei.

Suas palavras são tão ineficazes quanto a situação deles. O cheiro de gás e fumaça os envolve. As pessoas em torno deles choram, gritam e chamam por nomes.

Os joelhos de Maggie se curvam e ele grita enquanto Grace a ajuda a levantar seu vestido. Não é hora de discrição. Eles têm que fazer alguma coisa. Qualquer coisa.

– Precisamos ir ao hospital – diz Grace.

– Não temos tempo. É que... o bebê está vindo... estou vendo a cabeça dele.

– Não posso fazer isso! – grita a menina.

Grace aperta a mão dela com sua máxima força.

– Você vai ter que fazer isso, Maggie – ela diz com seus lábios no ouvido da menina. – Sua bebezinha quer ver a mamãe.

Maggie continua chorando entre gemidos e suspiros. Grace olha para o seu marido, que parece estar pronto e impotente ao mesmo tempo.

O gás e a fumaça parecem estar piorando.

Deus, nos ajude. Por favor, Senhor.

CARLOS

"AJUDE-ME, POR FAVOR, AJUDE-ME, AJUDE-ME!"

Uma explosão interminável de terror de uma voz oculta gritando na ponte. Carlos corre em direção à voz até se deparar com o fogo. As chamas aparentemente estão cercando todo o carro.

– Afaste-se, vai explodir! – alguém grita para ele ao passar correndo do outro lado.

Os segundos correm como uma série de eventos iluminando o céu noturno.

Carlos se inclina e consegue ver através da chama laranja e vermelha. Uma cabeça. Alguém está preso dentro do carro. Há vidros quebrados próximos a eles. Ainda estão gritando por ajuda.

Carlos não hesita.

Ele já passou tempo demais hesitando em sua vida. Vários momentos lamentando essa hesitação. E ele não vai esperar por mais nada desta vez.

Deixando o medo para trás, Carlos corre e salta pela chama em direção ao carro, abrindo a porta para soltar o homem que está lá dentro.

BOBBY

O CARRO DERRAPA ATÉ UMA OBSTRUÇÃO na base da ponte. Bobby não havia sido chamado. Ele estava tentando pensar no que iria dizer quando chegasse em sua casa, e estava dirigindo devagar e com cuidado até encontrar essa carnificina e caos. Tudo de repente acelerou, e o médico dentro dele apressou-se para agir, saindo do carro e correndo até a ponte.

Ele examina a cena e vê um garoto negro ajoelhado no meio da rodovia, tentando se mexer, mas com as mãos ao seu lado, obviamente ferido em algum lugar.

Metade do carro está para fora da ponte, pendurado sabe-se lá como, preso, mas não por muito tempo. Há outro carro capotado. Há chamas ao redor de um veículo. Então ele vê a BMW.

Andrea. A advogada.

Ele corre ainda mais rápido, em direção às chamas, tentando chegar até a área mais perigosa para tentar ajudar. Para tentar salvar vidas e tirar as pessoas de lá.

—— J.D. ——

– Teri, ouça-me.

A voz de J.D. está tão baixa quanto um sussurro. É como se ele estivesse com medo de falar mais alto e o carro se mexer novamente.

– Precisamos tirar Lily do carro. Agora. E eu não consigo me mexer. Meu cinto de segurança está preso.

Teri acena com a cabeça. Eles estão tentando ficar calmos, especialmente por causa da menina que ainda não parou de chorar e continua se mexendo.

– Vá. Está certo. Devagar.

Teri se move entre os bancos com o máximo cuidado possível. O movimento faz o carro ir novamente para a frente.

Ela para e espera.

—— BOBBY ——

Bobby vê o rosto atordoado e ensanguentado olhando para ele, mas sem ver nada. É a advogada, aquela mulher que parecia tão elegante e pomposa no tribunal de justiça. Agora, ela parecia um animal desgrenhado e ferido.

Alguém está correndo atrás deles, gritando para eles se afastarem. Andrea não parece estar ouvindo, vendo, nem mesmo percebendo.

– Andrea! – Bobby grita para tentar chamar sua atenção, para tentar fazê-la se mexer.

Ele continua correndo na direção dela. Chega até ela e envolve seu corpo ao redor dela, carregando-a e levando-a até um carro próximo. Uma bola de fogo explode no carro e faz o chão tremer.

Bobby está protegendo Andrea agora, olhando à sua volta e tentando elaborar um plano para colocar em ação.

O rosto assustado e confuso olha para ele. A mulher ainda está em estado de choque.

– Você está bem? – Bobby pergunta.

Andrea só consegue acenar com a cabeça. É o suficiente para ele. Bobby ergue-se e vai em direção ao carro pendurado que parece estar se movendo novamente, deslizando para baixo.

—— J.D. ——

J.D. PODE SENTIR. Ele sabe o que vai acontecer, enquanto apoia uma mão no volante. Com a outra mão, ele pega a mão de Teri. Ele dá uma olhada para ela querendo dizer que está tudo bem e que a ama.

O carro começa a declinar ainda mais, deslizando mais um pouco, vagarosamente, mas sem parar.

Lily chora e grita por sua mãe. Teri respira com dificuldade.

Então, o ruído atrás do carro interrompe o movimento.

J.D. olha e vê uma pessoa no porta-malas do Hyundai, seus braços e peito pendurados, e seu corpo todo começando a escalar o carro. J.D. vê a cabeça por um momento, a cabeça raspada que o faz se lembrar dos militares. Agora, a pessoa está pendurada na janela de trás.

O carro parou de se mexer, por um segundo ou dois. Então o carro treme e continua escorregando para a frente.

—— BOBBY ——

BOBBY ESTÁ QUASE LÁ quando vê uma pessoa alta e magra em um casaco de couro na parte de trás do carro inclinado, como um super-herói. Contudo, não é o Batman nem o Super-Homem, mas sim, seu cunhado.

Como?...

– Espere, Carlos! – grita, sem tentar entender o que está acontecendo, apenas pensando nas cabeças que ele está vendo dentro do carro.

Ele lança seu corpo e bate violentamente na parte traseira do Hyundai perto de Carlos. Bobby está agora em pé no porta-malas, mexendo seu corpo inteiro e tentando forçar o carro de volta para a ponte.

Surge um grito de dentro do carro. É uma menina no banco de trás.

Bobby tenta saltar e jogar o carro para baixo novamente. Mas os dois não estão ajudando muito.

Outra pessoa de repente aparece ao seu lado. Outra pessoa aparece atrás dele, outro homem se arremessando contra a lateral do carro.

Há mais pessoas. Elas estão ajudando.

Com o carro agora sendo pressionado para baixo por cerca de seis pessoas, Bobby ouve seu cunhado pedindo para tomarem cuidado. Então, ele começa a chutar a janela traseira, tentando quebrar o vidro.

Mais gritos quando o vidro finalmente se quebra.

Bobby olha para cima e vê Carlos olhando para o para-brisa parcialmente quebrado.

– Está tudo bem – Carlos diz à voz que está gritando no banco traseiro. – Dê-me sua mão.

Podem-se ouvir grunhidos e vozes ao redor deles. O carro ainda está preso, mas continua se mexendo um pouco.

– Estou com medo. Mas não quero ficar.

Uma voz no banco dianteiro diz alguma coisa que Bobby não consegue entender. Então, uma pequena mão surge do banco traseiro. Carlos puxa a menina e, em seguida, entrega-a para Bobby. Ele não sai de trás do carro, mas gentilmente entrega a menina para outro homem esperando para pegá-la.

Carlos se ajoelha e olha para dentro do carro.

– Você é a próxima – diz à mulher no banco dianteiro.

—— J.D. ——

TERI OLHA PARA J.D. E BALANÇA A CABEÇA.

– Não, não posso. Não vou deixá-lo, J.D. Não vou.

J.D. continua segurando a mão dela. Ele a aperta com força.

– Não é um pedido – diz à sua esposa. – Saia do carro. Vou logo atrás de você.

O medo a mantém presa no banco dianteiro, ao lado dele. Teri está balançando a cabeça, com lágrimas nos olhos, uma vida inteira de arrependimento e desespero dentro do carro, incapaz de sair.

Ela não acredita nele. Ela nunca acreditou, na verdade, e isso sempre foi parte do problema.

Ela nunca acreditou em mim porque eu também nunca acreditei em mim mesmo.

Calmo, controlado e inteiramente ao lado dela, J.D. apenas diz:

– Querida, em trinta e seis anos, eu alguma vez menti para você?

Teri continua olhando, ainda em dúvida, com medo de fazer um único movimento.

O carro balança para a frente novamente.

– Não podemos segurá-la, ela está escorregando – uma voz surge lá de trás.

O homem que está no banco traseiro, aquele que tirou Lily do carro, grita para eles.

– Se vocês forem sair, tem que ser agora!

J.D. se desespera.

– Por favor, Teri.

Ele a beija.

– Eu o amo, meu velho – diz Teri.

Os dois sabem que essas provavelmente serão as últimas palavras que dirão um ao outro.

Teri é levantada e retirada do Hyundai. O rapaz que está ajudando se inclina sobre o banco para ver J.D.

– Seu trabalho está encerrado, filho – J.D. diz ao desconhecido com um corte de cabelo curto. – Meu cinto está preso. E minha perna está quebrada.

O homem se aproxima de J.D. e tenta soltar o cinto. Ele puxa com força, mas o cinto não se move.

– Ele está preso! – o homem grita para trás. – O cinto está emperrado!

—— BOBBY ——

AINDA EMPURRANDO A PARTE TRASEIRA DO CARRO PARA BAIXO, Bobby ouve Carlos dar-lhes o veredito sobre o motorista. Ele rapidamente olha ao redor e vê as pessoas em volta.

– Precisamos de uma faca. Alguém tem uma faca?

Ninguém se aproxima, então ele se ajoelha e sobe na parte de trás do carro. Um caco de vidro arranha sua perna, mas ele ignora e segue em frente.

Ele se aproxima do banco dianteiro e tenta soltar a fivela do cinto com Carlos. Nenhum dos dois consegue soltá-la.

Movimento.

O carro...

– Vocês dois precisam sair do carro. Agora.

O homem no banco do motorista é idoso, provavelmente por volta dos setenta anos de idade. Bobby está impressionado com sua tranquilidade no meio dessa tempestade.

Ele tem outra ideia. Bobby desliza atrás do banco do motorista e, em seguida, espreme-se contra a porta esmagada.

– Vamos a um último truque – sussurra. – Se eu conseguir fazer funcionar... Vamos lá...

Onde está a alavanca? Onde está?

Ele encontra a alavanca e a puxa. A alavanca reclina o assento do motorista para trás. O velho homem grita de dor conforme o banco se endireita. Bobby sobe no banco e olha para o homem, que está suando e respirando com dificuldade.

– A perna dele está quebrada – Carlos lembra Bobby.

– Então vai doer – Bobby diz. – Comece a puxá-lo para trás. Vamos deslizá-lo por baixo do cinto de segurança.

Os dois homens começam a puxar o corpo preso, segurando embaixo do braço dele e arrastando-o.

Por um momento, parece que não vai dar certo.

Então, de repente, ele começa a se mexer. E enquanto eles o tiram, o motorista apenas faz uma careta e mantém a boca fechada, ainda suando e tremendo, mas sem gritar.

Logo, o corpo é tirado pela janela traseira por outros ajudantes.

O carro...

Não vou conseguir sair daqui.

Bobby está no banco traseiro, e Carlos está começando a sair pela janela traseira quando o carro balança novamente.

Tudo acontece de uma só vez.

Elena.

Carlos está acima dele, em pé, estendendo a mão para ele. Ele agarra a sua mão e o puxa.

Ele se joga do carro. Ele não consegue sentir nada e está no ar. E Bobby sabe que está caindo da ponte para a morte...

Até que ele cai na superfície dura da ponte, respirando e olhando para ver o carro que já não está mais ali.

Bobby olha para o lado e vê Carlos em suas costas.

Sem fôlego e com dificuldade para entender tudo que estava acontecendo, ele só consegue pensar em uma palavra para dizer ao homem que salvou a sua vida:

– Obrigado.

É tão insuficiente, mas é alguma coisa. Carlos apenas balança a cabeça, com a respiração ainda rápida e tremendo.

– Não diga nada – diz Carlos.

Se eu pudesse contar à filha de Maggie o que aconteceu naquela noite, eu diria o seguinte...

Diria que tudo que a mãe dela queria era que ela vivesse. Respirasse. Tivesse uma vida. Conhecesse uma vida que fosse melhor do que a dela.

Maggie foi valente naqueles momentos finais. Mais do que eu teria sido. Na verdade, mais do que eu estava sendo naquele momento, tentando fazer o meu melhor para ajudá-la a empurrar o bebê, suportar a dor e ir até o fim.

Minha esposa é que na verdade foi a campeã e verdadeira torcedora. Acho que o homem dentro de mim estava chocado e assustado demais para saber o que fazer.

O choro, a respiração, o suor, o sangramento e, de repente, tive a grande honra de segurar esta vida encantadora e preciosa em minhas mãos. Elas estavam tremendo, mas ao mesmo tempo eu não estava disposto a deixá-la ir embora.

E Maggie também não.

A primeira coisa que ela fez foi perguntar se a bebê estava bem. Ela perguntou como ela era e depois quis vê-la.

A vida de Maggie estava acabando. Contudo, ela não parecia estar interessada nem preocupada consigo mesma. Maggie só queria ver sua menina e segurá-la...

A vida da jovem moça — o pequeno piscar de uma vida que ela teve, infelizmente — de repente pareceu ter valido a pena quando ela viu sua filha. A decisão que ela tinha tomado tinha sido válida. Ela estava lá. Ela era real. E seu choro — era muito real e muito alto.

A bebê sobreviveu ao acidente de maneira milagrosa.

Naqueles primeiros momentos, quando Maggie olhou para sua filha parecendo entender o presente que tinha ganhado, que todos nós tínhamos ganhado, ela nos disse o seu nome.

Faith — que significa Fé.

Mesmo enquanto Grace e eu tentávamos cuidar dela, descobrir uma maneira de levá-la ao hospital, ainda com esperança de que uma ambulância chegasse, Maggie só conseguia falar sobre sua bebê.

Ela disse isso a Grace.

Ela disse que queria muito estar lá quando sua filha nascesse. Então, ela disse a Grace que tinha conseguido estar presente.

Maggie queria saber sobre a garantia do céu enquanto segurava sua pequenina Faith. Ela me perguntou se aquilo era verdade ou não. Ela queria saber se estava indo ver Jesus naquele dia.

— Eu O aceitei em meu coração. Prometa-me que Ele vai me aceitar.

As últimas palavras que eu disse a Maggie foram as seguintes:

— Com todo o meu coração, com toda a minha alma, eu lhe prometo. Ele vai aceitá-la.

Se eu pudesse dizer alguma coisa à filha de Maggie, eu diria a ela que sua mãe morreu segurando-a em seus braços, cuidando dela. Ela não fechou os olhos quando a luz de dentro deles desapareceu. Eu a peguei com minhas mãos e a acolhi com os braços que nunca a abandonariam.

Duas mulheres tinham recebido um presente naquela noite, e um homem também.

Talvez, quando Faith estiver mais velha, nós possamos contar toda a história. Poderemos dizer a ela como conhecemos sua mãe biológica, da maneira mais milagrosa possível. Como Deus verdadeiramente nos deu um presente na escuridão daquela noite.

Eu posso imaginar o que Maggie viu depois de deixar sua bebê para trás. Sei que não estava mais triste. Ela não estava assustada. Ela não era jovem e sozinha.

Tenho certeza de que um dia olharemos para Faith e veremos aquela jovem e bela mulher chamada Maggie dentro dela.

JOE

HAVIA LUGARES – e momentos – piores para morrer. Joe sabia e estava grato por isso.

O brilho branco e opaco das luzes acima deles não tinha importância, nem os bipes das máquinas ligadas nele e em volta dele. O que importava era que, mesmo que a dor parecesse estar engolindo-o por inteiro, alguém ainda estava ao seu lado.

– Lily está a caminho, Joe.

Ele olhou para Samantha, com suas costas descansando sobre a cama e sua cabeça apoiada no travesseiro. Não era a maneira mais apropriada de conversar com uma dama. Ele queria poder simplesmente sentar-se de frente para ela, como fazem as pessoas normais. Conversar e conhecer Samantha e Lily e poder rir e esperar pelo dia seguinte. Contudo, isso seria para outra pessoa em uma outra história.

Uma enfermeira chamada Elena vinha ao quarto com mais frequência do que as outras, para verificar se um deles precisava de alguma coisa, para saber se havia mais alguma coisa que ela pudesse fazer. Essa enfermeira tinha um espírito amável, assim como Samantha.

Ele podia ver que Samantha não estava levando tudo aquilo com leveza. A tristeza parecia escorrer de seu rosto como um pano molhado sendo espremido.

– Saiba que está tudo bem – disse ele. – Não estou com medo. Sei para onde vou.

Ela assentiu com a cabeça, mas não pareceu se animar muito. Parecia que Samantha estava tentando engolir o choro, e o único jeito de fazer isso era ficar em silêncio.

De repente, Joe começou a ver alguns flashes em sua mente. Sua filha, quando ela era pequena. Os cachos dos seus cabelos. Uma mulher chamada Naomi, que um dia ele amou muito. O rosto do homem morto – não o que ele viu naquela noite, mas o que a família fez questão de mostrar a ele no tribunal, ouvindo ele ser condenado.

O pequeno limite quadrado de sua cela. O cheiro que nunca saía daqueles uniformes mesmo depois de serem lavados. As tatuagens de ódio que ele se lembrava de ter feito. O pregador que nunca desistiu de conversar com ele. A sensação dos joelhos descobertos no chão de concreto naquela cela, na manhã em que ele finalmente se rendeu a tudo e inacreditavelmente recebeu tudo.

Joe se lamentou de algumas decisões. Contudo, ele foi humilde para entender que tudo aquilo o levou àquela grande decisão. E que isso o levou a muitas outras coisas maravilhosas e momentos de esperança.

Inclusive este momento.

Joe olhou para Samantha e sorriu.

– Sabe, na minha vida inteira, eu só tive medo de uma coisa. De morrer sozinho.

Com toda a força que ele tinha, que já não era muita neste momento, Joe esticou o braço e pegou a mão dela.

– Obrigado... Por estar aqui.

Samantha começou a chorar. Sua mão livre enxugou suas lágrimas.

Por um momento, os olhos dele se fecharam. E foi difícil abri-los novamente. Joe sabia. Ele simplesmente sabia.

– Peça desculpa a Lily – falou vagarosamente. – Diga que não pude esperá-la.

E, assim, ele fechou os olhos e deu o último suspiro. Essa vida dura e cheia de cicatrizes tinha finalmente chegado ao fim, um piscar doloroso levando-o a uma eternidade de olhos bem abertos para reverência e glória.

— ELENA —

O CHORO DA MULHER TINHA SE TRANSFORMANDO em lamúria após dez minutos. Ela tinha tentado se consolar, mas também sabia que era melhor deixar o sofrimento vir do seu jeito. A morte é trabalhada em nosso coração de diversas maneiras. Nunca houve um antídoto, uma receita ou uma sugestão que alguém pudesse dar. O tempo era a única coisa que funcionava.

Ela não conhecia Joe, apesar de sempre vê-lo na igreja. Ele parecia ser um homem bastante agradável, mas Elena também sabia que o pastor adorava trazer almas problemáticas. Mal sabia ela que ele morreria na sua frente.

A porta se abriu e o médico entrou no quarto com uma prancheta na mão. Ele olhou para o monitor de ECG. Elena ficou olhando para Dr. Farell para ver sua reação, mas não houve alguma. Ele não ficou assustado nem surpreso diante do silêncio da máquina, nenhuma decepção diante da linha plana branca, nenhuma simpatia com a mulher ao lado da cama tentando controlar suas emoções.

– Quanto tempo desde o código? – Dr. Farell perguntou.

– Doze minutos.

Ele olhou para o relógio.

– Vamos colocar 21h35.

O médico fez o seu dever, registrando o horário na certidão de óbito de Joe. Elena se sentiu tão impotente, mas não havia mais nada que pudesse fazer.

– Causa da morte: septicemia por *staphylococcus* não identificado – disse o médico em voz alta ao escrever no formulário. – Possíveis causas: leucemia prolinfocítica estágio quatro.

Elena pôde ouvir o barulho da caneta quando o médico assinou o formulário. Em seguida, ele passou a prancheta para Elena e casualmente olhou para o corpo imóvel em cima da cama. Ela viu os olhos de Dr. Farell se fixarem na mesa de cabeceira e pararem por um momento, descrentes.

Ela não tinha reparado. Lá estava ela.

A cruz de madeira.

O médico apenas balançou a cabeça e depois saiu sem dizer nada.

A cruz...

Era como se aquela coisa a estivesse perseguindo desde que ela a tinha recebido. Seguindo-a como um cachorrinho abandonado, ou como nuvens de tempestade sobre a sua alma.

Apenas deixe essa mulher chorar.

Ela se afastou da cama e se preparou para sair, mas alguma coisa a puxou de volta. Elena se lembrou de Carlos por alguma razão. Ao vê-lo ir embora pela escuridão, sem se virar, recusando-se a ficar.

Elena foi até a cama para conseguir ver a mulher. Olhos vermelhos e inchados a olharam de volta.

– Posso ajudá-la com alguma coisa? – começou a perguntar, mas foi cortada.

Cortada pelo monitor de ECG.

Não.

Os bipes repentinos fizeram-nas olhar para Joe e, em seguida, para a máquina e depois uma para a outra.

Há algo errado.

A mulher olhou para ela desacreditada, querendo entender o que estava acontecendo. Mas Elena não sabia.

A máquina ficou plana novamente.

Você viu isso?

As duas ficaram em silêncio, olhando para o corpo pesado e imóvel sobre a cama, a barba grisalha no rosto, os olhos fechados. Ele parecia feliz.

Então, de repente, seus lábios se mexeram.

Não, não, o que é isso?

Um sussurro no quarto quieto e mortal.

"Tu és o Cristo, o Filho do Deus vivo."

Elena não conseguia respirar. Seu corpo tremia, seus olhos incapazes de piscar, sua boca repentinamente entreaberta.

Em seguida, o monitor cardíaco "falou com elas", bipes altos, regulares e repentinos que vinham sem parar. Um após outro.

A mulher continuou olhando para Elena, querendo e implorando para saber o que estava acontecendo. Ela estava sem palavras, com os olhos enchendo-se de lágrimas novamente. O rosto da mulher estava pálido, e Elena sabia que o seu devia estar igual.

Todos os sinais. Os sinais vitais. Tudo está…, pensou impressionada.

– … normal – disse Elena em voz alta para se certificar de que não estava sonhando.

Ela engoliu e sentiu a boca seca. Elena ficou com medo, de repente. Ela não conseguia se mexer e não sabia o que fazer.

O pulso de Joe – estava regular. Estava forte de alguma maneira.

É impossível.

Então, ele abriu os olhos. Joe abriu os olhos. Um homem morto de repente olhando para elas.

Mexa-se! Chame o médico. Faça algo antes que você o perca novamente.

Mas Elena não conseguiu por um segundo. Ela apenas… Aquilo não estava acontecendo. Ela não estava testemunhando aquilo. Esse tipo de coisa não *acontecia nos dias de hoje.*

Joe apenas as encarou com um olhar de espanto e dúvida. Mas ele estava realmente olhando para elas, seus olhos fortes movendo-se da enfermeira para sua amiga na cabeceira.

– O que aconteceu? – a mulher perguntou para os dois.

– Algo incrível – Joe sussurrou.

Foi o suficiente para Elena se mexer, saindo da sala e depois correr pelo corredor para chamar o médico.

Ela foi até a mesa dos enfermeiros e pediu que bipassem para Dr. Farell e perguntassem onde ele estava. Depois saiu correndo pelas escadas, sabendo que demoraria muito se fosse de elevador. Ela quase bateu em um paciente caminhando vagarosamente pelo corredor. Elena pediu desculpa, mas não parou.

Sua pele estava vivaz e ela tinha a sensação de que não estava respirando. Parte dela parecia estar voando por aqueles degraus. Ela virou e desceu mais alguns degraus.

O que foi aquilo que acabei de ver?

Todas as imagens preencheram sua mente – o homem falando, a mulher olhando para Elena com medo e a cruz de madeira na mesa de cabeceira.

Poderia ser?

Ela abriu a porta com força e então viu o médico perto do elevador.

– Doutor, você precisa ver uma coisa.

Ofegante, ela finalmente parou ao lado dele. Elena pôde ver seu olhar bravo e curioso.

– É Joe Philips.

Ele acenou com a cabeça.

– O homem cuja certidão de óbito acabei de assinar.

Elena recuperou a compostura. Ficou ereta e deu um aceno igual àqueles do Dr. Farell: tipo "Sim, claro, eu sei de uma coisa que você não sabe".

– Por quê? – o médico perguntou. – Perdi alguma coisa?

Elena riu.

Acho que nós dois perdemos. Acho que perdemos uma coisa por todo este tempo.

– Você poderá me dizer – foi a resposta de Elena.

Ela sabia que só tinha uma maneira de dizer ao médico o que estava acontecendo. Tinha de mostrar a ele. Caso contrário, Dr. Farell não acreditaria.

Pessoas como ele precisavam ver para acreditar.

Eu preciso ver Bobby. Preciso conversar com Bobby.

– Por favor, venha comigo – falou ao médico.

BOBBY

A PRIMEIRA PESSOA QUE ELE TINHA VISTO em toda aquela bagunça – o garoto negro rastejando no meio da rua ao redor de toda a carnificina – ainda estava viva, de alguma maneira. Bobby tinha assumido o papel de paramédico, já que muitos de seus colegas de trabalho tinham chegado à cena. Agora ele estava olhando para o homem inconsciente na maca e segurando uma solução salina via intravenosa. Eles o estavam levando para a ambulância.

Dois buracos de bala, e ele continua respirando.

Quem quer que fosse aquele rapaz e fosse qual fosse a sua história, ele iria acordar e se sentir muito, muito sortudo. Embora Bobby soubesse que isso não tinha nada a ver com sorte.

Assim que o homem estava seguro dentro da ambulância, Bobby voltou para ver se alguém mais precisava de ajuda. Várias pessoas estavam cuidando dos feridos. Quando ele olhou para a ponte, as luzes azul e vermelha da sirene rodando pelo ambiente como uma espécie de salão de dança, ele tomou conhecimento de várias coisas.

Perto do carro de bombeiros, havia uma mulher sentada no assoalho, na parte traseira do veículo, segurando um bebê. Um paramédico – um homem chamado James que ele conhecia e respeitava – estava cuidando do bebê. Bobby sabia que a mulher e o bebê – talvez o bebê dela – estavam em boas mãos com James.

Perto dali, havia um homem de costas, em pé ao lado da maca, com os olhos fechados.

Ele está orando.

Havia uma manta em cima do corpo que estava na maca, e Bobby sabia o que isso significava.

Ele suspirou.

Descanse em paz.

Em seguida, ele viu um grupo de policiais em volta de um homem aparentemente assustador, sendo algemado e levado para a viatura. O mundo não era justo, e coisas como essa faziam Bobby se lembrar disso. Quem quer que estivesse naquela maca provavelmente não merecia estar lá. Esse homem algemado é que certamente deveria estar lá.

Então, novamente, todos nós merecemos aquelas algemas. Todos nós merecemos a morte.

Ele não podia julgar porque não conhecia a história deles. Bobby só podia orar por eles e dar graças a Deus por aqueles que sobreviveram. Como aquele precioso bebê.

Bobby começou a andar em direção a James e à mulher com o bebê, mas foi parado por uma pessoa em uma manta amarela do serviço de emergência médica sentada no meio-fio.

– Ei! – uma voz fraca o chamou.

Ele virou-se para ela e então viu a advogada. Os cachos loiros estavam retos, a sua maquiagem quase não existia mais, um olhar de espanto em seu rosto. Enquanto ele caminhava até ela, Bobby a olhava confuso.

– Você... Você salvou a minha vida – ela falou. – Por quê?

Uma parte dele queria dizer o óbvio, que era o seu trabalho. Mas havia muitas pessoas para tentar ajudar. E a verdade estava ali diante dele. Esse era mais um daqueles momentos divinos e ele tinha que dizer exatamente o que seu coração dizia.

– Mateus 5:44.

Andrea continuava confusa, com seus olhos tentando entender. Bobby continuou:

– Vou poupar seu trabalho – falou com um sorriso. – "Amem os seus inimigos e orem por aqueles que o perseguem".

Ele se lembrou da audiência, de como ele tinha lhes pedido um favor antes de sair e de como ele tinha pegado de volta aquilo que tinha ganhado. Bobby enfiou a mão no casaco e tirou a cruz de madeira, entregando-a a ela. A advogada a segurou sem hesitar, ainda atônita e sem palavras.

– Vou orar por você, Andrea.

A voz, o olhar e tudo nele dizia a ela que ele estava sendo sincero, que não estava sendo arrogante ou superior. E Bobby acreditava que Andrea sabia disso. Ele tinha acabado de ajudá-la – talvez verdadeiramente salvado a sua vida –, então ela sabia como Bobby se sentia.

Ele tinha salvado a sua vida temporária, neste lugar repleto de morte e escuridão. O que ele esperava é que, de alguma maneira, isso fosse uma oportunidade para levá-la a um outro lugar de salvação. Um lugar que muitos criticavam, zombavam e desacreditavam. Um lugar muito bom para ser verdade. Mas que era bom, de fato.

Talvez ela descobrisse isso um dia. Bobby sabia que esta noite seria um lembrete para ele. Uma confirmação de que ele tinha feito a coisa certa com aquele homem à beira da morte dias atrás. E que ele estava fazendo a coisa certa agora.

J.D.

– Você está bem?

Uma voz tão inocente não parecia se encaixar neste cenário de destruição, morte e desespero. Isso fez J.D. se lembrar de que Deus continuava com eles, que Deus estava cuidando deles e os amava.

Às vezes Ele fala por meio das crianças.

– Já passei por muita coisa pior – J.D. disse a Lily enquanto ele era afivelado na maca por uma mulher de uma das frotas de ambulância na ponte.

Teri e Lily estavam ao lado dele. Elas estavam bem, e J.D. não poderia estar mais feliz. Pensar que eles estavam no carro com a menina e que o carro deles quase havia matado todas aquelas pessoas – era demais para ele. O acidente não tinha sido culpa deles, mas pensar em ter que dizer à mãe...

Obrigado, Senhor. Obrigado.

Ele olhou para o morro e viu o jovem rapaz que o tinha resgatado pegando uma mala com outro homem. Tudo que ele tinha conseguido perguntar ao homem era se ele era um militar. O homem respondeu que era cabo. J.D. respondeu que tinha ido ao Vietnã.

J.D. gritou para o homem, tentando chamar sua atenção. O soldado caminhou em direção a eles.

– Lá atrás, isso teria sido um ato muito heroico, cabo. Com quem você estava?

– Primeiro Batalhão, Sexto Regimento da Marinha.

O homem respondeu com orgulho.

É por isso que ainda estamos vivos. Obrigado, Senhor, pela Marinha.

– Qual é o seu nome? – J.D. perguntou.

– Carlos, senhor. Você faz parte da Green Machine, senhor?

Ele também é inteligente. Conhece a história como deveria, pensou admirado.

– Zero-Três por um tempo em um lugar conhecido como vale A Shau. Você poderia ter sido útil lá.

Carlos riu.

– Sem ofensa, senhor. Mas fico feliz que não tenha ido.

– Escolha inteligente, filho. Mas ainda não tenho certeza se consegui expressar minha gratidão.

J.D. estendeu a mão e o cabo a apertou.

– Nós não deixamos nosso pessoal para trás, não é, senhor?

Ele parece… aliviado.

– Falando nisso, preciso ir ver uma pessoa – Carlos disse.

J.D. concordou com a cabeça.

Enquanto eles colocavam J.D. na ambulância, Lily perguntou o que eles iam fazer.

– Que tal ir até o hospital de ambulância? – perguntou ele para a menina. – Você já andou de ambulância?

Ela balançou a cabeça.

– Então, entre aqui para que você nunca queira entrar em uma. Está certo?

JOE

Ele não sabia o que dizer a Samantha quando ela lhe perguntou o que tinha acontecido e para onde ele tinha ido. Joe apenas sorriu e disse a ela o que podia:

– Estou aqui – falou.

Ele não sabia o que dizer porque ainda estava processando tudo aquilo. Não houve nenhum tipo de luz para guiá-lo. Ele não viu ninguém voando, nenhuma asa batendo, nenhum portão dourado. Joe não ouviu a voz de Morgan Freeman.

O que ele estava sentindo agora, e o que ele pensava que tinha acabado de sentir, era essa incrível sensação de temor. Um tipo de temor que esmaga a alma, fere o joelho, tira o fôlego e cega. Um medo, sim, mas um tipo glorioso de medo. Daqueles que assustam até você sentir uma mão em seu ombro pedindo para você olhar para cima, dizendo-lhe que tudo ficará bem. Daqueles que uma criança sente quando está perdida no meio da multidão e inexplicavelmente vê seu pai na calçada esperando-a. O sentimento de como seria ser abraçado, sentir-se seguro de novo e absolutamente amado.

A porta se abriu e a enfermeira entrou acompanhada pelo médico.

Ah, Dr. Farell. Isso será ótimo.

O médico estava com um olhar diferente agora – um olhar que Joe ainda não tinha visto. Foi uma surpresa total e completa.

Ele está acrescentando o silêncio à palavra perplexo.

– Impossível – o médico disse olhando diretamente para Joe. – Você estava morto. *Morto.* Por mais de doze minutos.

Samantha não se mexeu e nem olhou para o médico. A enfermeira apenas ficou assistindo e esperando Dr. Farell fazer alguma coisa. O médico imediatamente foi verificar as máquinas. Mexeu nas configurações, convencido de que elas estavam quebradas. Mas ele apenas ficava mais confuso e perplexo ao perceber que os monitores estavam funcionando bem.

Por um momento, ele não parecia médico. E sim um homem normal, assustado e em dúvida a respeito de muitas coisas.

– Quero agora um exame cardíaco completo – o médico de repente pediu, finalmente se recuperando. – Contagem de células brancas e vermelhas. Hematócrito. Hemoglobina e volume plaquetário médio. Função hepática ALT e AST. E uma identificação definitiva da infecção.

Elena começou a pegar algumas ferramentas para testar o sangue. Joe apenas sorriu e olhou para o médico.

– Vocês não vão encontrar nada, doutor.

– É um milagre – disse Elena, com expressão de espanto.

O médico olhou para a enfermeira com sua arrogância costumeira.

– Não existe milagres.

A enfermeira parou e olhou para o Dr. Farell.

– Você tem uma teoria melhor... *Doutor?*

Joe viu algo que nunca vira antes, algo que talvez fosse raro de acontecer com esse homem educado e assertivo. Dr. Farell permaneceu em silêncio, sem saber responder, incapaz de dizer alguma coisa.

Joe decidiu preencher o silêncio:

– "Vocês têm olhos, mas não veem? Têm ouvidos, mas não ouvem? Não se lembram?"

O médico olhou irritado, agora com raiva.

– Não fale comigo como se eu fosse um idiota.

– Tudo bem, doutor – disse Joe com um sorriso irônico, que não pôde evitar. – Mas o homem cujo atestado de óbito que você assinou está sentado aqui conversando com você. E você não acredita em milagres? Eu só digo para que você reconsidere isso.

Joe estendeu a mão até a mesa da cabeceira e pegou a cruz de madeira. Depois, olhou para o médico e a ofereceu para ele.

Joe não estava tentando ser o sabe-tudo. É verdade, ele não sabia de nada. Só sabia o que era ser salvo.

Ser salvo e depois salvo novamente.

O médico olhou para a cruz e depois desviou o olhar. Simples assim.

— LACEY —

Era tarde, mas Lacey não queria ir ao seu quarto vazio e deitar-se na cama fria. Sua mente correria, como estava fazendo agora. Ela pode simplesmente sentar-se na escuridão daquela sala de estar. Esperando, como sempre fez em toda a sua vida.

Sem rumo, olhos fechados, pensativa, tão curiosa, cheia de dúvidas.

Com tanta dúvida que quando ouviu alguém batendo na porta, ela não acreditou.

Até escutar a batida novamente. Então, Lacey abriu os olhos e percebeu que era real. Era real e continuava.

Estou sonhando?

Ela sabia que não. O frio no ar, a escuridão no apartamento, o aperto no estômago. Talvez fosse sua vizinha Pam querendo saber como ela estava.

Desculpe, nada de comida chinesa esta noite.

Lacey abriu a porta e o viu.

Carlos.

Um sorriso em seu rosto, a mala em seu braço. Parecia o homem que ela tinha conhecido naquela primeira noite.

– Quer tomar um café? – Carlos perguntou de maneira casual. – Por minha conta desta vez.

Coisas como esta não aconteciam com ela.

Isto realmente está acontecendo?

Lacey respondeu-lhe com um abraço, escondendo as lágrimas que de repente começaram a surgir.

– Você voltou – disse. – Não acredito. Ele o trouxe de volta. As pessoas nunca voltam.

Lacey lembrou-se da cruz que Carlos tinha dado a ela. Lacey lembrou-se da sua oração. Depois, lembrou-se de seu Pai. Seu Pai do céu.

– Obrigada, Senhor.

ELENA

Na pequena capela do hospital, com algumas cadeiras de frente para a cruz na parede, Elena sentou-se com os olhos fechados, orando. Pelo menos tentando orar. Tentando descobrir como dizer as palavras para Seu criador. Tentando entender como alguém como ela poderia ser ouvida, especialmente depois de ter ignorado Deus por toda a sua vida.

Como pode alguém que acabou de fazer isso, como pode Deus verdadeiramente querer que eu vá até Ele, como Ele pode começar a cuidar de mim?

Não havia explicação médica alguma para aquilo que tinha acontecido. E, apesar de muitos milagres terem sido documentados na Bíblia, Elena nunca tinha presenciado um em sua vida. Elena não acreditava que eles aconteciam de verdade. Talvez ela tenha duvidado dos milagres, assim como duvidava que Jesus tinha vindo ao mundo para morrer na cruz por ela.

Eu não quero mais duvidar.

Ela lembrou-se da história de Tomé, o incrédulo. Elena frequentava a igreja há bastante tempo para conhecer sua história. O discípulo que se recusou a acreditar que Jesus tinha se levantado do túmulo, que precisava vê-Lo para acreditar. Quando Jesus finalmente apareceu, ele disse: "Felizes os que não viram e creram".

Eu quero acreditar. Quero ser abençoada. Quero saber, sem dúvida nenhuma, que sou amada e que pertenço a Ele. Que posso ajudar a tornar este mundo um pouco melhor ao falar de Deus. Como Bobby...

A porta atrás dela se abriu. Sua oração estava sendo respondida. Seu marido estava na porta da capela, com o uniforme sujo e rasgado, com o rosto cortado e sujo.

– O que aconteceu com você? – ela perguntou.

– É uma longa história. O que você está fazendo aqui?

– Orando.

Ele aproximou-se e sentou-se ao lado dela.

– Oh! – falou.

– Bem, não orando, exatamente. Mais me desculpando.

O fato de ela ter dito esta última palavra ao marido já significava alguma coisa. Era como chacoalhar uma gaiola com força suficiente para abrir a porta.

– Hoje eu vi um milagre – disse Elena. – Um milagre real e puro, que me fez perceber como tenho agido. O Deus que fez esse milagre não o faria por nós?

Bobby apenas ficou observando, amando-a e ouvindo-a.

– Fiquei com vergonha – continuou Elena. – E então percebi que não quero mais viver assim. Quero entregar toda a minha vida a Jesus. Toda ela. Sem guardar nada.

Bobby a abraçou. Elena sentiu o cheiro de fumaça nele, e queria saber o que tinha acontecido. Quando Bobby a olhou novamente, ele estava cheio de remorso.

– Eu é que tenho que me desculpar – disse a ela. – Fiquei tão ocupado compartilhando a minha fé com outras pessoas que acabei me afastando de você. Por favor, Elena. Desculpe-me.

– Claro – respondeu, encolhendo os ombros. Ela não concordava, mas não se importou com o pedido de desculpas. Já era bom eles se entenderem e voltarem a ser uma equipe.

Bobby inclinou-se e beijou-a. Não era um beijo de romance, mas de reconciliação. Um tipo de beijo que os casais não costumavam dar quando se reconciliavam. Um beijo que a fez lembrar-se de que Bobby estava lá, de que a amava e de que eles eram um só.

– Você vai orar comigo? – Bobby perguntou.

– Com prazer.

Eles se ajoelharam e inclinaram a cabeça. Em seguida, Bobby cutucou-a para chamá-la.

– Ah, eu encontrei seu irmão – disse.

Essa era provavelmente a última coisa que Elena esperava ouvir de Bobby.

A fumaça. O uniforme rasgado. Agora Carlos.

Tinha que haver uma conexão.

– É mesmo? Ele está... Como ele está?

Bobby apenas lhe deu um aceno confiante e um sorriso.

– Bem. Ele está muito bem.

Bobby pegou em sua mão. Ela fechou os olhos e ouviu suas palavras enquanto ele orava.

Não era algo que costumavam fazer. Mas era o certo.

Como o homem chamado Joe que tinha morrido e depois ressuscitado, Elena se sentiu humilde, grata e viva. Muito viva.

— ANDREA —

A enfermeira tinha dito a Andrea que ela estava bem e que os exames de rotina após o acidente tinham sido necessários. Nenhuma fratura ou concussão, apenas alguns cortes, machucados e inchaço. Ela estava liberada para sair da sala de exames, mas Andrea pediu para ver o médico. Certamente, Dr. Farell estava ocupado, mas não tão ocupado assim que não pudesse ir vê-la.

A enfermeira estava errada. Andrea não estava bem. Há muito tempo ela não estava bem.

Sua mente se voltou para a ponte e para tudo que tinha acontecido. O quão rapidamente ela estava dirigindo depois da audiência daquela noite. Como de repente seu carro atravessou a ponte, uma rota que ela não costumava pegar para voltar para casa. Como ela quase morreu no acidente, depois como ela se viu perambulando atordoada antes que alguém a resgatasse.

Alguém que seria o candidato menos provável a ser seu Super-Homem.

O homem – esse paramédico que supostamente era excelente em seu trabalho, marido e pai de dois meninos – tinha colocado toda a sua carreira em risco, por quê? Por este pequeno item que estava em sua mão agora. Uma pequena cruz de madeira.

Por alguma razão, ela parecia muito, muito pesada em sua mão.

Andrea desdenhou da fé de Bobby assim como ela desdenhava de tudo em sua vida. Seus pais sempre lhe deram tudo o que ela quis e mais um pouco. Tudo em sua vida sempre veio muito fácil. As portas sempre se abriram. Ela sempre foi seguindo em frente e correndo mais e mais conforme ia ficando mais velha, acreditando que, em algum momento, ela teria sucesso suficiente, respeito, dinheiro e relacionamentos e então talvez um casamento, uma família e toda aquela coisa de "felizes para sempre".

Estou correndo em direção a lugar nenhum, machucando pessoas ao longo do caminho, ignorando tanta coisa na vida enquanto sigo, seu coração sabia disso.

Jamais Andrea pararia para ajudar uma pessoa que estava tentando arruinar a sua vida. Se fosse Bobby, ela teria simplesmente passado reto. Alguém como Dr. Farell também faria o mesmo. Já é difícil demais ajudar as pessoas que ajudam você, imagine ajudar aqueles que não o ajudam?

"Esta cruz vai lhe custar caro."

Andrea tinha dito essas palavras, mas agora elas estavam ecoando em seu coração.

Ela tirou seu iPhone da bolsa e digitou as seguintes palavras no Google: "**a cruz de Jesus**".

Um dos primeiros sites a levou para uma série de versículos bíblicos. Ela clicou em uma passagem familiar e leu novamente.

"Porque Deus tanto amou o mundo que deu o seu Filho Unigênito, para que todo o que nele crer não pereça, mas tenha a vida eterna."

Andrea conhecia João 3:16, como se já quase fosse um slogan, igual ao da Nike: *"Just Do It"*. Ela o tinha ouvido tantas vezes, entretanto... Nesta noite, parecia estar despertando-a de um sono profundo.

Ela releu a passagem inteira em diferentes versões, o que era fácil de fazer on-line. Uma versão chamada *A Mensagem* dizia isso em outras palavras.

"Quem confiar nele será absolvido, mas quem não confiar terá sobre si, sem o saber, uma sentença de condenação. E por quê? Porque não foi capaz de crer no único Filho de Deus quando este lhe foi apresentado." (João 3:18)

Absolvido. Sentença de morte.

Era João 3:18, um versículo que ela achava que ainda não tinha lido.

Eram palavras de seu universo, palavras que ela entendia.

Sentença de morte...

A cortina perto da mesa onde ela estava sentada se abriu. Dr. Farell apareceu, com um olhar de preocupação no rosto.

– Você está bem? – perguntou, aproximando-se dela.

Ele podia dizer que estava correndo, certamente atendendo as pessoas do acidente e os outros pacientes que ele tinha que cuidar. Talvez o termo *cuidar* fosse demais.

– Na verdade, não – disse, surpreendendo a si mesma. – Não estou bem.

Seus olhos estavam entreabertos, olhando para ela.

– O que foi? Você se machucou?

Ele começou a colocar a mão em sua cabeça para examiná-la, mas ela a tirou.

– Diga-me uma coisa. Que pessoa arriscaria a sua vida por alguém que acaba de arruinar essa mesma vida?

O médico olhou para ela e depois para o lado, suspirando.

– Andrea, veja, foi uma noite longa. Para todo mundo. Posso levá-la para casa?

Como de costume, ele não prestou atenção em uma palavra sua. Ele estava acostumado demais a dar instruções e prescrever em vez de ouvir.

– Não – Andrea disse, sabendo que não era uma palavra que ele costumava ouvir. – Acho que tenho errado, Thomas. E acho que você também.

Seus olhos frios e calculistas não demonstravam simpatia nem empatia, mas pareciam conter pena.

– Sinceramente, Andrea, o que há de errado com você?

– Não sei – respondeu ela ao se levantar. – Talvez eu é que tenha um complexo em relação a Deus.

Ela deixou Dr. Farell sozinho no quarto. Enquanto andava pelos corredores brancos do hospital, parecia que havia duas estradas na frente dela, tão claras como a luz do dia.

Uma que levava à morte. Outra que levava à absolvição.

Talvez ela pudesse conversar com alguém para ajudá-la. Talvez até mesmo alguém que já a tivesse ajudado.

Talvez ele estivesse disposto…

Não.

Ela sabia que Bobby não estaria disposto. Seu trabalho era ajudar a socorrer vidas em situações de emergência.

Isso se encaixa nessa descrição.

Talvez, esperançosamente, ela conseguisse descobrir o que significa uma verdadeira absolvição.

JOE

E AGORA?

Mas essa pergunta foi, de repente, respondida pelo som alto e penetrante de Lily, entrando correndo no quarto e gritando para a sua mãe.

Joe ficou observando enquanto Samantha literalmente saltou e agarrou Lily. A mãe ainda estava chorando. Eles tinham recebido a notícia sobre o acidente. Que todo o mundo estava bem, mas...

Mas as coisas não tinham sido tão fáceis.

Samantha de repente pareceu culpada e preocupada, apesar de eles terem dito a ela que tudo estava bem, que Lily estava bem.

Primeiro eu morro, depois a filha dela quase morre, Joe pensou.

Era um tipo de noite que levaria uma mulher mais fraca à sepultura. Mas Joe sabia que Samantha era forte. Ela era muito forte. Samantha apenas precisava de encorajamento e sorte. E Joe seria tudo isso e mais um pouco. Se Deus quisesse.

– Lily, querida... – Samantha disse em meio a lágrimas. – Fiquei tão preocupada com você. Tão preocupada. Você está bem?

– Estou bem, mamãe. Mas você devia ter visto. Foi uma aventura. Você perdeu.

Samantha não conseguiu deixar de rir enquanto olhava para Joe. Seu olhar dizia: "Tivemos uma aventura e tanto, também".

– Acredito que sim – Samantha disse a Lily.

A menina afastou-se da mãe e correu até a cama, saltando nela apesar de sua mãe ter dito para ter cuidado.

Eu acabei de morrer. Por que você está preocupada?

Lily o abraçou. Ele pôde sentir seu rostinho macio em sua barba espinhosa. Isso não pareceu incomodá-la.

Ela colocou a boca na orelha dele e sussurrou um segredo que ela obviamente estava ansiosa para lhe contar:

– Você estava certo – Lily disse. – O pote funcionou. Meu desejo se realizou.

Quando ele viu aqueles olhos brilhantes novamente, Joe só conseguiu rir. Ele estava emotivo e não queria que elas vissem um homem tão grande e forte chorando. De maneira alguma. Mas ele sabia de alguma coisa.

O desejo de Lily não tinha sido o único a ser realizado.

Deus era bom. Mesmo quando – especialmente quando – Ele não tinha que ser.

A forte escuridão da noite pairava no lado de fora daquele hospital, mas dentro dele vimos um pequeno milagre. Nós estávamos na UTI neonatal da maternidade do hospital, observando Faith. Eu segurei Grace. Nós estávamos simplesmente observando a pequena bebê presa a tubos e sensores. Uma lâmpada acima da incubadora iluminada brilhava como uma espécie de máquina de bronzeamento. Seus cabelos eram crespos, como os da sua mãe.

Era a primeira vez que estávamos naquele local, embora não soubéssemos que seria a primeira de muitas. Não parecia correto, mas parecia ser algum tipo de plano divino. Pegar o quebrado e imperfeito e torná-lo correto.

Lembro-me de estar lá, segurando Grace, pensando em Maggie, depois pensando em Faith. Em seguida, pegando a cruz do bolso da minha calça e observando-a.

Lembrei-me novamente daquela história completa e perfeita. Que começou quando Deus se fez homem, nascendo em um estábulo anos atrás. Que quase terminou quando tudo parecia perdido na cruz.

Vejo agora que a vida pode muitas vezes nos fazer lembrar dessa história perfeita, apesar de as nossas serem tão danificadas e imperfeitas.

Agora, no silêncio do meu estudo, terminando este capítulo desta história, conheço mais detalhes agora. E vejo claramente coisas que são tão óbvias.

Lembranças dessa história perfeita.

O presente da vida em um bebê recém-nascido, como a filha que Maggie teve. Um bebê chamado Faith. Com um ano agora, a filha que Grace e eu amamos mais do que podíamos imaginar.

Há o sangue que foi derramado. A noite do acidente, as pessoas que foram feridas. Pessoas como J.D. Newton.

Há o sentimento de abandono, como aquele que ouvi de uma jovem chamada Lacey. Ela recentemente começou a frequentar a igreja com seu namorado e seus familiares.

Há a morte. O garoto apelidado Bonitão que veio até meu escritório com uma mala de dinheiro. A mãe chamada Maggie que deu seu último suspiro na minha frente.

Então, há o milagre. A ressurreição. Um homem que voltou à vida como Joe Philips no hospital.

Vejo isso agora, e tudo que posso fazer é sentar-me humildemente com lágrimas escorrendo pelo meu rosto.

A história completa e perfeita.

Jesus, que nasceu como um bebê frágil.

Jesus, que derramou sangue.

Jesus, que perguntou ao seu Pai por que Ele o tinha abandonado.

Jesus, que deu seu último suspiro.

Jesus, que ressuscitou com uma mensagem e uma promessa.

Jesus, que chegou até a cruz e a conquistou.

Sei que há os céticos. Incrédulos. Almas cínicas que preferem ver as manchas escuras em vez do nascer do sol. Aqueles que dizem que isso é simples, bobo e sentimental demais para o gosto deles.

Mas quem iria inventar uma história como essa? Sobre um Deus que abriu mão de tudo para se tornar homem e morreu pelas pessoas que se recusaram a acreditar nEle?

A cruz não é algo bom demais para ser verdade. Ela foi suja de sangue. A morte foi pendurada nela. A tristeza a deixou. Mas Jesus se levantou sobre ela.

Todos os dias as pessoas passam pela cruz. Eu também passava.

E uma simples pergunta pode ser o necessário para mudar uma vida. Foi o que aconteceu comigo.

EPÍLOGO

NÓS ACREDITAMOS NA CRUZ

NÃO TENHO CERTEZA se em algum momento conseguimos entender o quadro geral. A visão conforme os olhos de Deus, por assim dizer. Seria mais fácil se conseguíssemos. Isso nos ajudaria pela longa jornada. No entanto, temos que lutar e deixar que o amor invada os lugares obscuros e de desespero.

SEGURANDO A CRUZ COM A MÃO ALGEMADA NA CAMA DO HOSPITAL, Kriminal olha para baixo e se lembra. Ele olha para a cruz, vê seu irmão e promete mudar. Mudar tudo. Parar o que ele estava fazendo independentemente para onde ele vá depois daqui. Finalmente fazer o que Bonitão lhe disse para fazer. Ser o homem que vovó sempre quis.

Quando a polícia chega, eles lhe perguntam se ele é o rapaz que se autointitula Kriminal. Tudo o que ele pode fazer é segurar a cruz em sua mão. Ele faz uma pausa antes de responder:

– Eu era – ele diz.

•••

É COMO SE FÔSSEMOS CRIANÇAS, sentadas no chão. Olhando atentamente para a parte de trás de uma tapeçaria que está sendo tecida. Aos nossos olhos, às vezes parece feia. Há uma mistura de cores, e nada faz muito sentido.

CARLOS E LACEY SENTADOS À MESA DO RESTAURANTE, um de frente para o outro, seus pratos de comida praticamente intactos, seus olhos praticamente sem se mexer.

Nenhum dos dois acredita que estão aqui. Sorrindo um para o outro.

Depois de contar a história sobre o acidente na ponte e os milagres que aconteceram, Carlos ouve Lacey contar sobre seu próprio milagre, sobre sua oração.

– Isso é maluco – Carlos diz a ela.

– Eu não tinha lhe dito? – Lacey fala.

– Então o que fazemos agora? – ele pergunta.

Lacey não responde por um momento, pensando, olhando para ele dentro do restaurante lotado.

– Oramos – diz ela por fim. – Acho que esse é o ponto de partida. E então... Sim.

Lacey olha para a cruz que está no centro da mesa. A cruz que pertence aos dois.

MAS UM DIA, não estaremos mais sentados no chão. Nós iremos até o outro lado. E a genialidade da obra de Deus ficará clara para nós. No centro de tudo isso, veremos a cruz.

GUIANDO SEU PERSISTENTE e teimoso marido pelo corredor, na cadeira de rodas que ele recebeu relutantemente da enfermeira, Teri vai até a mãe e a filha que estão esperando-os fora do quarto do hospital.

A alegria no rosto de Lily. É o tipo de brilho inocente que o mundo um dia acaba destruindo. Mas Teri e J.D. são realmente contagiados por aquele sorriso. E até mesmo Samantha tem um olhar de imenso alívio no rosto.

– Viu, mamãe? – Lily grita. – Deus realmente nos ama.

A fé de uma criança.

Samantha finalmente demonstra sua alegria ao carregar Lily nos braços.

– Sim, é verdade, querida. Ele realmente nos ama.

Elas abrem a porta do quarto de Joe. Ele está esperando as duas.

Mas nessa imensa tapeçaria, também veremos o fio simples e único – o único de seu tipo e cor – que a nossa própria vida adicionou à peça.

BOBBY VIRA A MAÇANETA E EMPURRA A PORTA DA FRENTE ENQUANTO Elena o segue, entrando na tranquila sala de estar. Ele fecha a porta e a tranca. Bobby está exausto e com alguns pequenos ferimentos decorrentes do acidente. Contudo, sua maior dor vem quando ele pensa na jovem mãe que perdeu a vida naquela noite. Ele sabe que ela está em um lugar melhor, o que é ótimo saber, mas a tristeza ainda rondará seus dias por certo tempo.

Ele e Elena ficam em silêncio na cozinha. Antes de subir, Elena fala com ele:

– Quero ver os meninos.

Eles certamente estão dormindo no quarto que dividem, assim como a mãe de Elena, que dorme no quarto de hóspedes.

– Claro – diz Bobby.

Eles sobem as escadas e entram no quarto dos meninos. A luz laranja no canto do quarto é suficiente para enxergá-los no beliche.

Elena olha para eles. Sorrindo, pesando e fechando seus olhos para orar novamente. Bobby assiste à Elena, momentaneamente surpreso, e depois se aproxima e envolve seus braços nela.

– Quero que eles saibam – diz ela num sussurro. – Quero que eles cresçam sabendo disso.

– Eu também – Bobby responde. – Eu também.

UM ÚNICO FIO, sem o qual a coisa toda ficaria incompleta, de alguma forma.

MATTHEW ASSISTE ENQUANTO A ENFERMEIRA gentilmente entrega a bebê para Grace. De todas as surpresas e bênçãos inesperadas, essa é praticamente a maior de todas. A tragédia que deu origem a esse presente – é grande demais. Mas, neste momento, ele vê sua esposa segurando Faith com um olhar profundo de conforto em seu rosto.

Ele não diz nada. Ele não consegue. Para alguém que está sempre tão cheio de palavras – seja para um sermão, encorajamento ou ajuda –, Matthew não consegue encontrar palavra alguma.

– O que você está pensando? – Grace finalmente pergunta a ele.

Mattew começa a dizer alguma coisa, mas depois balança a cabeça e enxuga uma lágrima dos olhos.

As palavras vão vir em algum momento. Por enquanto, Faith é suficiente.

AQUELE ÚNICO FIO NA IMENSA TAPEÇARIA...
Pessoalmente, mal posso esperar para ver a Sua obra-prima.

†

#EuAcreditoNaCruz

FONTE: Adobe Caslon Pro
Trebuchet MS
PAPEL: Lux Cream 60g/m²
IMPRESSÃO: Rettec